FOUAD LAROUI

CHRONIQUES DE L'AUTRE RIVE

Julliard

ISBN 978-2-260-05428-3
Dépôt légal : octobre 2019

Depuis plusieurs années, Fouad Laroui commente chaque semaine l'actualité, au gré de ses humeurs, pour les lecteurs de Jeune Afrique *ou du 360.ma. Ces billets cachent souvent, sous un ton léger, des préoccupations très sérieuses, qu'il s'agisse du bon usage des stéréotypes ou de la prière, de Machiavel et du Brexit, d'un Casanova terroriste, d'un coucou qui doit s'envoler malgré la tempête, du Petit Prince (citoyen marocain, comme chacun sait), des gazelles et des bonobos ou d'un robot très courtois.*

Ces textes, qui s'échelonnent de mars 2016 à décembre 2018 et suivent étroitement le fil de l'Histoire immédiate, finissent par esquisser le portrait d'un recoin du monde, délimité par le Maroc, les Pays-Bas et la France, et d'une époque, la nôtre. Une époque tourmentée, surprenante, émouvante parfois et dont on ne sait s'il faut en rire ou en pleurer quand c'est Fouad Laroui qui la raconte avec son style inimitable...

Témoin de tout et de partout

Au début du siècle dernier, en France, on qualifiait André Gide de « contemporain capital » tant son avis sur à peu près tous les sujets semblait pertinent. Puis ce fut au tour de Jean-Paul Sartre d'être bombardé « intellectuel universel » puisque, conformément à sa doctrine de l'engagement, il s'intéressait à tout, disséquait et commentait, au choix, la Chine, le Dahomey ou Boulogne. Deux siècles avant eux, Voltaire était « la conscience du monde » qui mobilisait les bonnes âmes de France, de Prusse et d'Angleterre autour de l'affaire Calas.

Voltaire, Gide, Sartre… peuh ! Menu fretin que cela. Nous, au Maroc, nous avons mieux : nous avons les témoins universels ! Oui, monsieur. Ce sont des types qui ont l'air banal, des mulots à tête d'homme, vêtus comme l'as de pique, mais c'est pour mieux cacher leur formidable secret : l'ubiquité ! Ils sont partout en même temps, ils ont tout vu, tout entendu. Ils vous connaissent mieux que vous-mêmes : ils ont assisté à votre naissance, ami(e) lecteur/lectrice, et sont prêts à en décrire les détails, contre rémunération.

La télévision marocaine 2M a diffusé un programme, la semaine dernière, montrant un café, à côté du Palais de justice de Casablanca, où se perchent ces « témoins » qui attendent le client. C'est ainsi qu'ils gagnent leur vie. Vous avez besoin de prouver que vous êtes le fils de votre père ? Facile ! Vous allez au café, vous filez cent dirhams à un Bouazza quelconque et il ira jurer devant le juge qu'il tenait la chandelle la nuit où vous fûtes conçu. Le juge ne semble pas s'étonner que le même bonhomme soit témoin chaque jour de deux décès, trois mariages, quatre naissances et une bagarre. Rude journée, qui recommence le lendemain.

Ce phénomène n'existe pas qu'au Maroc. Un fidèle lecteur tunisien nous a raconté sa récente mésaventure. Son épouse étant décédée dans un hôpital parisien, il avait besoin du jugement du tribunal régional pour officialiser la chose. Il fournit un dossier contenant, entre autres, le constat de décès de l'hôpital, une attestation de la mairie de Paris, le permis d'inhumer délivré par la mairie d'Hammamet, etc. Tu parles ! Il aurait pu tout aussi bien fournir des scoubidous pour gaucher. À Nabeul, un fonctionnaire lui assena ceci : « La loi exige que le décès soit constaté par deux citoyens tunisiens, qui doivent se présenter en personne, munis de leur carte d'identité. »

Et notre lecteur de poursuivre : « Toute honte bue, j'ai dû aller dans un café faire appel à des inconnus. Dans le bureau du juge, les "témoins" ont signé un document qu'ils n'ont même pas lu. Inutile de préciser qu'ils ne connaissaient pas la défunte… Un avocat m'a confirmé que l'attestation par deux témoins est légale, obligatoire et commune à tous les pays musulmans. »

On résume : sous nos latitudes, la parole d'un parjure notoire vaut plus que la signature d'un médecin assermenté.

Vous avez dit « modernité » ?

Vous avez dû rêver…

[6-3-2016]

Trois garçons, bonjour les dégâts…

Pour essayer d'interpréter le terrorisme et le néo-djihadisme, les thèses abondent. Islamisation d'un désir de radicalité ? Radicalisation de l'islam ? Revanche des sunnites ? La faute à l'Occident ? On n'a que l'embarras du choix. Bien sûr, chacune de ces thèses contient sa part de vérité, mais aucune ne semble entièrement satisfaisante.

C'est pourquoi il faut peut-être sortir des sentiers battus. Une piste intéressante est fournie par Gunnar Heinsohn, un sociologue allemand né en 1943 à Gotenhafen et qui est, depuis 1984, professeur à l'université de Brême. Heinsohn est surtout connu, par les spécialistes, pour sa théorie dite du *Jugendüberschuss*, qu'on pourrait traduire par « l'excédent juvénile ».

De quoi s'agit-il ? Selon les études méticuleuses menées par notre professeur, étayées par des monceaux de statistiques historiques, un excès de jeunes mâles dans une population donnée mène inévitablement à des troubles sociaux, à la guerre (civile) et au terrorisme. Historiquement, c'est à partir du troisième garçon (les filles ne sont pas concernées) que les problèmes commencent. Pourquoi ? Parce que les deux premiers sont faciles à caser : ils reprennent le métier du père ou l'affaire familiale, ou bien ils sont généreusement lancés dans la vie par leurs parents (surtout quand ceux-ci ont eu la bonne idée d'en rester à deux enfants...). À partir du numéro trois, ça se gâte. Rien à hériter, pas de place à reprendre, le déclassement menace... eh bien il reste la castagne !

Et c'est là que Heinsohn devient passionnant : il montre que ladite castagne s'est toujours parée, au cours des siècles, des oripeaux de la religion (ou de l'idéologie politique). Rien de nouveau sous le soleil de Dieu, donc. Combien de cadets et de benjamins parmi les crétins qui ont attaqué Ben Gardane ? Combien parmi les kamikazes ?

Dans son livre *Söhne und Weltmacht*, Heinsohn passe en revue la plupart des bouleversements sociaux qui n'ont pas été causés par des cataclysmes naturels, ainsi que quelques génocides. Il montre qu'ils correspondent toujours à ce fameux *Jugendüberschuss* : le colonialisme européen, le fascisme au XXe siècle, la guerre du Darfour, les intifadas palestiniennes, les talibans, le terrorisme actuel...

Heinsohn, qui est un scientifique, se contente d'analyser sans proposer de solution. Nous n'avons pas ces scrupules de vierge effarouchée. Voici donc nos propositions : les États confrontés à « l'excédent juvénile » (aujourd'hui, ils se trouvent surtout en Afrique et en Asie) devraient encourager le hooliganisme lié au football (plutôt ça que le djihad) ou bien déclencher eux-mêmes des petites guerres qu'ils pourraient contrôler. Après tout, c'est ainsi que l'Angleterre a résolu son problème de *Jugendüberschuss* au XIXe siècle : en envoyant tous ces jeunes mâles potentiellement violents conquérir les Indes, une bonne partie de l'Afrique, l'Australie, etc. À l'arrivée, cela donna l'Empire britannique. Pas mal, non ?

[27-3-2016]

Un chouïa de francophonie

C'est triste, une maison vénérable, pour ne pas dire historique, dont l'imposant portail, qui a vu entrer et sortir tant d'hommes et de femmes illustres, se ferme lentement, lentement mais définitivement… C'est triste, un lieu de mémoire qui perd la mémoire, inexorablement, livré aux philistins qui bâtiront un énième hôtel pour rupins sur les ruines d'un temple où soufflait l'esprit…

L'Institut français d'Amsterdam, communément appelé « maison Descartes », va fermer le 30 juin prochain. Le buste de Descartes qui, depuis plus d'un demi-siècle, accueillait le visiteur d'un œil bienveillant, pour tout dire philosophe, sera vendu au plus offrant. On l'estime à quelques milliers d'euros. En vendant ma collection de timbres, je pourrai peut-être l'acheter. Toujours ça de sauvé du désastre. Les livres de la médiathèque seront, semble-t-il, offerts à la bibliothèque municipale. Je la fréquente, cette bibliothèque, je ne suis pas sûr que les Pléiades reliées pleine peau trouveront leur place sur les étagères du lieu le plus branché de la ville.

Des pétitions ont circulé, des lettres indignées ou attristées ont été adressées à l'Élysée, à Matignon, au Sénat… Peine perdue. Les Excellences qui se succèdent au Quai d'Orsay ne semblent pas trop s'émouvoir de voir disparaître ce foyer d'où rayonnait la culture française et francophone. Trop cher, disent-ils… Soyons sérieux : l'Institut français à Amsterdam coûte, à l'année, quelques heures de vol d'un Rafale. Ô temps, suspends…

La maison Descartes, c'est, pour votre serviteur, vingt-cinq ans de souvenirs inoubliables. Michel Serres, chaleureux et brillant, Philippe Claudel, si sympathique, Boris Cyrulnik, émouvant, Pierre Assouline, fin érudit, Amélie Nothomb, follement elle… Et je me souviens des éclats de rire de Fatou Diome, d'une table ronde fraternelle avec Anouar Benmalek et Colette Fellous (le Maghreb était à l'honneur…), de Henri Lopes, majestueux, etc.

Coïncidence, le piteux départ de la France s'accompagne de l'arrivée triomphante… du Maroc ! Le royaume a acheté un superbe immeuble en face du zoo, dans l'un des plus beaux quartiers de la ville. Des dizaines d'artisans, dépositaires d'un savoir-faire ancestral, sont venus de Rabat transformer l'endroit en un morceau d'Empire chérifien. Tout est prêt. Il ne reste plus qu'à l'inaugurer, ce bel oiseau nommé *Dar al-Maghrib*.

Et voici le plus étonnant : conformément à sa volonté d'affirmer sa diversité sans complexe, le Maroc a prévu de donner sa place à la francophonie dans la programmation de *Dar al-Maghrib*. La prochaine fois que Houellebecq, Modiano ou Mabanckou viendront à Amsterdam, c'est peut-être là qu'on pourra les rencontrer. Le Maroc au secours de la francophonie à Amsterdam ? L'Histoire s'amuse. On peut en sourire, on peut grincer des dents... Mais qu'en pense-t-on, au Quai d'Orsay ?

[8-5-2016]

Le hajj et l'archevêque

Débat, mardi dernier, à la radio marocaine privée Luxe Radio, à Casablanca. Autour de la table, Samba, un étudiant mauritanien, un musicien juif de Casablanca (le fameux Karoutchi), une diplomate de haut vol dont on respectera l'anonymat, un militant passionné du dialogue des cultures, appelons-le Ahmed, et puis votre serviteur, invité on ne sait pourquoi, ainsi que l'archevêque de Rabat, Mgr Landel.

Pendant tout le débat, qui dura deux heures, tous les intervenants donnèrent du « monseigneur » long comme le bras à l'archevêque.

« Et alors ? me rétorquez-vous, sévères. C'est le titre d'usage des évêques. Vous n'alliez quand même pas l'appeler "capitaine" ? Ou "p'tit gars" ? »

Certes. Tout cela était normal, spontané, pas du tout forcé, même au cœur d'une ville à 99 % musulmane. Mais pendant tout ce temps, moi je pensais à Lionel Jospin, l'un des pontes du Parti socialiste français dans les années 90, qui se permettait d'appeler le roi du Maroc « monsieur Hassan II ». Et encore, on sentait qu'il se forçait au « monsieur » et qu'il brûlait d'envie de lui donner du « Hassan » comme au portier de l'immeuble ou au marchand de beignets du coin de la rue. Seule la crainte de l'incident diplomatique l'en empêchait. Mais jamais, au grand jamais, il ne lui aurait accordé son titre officiel : « Sa Majesté ». Non, non, faut pas pousser. Et quoi encore ?

À l'époque, étudiant à Paris, j'avais été étonné (et édifié) par la réaction de mes condisciples marocains. Même ceux qui détestaient Hassan II et le conspuaient dans les manifs, même ceux qui l'auraient volontiers mené à la lanterne la plus proche, même ceux qui militaient pour un changement de régime, tous avaient été choqués par la désinvolture de Jospin. Ils y percevaient une sorte de mépris pour toutes les cultures « exotiques ». Des rois nègres, des satrapes orientaux, des fakirs !

Ce n'était sans doute pas la pensée de Jospin, dont personne ne met en doute l'intelligence et la rectitude morale, mais cela fut perçu ainsi, à l'époque. Encore un malentendu dont on aurait pu faire l'économie…

En ces temps de migration et de brassage des peuples, c'est peut-être la première chose à apprendre aux enfants : le pape, c'est « Sa Sainteté », qu'on croie au Ciel ou qu'on n'y croie pas. Un roi, c'est « Sa Majesté », même s'il ne descend pas du premier Capet. Un pèlerin revenu sain et sauf de La Mecque, c'est « *al-Hajj* » pour le restant de ses jours. Un rabbin, c'est… en fait, je ne sais pas comment on s'adresse à un rabbin, mais il suffit de le lui demander. Un cardinal, c'est « Son Éminence ».

Ensuite, on peut discuter. Et, à l'occasion, s'étriper…

[29-5-2016]

Du bon usage des stéréotypes

Ce matin, je me hâtais dans les couloirs du métro parisien – pourquoi courons-nous toujours dans le métro ? – lorsqu'une phrase, lue machinalement du coin de l'œil, m'arrêta net.

Je revins sur mes pas, le sourcil froncé, pour lire ces quelques mots choquants : « Tout le monde sait que les Noirs ne savent pas nager. » Hein ? Quoi ? Qu'est-ce que c'est que ce scandale ? Mieux examinée, l'affiche livra son secret. Ouf ! Il s'agissait en fait d'une campagne d'éducation civique qui utilisait l'ironie pour essayer de faire réfléchir le pékin. Et à propos de pékin, l'autre phrase censée nous titiller était : « Tout le monde sait que le ping-pong est un sport de Chinois. » En bas, quelque chose comme : « Ne nous arrêtons pas aux clichés », etc. Je souris. Bravo, c'est bien joué.

Du moins est-ce ma première réaction après avoir compris de quoi il s'agit. Et puis j'entends, quelque part dans l'éther, une voix fluette énoncer paisiblement cette phrase : « C'est bien vrai, on ne voit jamais de Noir aux Jeux olympiques de natation. »

Je me tourne vers la droite. C'est une petite vieille dame qui s'est arrêtée comme moi devant l'affiche et qui donne ainsi, l'air benoît, sans méchanceté, son *imprimatur* à la chose. Au premier degré. Lui échappe complètement qu'il s'agit d'ironie. Ah, l'ironie ! C'est le procédé rhétorique le moins compris, le plus dangereux. Vous dites le contraire de ce que vous pensez pour stimuler le débat – c'est ça, l'ironie – et aussitôt un pégreleux bas de plafond de Reykjavik ou une fouine mal lavée de Hambourg – l'horreur universelle d'Internet – déclenchent une campagne de presse contre vous, vous attribuant donc une pensée diagonalement opposée à la vôtre…

J'hésite un instant. Dois-je, dans les couloirs de Châtelet-Les Halles, engager une discussion avec la vieille dame, lui parler rhétorique, double sens, etc. ? Bah ! À Paris, on ne se parle pas, dans le métro. Respectons cette tradition exactement centenaire. Je repars donc vers mon destin, dans les boyaux obscurs de la Ville Lumière, courbé sous le poids de graves interrogations. Faut-il, pour combattre les préjugés, commencer par les répandre ? (Ce serait amusant s'il s'agissait de la peste.)

« Ne dites pas “saoul comme un Polonais” !

— Ah bon ? Les Polonais sont toujours saouls ? »

On voit le danger de la chose. Je suggère donc à la société qui a conçu la campagne parisienne d'éducation civique de la modifier en la basant sur des stéréotypes positifs : « Les Maghrébins sont hospitaliers », « Les Français sont les meilleurs cuisiniers du monde », « Les Noirs sont naturellement élégants », etc. Au moins, s'ils sont pris au pied de la lettre, ces clichés feront moins de dégâts…

Et on imagine mal les intéressés protester vigoureusement, surtout les Français d'origine maghrébine au teint foncé qui, c'est bien connu, vous reçoivent volontiers chez eux, vêtus comme l'Aga Khan, pour vous mitonner d'inoubliables festins…

[19-6-2016]

La faute à Machiavel

Dans ce café branché de Knightsbridge, à Londres, mes amis Kenneth et Emma m'expliquent, désabusés, ce qui vient de se passer dans leur pays.

Emma : « David Cameron échafaude un plan machiavélique (le référendum) pour se débarrasser de Nigel Farage, le patron du parti anti-Europe, et par la même occasion de l'aile droite de son propre parti conservateur. Coup double ! Plus machiavélien, tu meurs. Sauf qu'il n'avait pas pensé à un petit détail : un référendum, ça peut se perdre… »

Kenneth : « Boris Johnson est un Européen convaincu, il vient d'une famille cosmopolite, son père a travaillé à la Commission européenne de 1973 à 1979 : il aurait donc dû militer contre le Brexit. Mais non, ce serait trop simple ! Il conçoit un plan machiavéloïde : il va faire semblant d'avoir changé d'avis, il va soutenir le Brexit, montrer sa bobine partout ("Excellent pour la pub, coco"). Il va échouer, mais sa défaite sera honorable ("Avoir le courage de ses idées, aller à contre-courant, c'est très porteur, coco"), il sera si populaire dans l'aile droite du parti et parmi ceux qui votaient UKIP – entre-temps défunt pour cause de défaite – qu'il dégommera David Cameron au prochain congrès. Tu nous suis ?

— Difficilement.

— Michael Gove, ministre de troisième zone connu de sa seule mère, ourdit un plan machiavélesque : il va soutenir Boris. Si pas Brexit, il a quand même acquis une dimension nationale ; si Brexit, il assassine ledit Boris, passe devant lui et devient lui-même Premier ministre. Sauf qu'après avoir poignardé son ami de trente ans, sa réputation était tellement ternie que ses collègues parlementaires l'ont envoyé *línea recta* dans les poubelles de l'Histoire. *Exit* Gove ! »

Emma prend le relais : « Jeremy Corbyn, le patron du Parti travailliste, imagine un plan machiavélovique : il prônera le maintien du Royaume-Uni dans l'Europe, puisque c'est la position officielle de son parti, mais il le fera très mollement. Pas un seul meeting ! Aucun débat ! Ainsi, il pourra continuer à charger Bruxelles de tous les maux ("libéralisme sauvage", "austérité pour les pauvres", "oppresseur des Grecs", etc.) sans qu'on puisse lui reprocher de se contredire. Moyennant quoi, 37 % des électeurs travaillistes, n'ayant rien compris à la position de leur parti, ont voté pour le Brexit, donc contre les consignes (inaudibles) de Jeremy. »

Kenneth : « Et encore, il ne s'agit que des principaux acteurs du drame. Y en avait plein d'autres, des petits Machiavélous, chacun tramant son complot *macchiato* dans son coin – *coffee, anyone* ?

Résultat : tout le monde s'est planté. Et David, Nigel, Boris, Michael ont tiré leur révérence – en attendant que Jeremy se résigne à en faire autant. »

Emma : « Trahisons, vilenies, un coup de théâtre spectaculaire et à la fin tout le monde meurt : c'est Machiavel revu et corrigé par Shakespeare. »

Je suis revenu de Londres avec une furieuse envie de brûler toute l'œuvre de Machiavel. Et si nous revenions à la simplicité et à la droiture d'un Socrate ou d'un Gandhi ?

[10-7-2016]

Séduire par la terreur

Il y a des avocats qui ne manquent pas d'aplomb. On se souvient de ce baveux qui, ayant à défendre un homme qui avait massacré ses parents, essaya d'amadouer les jurés en soulignant que son client était désormais orphelin… Il y eut aussi ce *lawyer* américain accusé d'avoir détourné de l'argent de son cabinet et qui affirma qu'il s'agissait d'un prêt autorisé… par lui-même. Et puis, il y avait le regretté Jacques Vergès qui transformait le procès de n'importe lequel de ses clients en mise en accusation de l'État français, du système capitaliste mondial, de l'espèce humaine tout entière.

J'ai pensé à tous ces cas d'*hubris* en lisant le compte rendu du procès d'un Marocain accusé, aux Pays-Bas, d'avoir fait allégeance au pseudo-calife Iznogoud, d'avoir menacé l'*urbi* et l'*orbi* et d'avoir préparé de sinistres attentats dans son terrier.

Son avocat, qui avait peut-être fumé un tapis marocain avant l'audience, a eu le front de proposer l'explication suivante : son client, appelons-le Abdelmoula, réside de façon illégale aux Pays-Bas, où il exerce des petits boulots, à droite et à gauche. Il est timide, scrofuleux et laid comme un pou (la cour est invitée à constater cela *de visu*), il bégaie ou peut-être zozote-t-il. Bref, mesdames-messieurs, soyez honnêtes : quelle chance a-t-il d'emballer une vertueuse jeune femme avec qui faire sa vie – et accessoirement obtenir une carte de séjour et, dans un jour lointain, un beau passeport couleur grenat aux armes du royaume batave ?

Et l'avocat de tonner : « Aucune chance, mesdames-messieurs, aucune ! Donc mon client, le pauvre Abdelmoula, eut l'idée de se confectionner une image de valeureux guerrier pour se faire remarquer sur Internet par une Daouia ou une Ibtissam des polders, pour l'impressionner par ses déclarations martiales, pour la séduire par son intransigeance de fier djihadiste voué à la destruction de l'Occident pervers. Il y aurait eu prise de contact, échange de messages, le romantisme aurait petit à petit pris la place des décapitations et des lapidations et, le moment venu, un rendez-vous dans un café d'Amsterdam aurait scellé l'amour éternel entre Abdelmoula et Daouia (ou Ibtissam ou Boulboula, on se fiche bien des prénoms tant que la marchandise est conforme). Un preste mariage eût conclu l'affaire. On n'aurait jamais entendu parler de mon client, régularisé et rangé des voitures. C'est donc la police qui est coupable d'avoir gâché la fête. Au sieur Abdelmoula on ne peut reprocher qu'une imagination débordante. »

Le djihadisme comme arme de séduction ? On se frotte les yeux. Et pourtant, l'affaire est authentique. Un type effroyablement médiocre nous terrorise pour régler ses problèmes personnels et l'avocat y voit des circonstances atténuantes. Moi, j'y vois plutôt des circonstances aggravantes. Pour la peine, Abdelmoula devrait être envoyé chez Iznogoud pour y chercher l'âme sœur, s'envoyer en l'air avec elle (nous parlons attentat-suicide), et nous laisser vivre en paix…

[28-8-2016]

La vie en accéléré

Vous connaissez ce sentiment : un jour, on se sent largué, on n'arrive plus à suivre, l'évolution technique s'emballe, fuiiiit ! tout fout l'camp et on reste en rade, l'œil niais et la vue basse. Et si vous ne connaissez pas ce sentiment, c'est que vous n'avez que quinze ans et alors que faites-vous à lire mes radotages au lieu d'aller capturer des Pokémons ?

Moi, ça me prend régulièrement, depuis quelques années. Par exemple, le jour où j'ai enfin envisagé d'avoir – éventuellement – ma page Facebook, des jeunes m'ont ri au nez : « C'est d'un ringard ! » Ils ont, eux, une appli que je ne connaissais pas, dont je n'avais jamais entendu parler, que je ne saurais même pas reconnaître si elle me mordait soudain le bout du nez.

Et puis, tiens, hier : nouvel exemple du sentiment de n'être plus à la page. Je reçois un mail d'une petite Marie dont je suis le parrain. Elle me recommande de regarder une vidéo du physicien-philosophe Étienne Klein sur YouTube (c'est effectivement très intéressant), mais ce qui me sidère, ce sont les derniers mots de son mail. *Verbatim* : « Tu pourras regarder la vidéo en doublant sa vitesse, elle reste compréhensible. » J'ai d'abord éclaté de rire en lisant cette phrase puis elle m'a plongé dans un abîme de réflexion quand j'ai compris que ma filleule parlait sérieusement. On peut effectivement regarder la vidéo en dix minutes au lieu de vingt. La voix du physicien s'envole vers les aigus, ses gestes saccadés rappellent ceux de Charlot, mais on peut comprendre ce qu'il raconte.

Mais pourquoi faire ça, vains dieux ?

J'ai confié mon désarroi à un ami qui a poussé un soupir lugubre. Non seulement son fils adolescent regarde les films en accéléré mais il en regarde parfois deux en même temps, sur deux écrans différents. Horreur ! Est-ce ainsi que nous devons nous adapter à la croissance exponentielle de l'information qui nous assaille de tous côtés ? Doubler la vitesse ? Regarder les matchs de foot en accéléré ? Résumer Proust en une phrase (« Comment le petit Marcel est devenu écrivain ») ? Vivre à la va-vite ? Manger la banane par les deux bouts ? Aimer puis détester dans la même journée... dans le même souffle ? Tweeter la philosophie de Hegel ? Faire des discours d'une minute ? Partir avant la fin ? Partir avant même d'être venu ?

Vous me dites : « Bah... »

Quoi, bah ? Vous trouvez que ce n'est pas important ? Les psychologues nous assurent qu'il est bon qu'un enfant s'ennuie parfois. Mais c'est fini ! L'ennui, y a plus ! On regarde de l'œil gauche le résumé d'un match, de l'œil droit l'accéléré du dernier *James Bond* tout en bavardant au téléphone avec ses amis. Et les adultes ? Ne doivent-ils pas prendre le temps de réfléchir posément, de méditer, de rêvasser ? N'est-ce pas ce qui nous aide à prendre les bonnes décisions, à mûrir nos idées ?

Prenons au moins quelques minutes pour ruminer tout cela…

[18-9-2016]

La première loi des réseaux sociaux

L'information circule de plus en plus vite. Est-ce un bienfait, est-ce une mauvaise chose ? Ça dépend de nous. Nous tous : reporters, journalistes, lecteurs et « propagateurs » – il faut sans doute introduire ce néologisme pour désigner la masse croissante de ceux qui ne font que répercuter, par le biais des réseaux sociaux, les informations qu'ils glanent ici et là.

Les propagateurs, voilà le danger !

S'il fallait un exemple du danger de cette propagation quasi instantanée de l'information, en voici un qui nous vient d'un… terrain de football. Le club de Zwolle, en première division néerlandaise, vient de battre le club de La Haye. Le brillant attaquant Youness Mokhtar, d'origine marocaine, a marqué deux beaux buts et largement contribué à la victoire de son équipe. Tout va bien ? Non : un incident va gâcher la fête. Et le plus extraordinaire, c'est que l'incident est entièrement imaginaire. Ses conséquences, en revanche, sont bien réelles.

Que s'est-il passé ? Dès la fin du match, une journaliste sportive, Aletha Leidelmeijer, se précipite vers Youness Mokhtar pour l'interviewer. Au bord du terrain, le joueur vedette de Zwolle se prête volontiers à l'exercice. De loin, un gugusse observe la scène. Il remarque que Youness n'a pas serré la main à Aletha. Et pour cause : elle ne la lui a pas tendue, pressée qu'elle était de commencer l'interview. Mais regardez comment fonctionne la folie qui s'est abattue sur le monde depuis que nous sommes entrés dans ce XXIe siècle décidément religieux, comme l'avait prévu Malraux. Le gugusse n'ayant vu aucun *shake-hand* entre le footballeur et la journaliste en déduit que c'est le premier qui a refusé de broyer la dextre de la moukère. Vous suivez ? Et de tweeter furieusement : « Un footballeur salafiste (*sic*) humilie une reporter. »

Et c'est là que les propagateurs entrent en scène.

Le tweet s'envole, se démultiplie, se déforme (« Un salafiste insulte un cameraman… ») et il finit par contaminer la presse dite sérieuse – pas très sérieuse, au fond, puisque tout cela se fait sans aucune vérification… Le *Algemeen Dagblad* répercute en commentant sévèrement, le *Telegraaf* (populiste) réclame une forte amende pour Youness Mokhtar et son expulsion de la première division s'il récidive (on va lui envoyer des bimbos la main tendue, pour voir ?), d'autres journaux dissertent gravement sur ce sujet assez inattendu : « sport et salafisme ». On annonce un colloque international.

Alertée, la journaliste tweete à son tour : « Fausse alerte ! Youness ne m'a pas serré la main tout simplement parce que je ne la lui ai pas tendue ! » Youness tweete la même chose. Peine perdue. Car la perversité du système des propagateurs fait que ceux-ci ne propagent que ce qui les choque. Prenant acte à titre personnel du démenti, ils passent à autre chose. En d'autres termes, quand la fausse nouvelle est multipliée par dix mille, le démenti ne l'est que par dix…

On pourrait appeler cela « la première loi des réseaux sociaux ». Pas de quoi se réjouir…

[9-10-2016]

Faire la guerre, faire la fête

On lit cette semaine dans la presse cette information ébouriffante : « Deux imams marocains arrêtés à Ibiza pour propagande en faveur de Daesh. » Vous ne me croyez pas ? Googlisez, amis, googlisez.

Donc, deux imams arrêtés à Ibiza…

Excusez mon ignorance, mais je croyais qu'Ibiza était un de ces lieux de perdition où la jet-set s'encanaille, boit sans soif, danse jusqu'à pas d'heure et où le stupre et la fornication se pratiquent sans désemparer. J'ai rencontré un jour, à Paris, un fêtard qui se souvenait d'être arrivé à Ibiza et d'en être reparti une semaine plus tard, mais qui n'avait aucune idée de ce qu'il avait fait entre-temps. Tout s'était noyé dans les brumes de l'alcool, les volutes de la fumette et d'autres choses, encore plus inavouables. Voilà qui donne une idée de ce que c'est, ce confetti catalan perdu dans la mer.

Que diable (c'est le cas de le dire), que diable faisaient deux imams, fussent-ils marocains, sur une telle île ?

Leur *business plan* doit être le plus absurde jamais élaboré dans l'histoire du marketing : « Où trouve-t-on les pires païens de la planète, coco ? À Ibiza. C'est donc là qu'il faut aller recruter des djihadistes ! » Enfoncés, ceux qui ont un jour voulu vendre du sable aux Sahraouis, de la neige aux Esquimaux, de la poésie à la Mafia.

Les deux zigotos sont jeunes : trente et un ans l'un, trente-cinq l'autre. C'est peut-être ce qui explique le côté farfelu de leur entreprise. Peut-être ont-ils cru qu'« Ibiza » était un nom arabe, genre « Fallouja » ou « Bassora », et y ont-ils débarqué persuadés d'être quelque part entre le Tigre et l'Euphrate ?

Quoi qu'il en soit, on ne peut se défaire de l'idée que ces Pieds-Nickelés ont fait intrusion dans une partie du monde où ils n'auraient pas dû se trouver. Chacun son turf, que diable ! Après tout, personne – même pas Donald Trump – n'aurait l'idée saugrenue de monter un casino à La Mecque. Le pire laïcard n'irait pas jusqu'à ouvrir un bar à strip-tease à Lourdes, à côté de la grotte où la Sainte Vierge apparut (vêtue) à Bernadette Soubirous. Même l'athée le plus farouche ne collerait pas des pubs pour le saucisson Cochonou sur le Mur des Lamentations. Alors que faisaient ces deux imams à Ibiza ?

Tout cela nous amène à assigner une tâche urgente au nouveau secrétaire général de l'ONU : diviser le monde entre deux domaines bien distincts, celui où l'on a le droit d'invoquer les dieux pour se faire la guerre et celui où l'on fait la fête sans embêter personne.

Et s'il ne reste, à l'issue des négociations, que quelques kilomètres carrés pour ce dernier domaine, eh bien, que ce soit Ibiza !

[6-11-2016]

Les fous maîtres de l'asile

Il y a une nouvelle d'Edgar Poe – j'ai la flemme d'aller chercher le recueil dans ma bibliothèque, croyez-moi sur parole (et maintenant que j'y pense, je ne suis même plus sûr que c'est d'Edgar Poe, c'est peut-être de Chesterton ?) – bref, il y a une nouvelle ébouriffante de je ne sais quel gus anglais ou américain dont l'argument est le suivant : des visiteurs (des journalistes ?) d'un asile psychiatrique se rendent progressivement compte, avec horreur, que les médecins et les infirmiers qui les ont accueillis (je crois même qu'ils offrent un dîner) se mettent à exhiber un comportement de plus en plus excentrique. Certains se mettent à caqueter, d'autres se dénudent, etc.

Holà ! que se passe-t-il ?

Finalement, le pot aux roses est dévoilé : les fous se sont révoltés la veille, ils ont pris le contrôle de l'asile et les vrais médecins et infirmiers sont au fond de la cave, bâillonnés et ligotés.

« Euh… Quel rapport avec le monde tel qu'il va ? me demandez-vous, ronchons. *Jeune Afrique* est un *newsmagazine*, pas une revue littéraire. »

Le rapport, bande de ronchons, c'est un détail intéressant de la nouvelle : au début du banquet, les fous sont tout à fait crédibles comme professeurs de médecine, psychiatres, infirmiers parce qu'ils font de leur mieux pour singer les professionnels. Ce n'est qu'à la longue que leur vraie nature ressurgit.

Appliquons maintenant ce principe aux différents résultats électoraux qui nous ont choqués naguère ou qui nous pendent au nez en 2017. Trump président, le Philippin Duterte qui traite tout le monde de « fils de p… », la Marine Le Pen premier magistrat de France, un quasi-nazi presque président chez Sissi l'Autrichienne, Boris Johnson provoquant stupidement un Brexit dont il ne voulait pas, Poutine qui rit sous cape : on est bien dans la nouvelle de Poe (ou de Chesterton ?). Les hommes politiques sérieux sont dans la cave, bâillonnés et ligotés, les fous sont au pouvoir dans le bureau Ovale et ce qui en tient lieu dans d'autres palais présidentiels.

L'horreur ? Non, si on applique le canevas de la nouvelle de Poeterton. On peut être rassuré : au début, les fous singeront si bien les hommes politiques sérieux qu'on n'y verra que du feu. Trump se tiendra à carreau, la Marine sera une Thatcher gallique, Boris fera profil bas, Poutine jouera au tsar prudent. Le temps que le naturel revienne au galop, des élections seront passées par là et ils seront éjectés.

Vous me dites que mon allégorie chesterpoétique est vraiment tirée par les cheveux. Sans votre courtoisie proverbiale, vous me crieriez : « C'est nul ! » *Mea culpa*... Mais dans ces temps de désarroi géostratégique, on se console comme on peut...

[27-11-2016]

Nostradamus avait raison

C'est une tradition à laquelle il serait dommage de déroger, tant elle est instructive et amusante : chaque début d'année, nous faisons, dans ces colonnes, le bilan de ce que certains astrologues, voyants extra-lucides (ou extra-opaques…) et autres devins nous avaient annoncé, il y a douze mois, pour l'année qui vient de se terminer. On laisse naturellement de côté les prédictions tellement vagues qu'elles ne peuvent que se réaliser (« Un tremblement de terre frappera un pays d'Asie… »). Il s'agit de voir si ces messieurs-dames sont vraiment capables de prévoir… l'imprévisible. Après tout, c'est de cela qu'ils se vantent, c'est sur cela qu'ils battent monnaie.

Quelques lecteurs se sont étonnés, par écrit et courtoisement, de ce que nous perdions rituellement notre temps, une fois l'an, à tourner en bourrique des charlatans que personne ne prend au sérieux.

Au contraire, amis épistoliers, au contraire, soyez assurés que beaucoup de gens les prennent au sérieux et que c'est donc faire œuvre de salubrité publique que de prouver, une fois de plus, que prédictions, horoscope et boule de cristal, tout cela n'est que fumisterie.

Pour ce qui est de la France, la plupart des devins et astrologues avaient prédit que François Hollande se représenterait : raté… Et combien avaient vu dans les astres la comète Fillon ? Vérifiez, c'est à se tordre… Qui avait prédit la victoire du Portugal en coupe d'Europe ? Personne… pas même les voyants portugais !

Combien de ces extralucides avaient prévu en janvier dernier Trump élu président ? Exactement zéro. (Ce simple exemple devrait discréditer à jamais la profession, mais elle est plus coriace que la mauvaise herbe…)

Vous m'interrompez : « Mais Trucmuche, le fameux devin, avait prédit la mort de Castro ! »

C'est exact. Sauf que Trucmuche prédit avec une belle constance la mort de Castro chaque année depuis près d'une décennie. Le *líder máximo* n'étant pas immortel (c'est désormais prouvé), il fallait bien que cela arrivât un jour…

Quant à l'ancêtre de tous ces charlatans, l'illustre Nostradamus, qu'avait-il prédit pour les années passées ? Eh bien, une gigantesque éruption du Vésuve, la peste bubonique un peu partout, une guerre entre le royaume de Naples et l'Empire de Siam, l'abolition de tous les impôts (authentique !) et surtout, de façon très étonnante, ceci : « Les hommes pourront enfin parler aux animaux. »

Là, je dois rendre les armes. Comme tous les amis des félins, je parle chaque jour à mon chat, qui ne daigne pas répondre.

Il y a au moins une prédiction de Nostradamus qui s'est réalisée…

[8-1-2017]

L'homme de l'année : l'internaute polémiqueur

À qui n'est pas encore convaincu qu'Internet est une des pires catastrophes qui se soient abattues sur l'humanité souffrante, quelque part entre Attila le Hun et la peste bubonique, il suffit de considérer l'appauvrissement du langage, l'abaissement de l'homme et l'extension de la vulgarité auxquels cette invention diabolique a conduit en quelques années.

L'appauvrissement du langage est tout simplement spectaculaire.

Autrefois, devant un spectacle de la nature ou un événement quel qu'il fût, on pouvait être ému, amusé, bouleversé, troublé, secoué, remué, retourné, enthousiasmé, etc. Tout cela a disparu. Aujourd'hui, l'internaute « like » ou ne « like » pas.

On lui lit un poème sublime ? Il « like ». On lui apprend qu'un orphelinat a brûlé pendant la nuit, qu'il y a eu cent vingt petites victimes ? Il « like » pas. Rostropovitch ressuscité joue les suites de Bach comme jamais elles ne furent jouées ? Il « like » (ou pas). Poutine envahit le Bangladesh ? Il « like » pas. Il dîne dans un trois étoiles ? Il « like ».

On en est là.

Autrefois, au siècle dernier, j'aimais raconter cette blague : « Ronald et Nancy Reagan ont donné une petite réception à laquelle ils n'ont invité que leurs cinq mille meilleurs amis. » Succès assuré à une époque où les mots avaient encore un sens. Aujourd'hui, quand je me hasarde à raconter cette petite saillie, on me regarde sans le moindre sourire, l'air assez bovin en fait, et on m'éructe au visage : « Et alors ? »

C'est que la *vis comica* de la chose s'est perdue. À cause de Fessebouque, on croit vraiment avoir cinq mille, dix mille amis. L'amitié, à laquelle les plus grands esprits ont consacré tant de belles pages au cours des siècles, l'amitié, chose infiniment précieuse qui fait le sel de la vie (si on a un ou une amie de cœur, c'est un don du Ciel), l'amitié, dis-je, est devenue un mot vide de sens, une McNotion qui est à ce qu'elle était autrefois ce que McDonald est à la haute cuisine.

Vous trouvez que j'exagère ? Que pensez-vous de cette phrase inouïe que j'ai entendue prononcée il y a deux semaines par une ado boudeuse, à propos d'un godelureau qui venait de lui faire un signe de la main : « Je ne le connais pas, on doit être amis sur Facebook. »

On en est là.

Mais le pire (car on ne cesse de toucher le fond et il ne cesse de se dérober), c'est « la polémique ».

Depuis l'infection par Internet, tout est devenu sujet à polémique. « Les » internautes – encore un concept idiot, comme si trois pelés et un tondu représentaient tous ceux qui tapotent sur leur clavier –, « les » internautes, donc, pondent des polémiques du matin au soir, à propos de tout et de rien. Prenez l'allocution de fin d'année du président de la République française. Dans cette affaire, je suis tout à fait neutre, n'étant pas français et m'interdisant par conséquent de m'immiscer dans ce qui ne regarde que les citoyens français. J'ai suivi avec intérêt l'allocution présidentielle. Dans la seconde qui suivit son achèvement, « les » internautes déclenchèrent la polémique, comme il fallait s'y attendre.

« Les vœux présidentiels suscitent la polémique. » Macron avait été trop long. (Peu importe ce qu'il avait dit.) Macron n'avait pas été au fond des choses. Il avait donc été trop court. Mais il avait trop parlé. Mais pas assez, en fait, il n'avait rien dit de précis. Mais dix-sept minutes, quand même, on n'a pas que ça à f… Mais il n'a pas…

Pendant plus de deux millénaires, la logique d'Aristote a régné sur l'esprit humain. Une proposition est soit vraie, soit fausse. Mais « les » internautes ne « likent » pas la logique. « Ils » soutiennent simultanément une chose et son contraire. Ils fournissent toujours deux polémiques pour le prix d'une.

Parce qu'il a réussi l'exploit de démentir Aristote, parce qu'il occupe la scène du matin au soir, parce qu'il représente parfaitement l'humanité en voie de crétinisation accélérée, parce que la statue qu'on lui élèvera un jour ressemblera forcément à Balourd Trump le tweeteur, je propose d'élire homme de l'année 2017 : « l'internaute polémiqueur ».

Et j'attends, résigné, la polémique que cette proposition ne va pas manquer de déclencher…

[10-1-2017]

Une guerre de religion bien civile

Au cours d'une cure de repos dans une ville française, cure imposée par les médecins pour soigner un surmenage persistant, votre correspondant n'a pas chômé – ce qui contredit l'idée même de cure de repos, mais passons… On ne se refait pas. Donc, prenant langue avec l'élément local devant une belle église du XIXe siècle (faux gothique trop symétrique pour ne pas éveiller les soupçons), j'apprends par ledit élément local (une enseignante catho très sympathique) que se déroule dans cette ville une guerre de religion larvée.

Voici les faits : lorsque le curé rencontre l'imam du coin, ils se saluent fort cordialement et entament toujours un brin de causette. L'imam ne manque alors jamais de demander, l'air faussement détaché, à monsieur le curé le nombre de ses ouailles, plus précisément le nombre de celles qui ont assisté à la messe du dimanche.

« Quelques dizaines, marmonne le curé, qui sait bien ce qui va suivre.

— Ah bon, s'étonne candidement l'imam (ah, le bon apôtre !) et il ajoute, l'air de rien : Vendredi, ils étaient cent dans ma mosquée, pour écouter mon prône. »

Or, miracle, le curé vit naguère entrer en son église un Marocain qui prit rendez-vous avec lui pour parler d'une affaire importante. Le jour dit, le jeune Marocain apprit à l'homme d'Église qu'il était attiré par la religion catholique. De fil en aiguille, les choses se précisèrent et le jeune homme se convertit effectivement au christianisme version bulle et mule du pape.

Qui arborait un sourire éclatant lorsqu'il rencontra récemment, rue Notre-Dame (ça ne s'invente pas…), son ami imam ? Notre brave curé, qui apprit à l'autre, consterné, que son plus récent paroissien s'appelait Abdelmoula (je dis Abdelmoula au hasard, n'ayant aucune notion du prénom du gus). L'imam objecta l'impossibilité de la chose (l'islam récapitulant à la fois le judaïsme et le christianisme, revenir à celui-ci serait une forme de régression), mais le curé s'offrit à lui présenter ledit Abdelmoula, un missel à la main et sur le point de devenir officiellement Jean-Pierre.

L'imam déclina l'offre, le sourcil froncé.

L'incident eut deux conséquences : d'un côté l'imam se mit à prêcher chaque vendredi la gravité du péché d'apostasie (le fameux *irtadd*), de l'autre le curé se mit en chasse pour trouver d'autres mahométans susceptibles d'être séduits par le message d'amour du Christ.

On en est là dans cette ville où j'essaie de me refaire une santé : c'est une espèce de *mercato* d'hiver où chacun essaie de recruter les joueurs de l'équipe adverse.

Bah, me suis-je dit dans ma chambre spartiate de la clinique, en regardant au loin couler la Garonne, au moins ce *mercato* a toutes les apparences de l'urbanité et messieurs le curé et l'imam se saluent chaque jour et se serrent la main. Si toutes les guerres de religion se déroulaient de façon aussi pacifique, le monde irait beaucoup mieux…

[11-1-2017]

Du bon usage de la prière

C'est une histoire à peine croyable que je vais vous narrer ici, gentes dames et amis lecteurs, mais je vous en garantis l'authenticité.

C'était hier. Une grande Hollandaise – c'est presque un pléonasme, ce sont des géants, ces gens-là – me raconta, encore étonnée, ce qui lui était arrivé récemment.

Cela faisait des années qu'elle souffrait de troubles mystérieux : bourdonnements dans les oreilles, migraines, crampes dans le cou, plus d'autres maux moins directement physiques, tels qu'une impossibilité de se concentrer plus d'une dizaine de minutes sur n'importe quel sujet et, pour couronner le tout, un sentiment récurrent d'angoisse.

Elle avait tout essayé, vu des dizaines de thérapeutes, du plus sérieux au charlatan le plus éhonté, avalé des pilules de toutes tailles et de toutes couleurs, subi des massages divers, du plus doux à celui qui ressemble à l'équarrissage d'une jument, on l'avait étirée dans tous les sens, comme le chewing-gum d'une secrétaire de *mouqata'a*[1]. Parfois, le traitement la soulageait quelque peu mais jamais pour très longtemps. Tous ses maux revenaient vite.

Et puis un jour un thérapeute, de guerre lasse, et sur une inspiration dont on se demande d'où elle venait, lui conseilla de faire la prière à la façon des musulmans.

Précisons que ledit thérapeute, appelons-le Peter ou John ou tout ce que vous voudrez, n'a rien à voir avec l'islam, ni de près ni de loin.

Étonnée, sa cliente – la grande Hollandaise, donc – alla sur Internet et imprima tous les gestes, gesticulations et attitudes qui constituent la prière musulmane et elle s'astreignit à la faire méticuleusement plusieurs fois par jour. C'était comme un film muet (sans les paroles donc) et aux horaires fantaisistes (ni *fajr* ni *maghrib*), mais passons. En tout cas, les génuflexions et les prosternations y étaient, et plutôt deux fois qu'une.

Maintenant, que croyez-vous qu'il arriva ? Eh bien, notre géante vit peu à peu tous ses symptômes disparaître. Aujourd'hui, elle se considère comme guérie. *Allahou akbar.*

Les gars, les filles, commencez votre discussion sans moi, je suis trop fatigué en ce moment. Je me contente de rapporter fidèlement ce que m'a raconté cette jeune femme qui est tout sauf une mythomane. Que s'est-il passé ? Effet placebo ? Autosuggestion ?

1. Arrondissement.

La main de Dieu ? Des ondes telluriques qu'on capte quand on frappe du front le sol ? Ou bien la prière musulmane est-elle une sorte de yoga plus efficace que le yoga ?

À vous de me le dire, moi je suis perplexe et je ne sais qu'ajouter…

[18-1-2017]

Une insulte gratuite et raciste

L'autre jour, j'étais assis au soleil sur un banc dans la petite ville des bords de la Garonne où on est censé retrouver entrain et joie de vivre, lorsque j'entendis deux gugusses, invisibles parce qu'allongés sur le gazon derrière moi, tenir le dialogue suivant :

« Dis donc, j'étais au musée hier, eh bien, je n'en ai pas cru mes yeux, il y avait deux Noirs en train de le visiter. C'est la première fois de ma vie que je vois des Blacks dans un musée. »

Et l'autre gugusse de répliquer : « C'était pas des vrais Blacks, c'était des Bounty.

— Des Bounty ?

— Oui, ils sont noirs à l'extérieur mais blancs à l'intérieur.

— Ha, ha, ha ! »

Ce court dialogue m'a mis hors de moi. Évidemment, il n'était pas question que j'aille chercher noise aux deux faquins en leur gazon (la tension, la tension !), je n'ai donc rien dit. Heureusement qu'il reste les colonnes du 360.ma pour se défouler ou pratiquer l'esprit de l'escalier.

Tout d'abord, commençons par citer George Orwell : « Le premier qui a comparé une femme à une rose était un poète. Le deuxième était un plagiaire. » Cela à l'intention de ceux qui usent et abusent de l'image du Bounty – vilains plagiaires, inventez vous-mêmes vos métaphores et vos métonymie – ou sinon, taisez-vous !

D'autre part, cette image est au fond incroyablement raciste. Ainsi, un Noir qui fréquente les musées ou un Maghrébin qui s'astreint à un bel usage de la langue française seraient « dénaturés » ? Ils ne seraient plus eux-mêmes ? Apprécier la musique de Bach serait interdit si on s'appelle Hmidou ou Daouia ? Autant dire alors que les musées sont réservés aux Blancs, que Mozart appartient aux Autrichiens et que le bel usage du français n'est légitime que quand on est tourangeau… C'est absurde.

Leftah ou Khaïr-Eddine ou Kateb étaient des virtuoses du français. Étaient-ils des Bounty ?

Je me souviens de mon ami Hamidou Sall, Sénégalais bon teint, me faisant la remarque autour d'un bon couscous, à El Jadida, que le mot « synopsis » devrait être féminin, vu le mot grec dont il dérive. Un Sénégalais corrigeant la langue française, pourquoi pas ? Pourquoi l'insulter, pourquoi se gausser de lui ?

Il faut être nul pour voir des Bounty ailleurs que chez le confiseur…

[25-1-2017]

Un peu de politique comparative

Examinons, si vous le voulez bien – et un peu de silence, là-bas, au fond, ou je vous envoie chez le proviseur –, examinons deux situations politiques dans deux pays différents et voyons si nous pouvons en tirer une leçon.

Au Maroc, le Premier ministre désigné peine à former son gouvernement. Pourquoi ? Il avait eu l'outrecuidance de vouloir se passer des partis proches du Palais pour mettre en place une coalition (il ne dispose pas de la majorité absolue). Haro sur le baudet ! La situation est tellement bloquée qu'à l'heure où nous mettons sous presse des juristes évoquent des articles ambigus de la Constitution qui pourraient permettre d'exclure le PJD, pourtant arrivé en tête du vote, de l'exercice du pouvoir. Assoyons-nous gaiement sur la légitimité conférée par les urnes !

Aux Pays-Bas, le parti que tous les sondages désignent comme le futur grand vainqueur des prochaines élections législatives, le PVV, n'a aucune chance de former une coalition : toutes les autres formations ont juré qu'elles ne s'allieraient jamais avec lui. Le plus grand parti du pays sera donc exclu de l'exercice du pouvoir. Assoyons-nous gaiement sur la légitimité conférée par les urnes !

Vous remarquerez, chers étudiants, que les deux derniers paragraphes se closent sur la même phrase, plus précisément la même exclamation. Maintenant, vous vous attendez peut-être que je disserte longuement sur chaque cas. Que nenni ! Je fais un demi-tour et je braque ma longue-vue non sur ces deux *casus* (ou *casi*, comme disent les puristes) mais sur la réaction des observateurs.

Et je remarque avec un léger étonnement la chose suivante : les marocanologues néerlandais crient à l'autoritarisme, au déni de démocratie, au coup de force dans le cas du Maroc. Mais ils n'ont aucun problème avec le *casus* de leur propre pays.

On peut les comprendre. Le PVV est le parti populiste du détestable Geert Wilders qui manie la xénophobie et le mensonge avec une virtuosité inquiétante. (Sa dernière invention : il a affirmé très sérieusement, lors d'un speech quelque part en Europe, que les blondes, aux Pays-Bas, étaient obligées de cacher leurs cheveux ou de les teindre pour ne pas se faire violer par les immigrants…) Le boycott unanime du PVV, même s'il arrive en tête des législatives, se justifie donc pleinement.

Certes. Mais dans la forme, ne s'agit-il pas de la même chose ?

Dans les deux cas, on met des bâtons dans les roues du premier parti. Les Néerlandais auraient raison de le faire, pas les Marocains. C'est curieux.

Les Pays-Bas sont une démocratie, personne n'en doute. Mais alors, c'est un peu comme si on demandait au Maroc d'être plus démocrate que démocrate, de la même façon que Tide ou Dash ou je ne sais quelle lessive lave « plus blanc que blanc ». Beau slogan, mais vous avez déjà vu ça quelque part, plus blanc que blanc ?

Allez, on arrête ici le cours. La semaine prochaine, interro écrite surprise.

[29-1-2017]

Pour une « Légion étrangère » marocaine

Le Maroc, seul parmi les pays du Maghreb, a pris la décision courageuse et digne d'éloges de régulariser la situation de milliers d'Africains subsahariens qui y résident depuis longtemps et qui y sont tellement bien intégrés que ce serait inhumain de les expulser ou de les laisser vivre dans l'illégalité.

Reste la question de savoir ce que nous allons faire de certains d'entre eux, jeunes hommes vigoureux et pleins d'énergie mais qui pourraient du jour au lendemain perdre leur emploi puisqu'ils travaillent souvent dans le secteur informel. Pas facile de trouver un job quand on est étranger et qu'on ne maîtrise pas toutes les subtilités de la langue qui lie tous les Marocains, j'ai nommé notre savoureux trésor national qui a nom *darija*.

Sans doute se casse-t-on la tête à ce sujet en maint ministère et y forme-t-on des commissions genre tour de Pise, c'est-à-dire qui se penchent sur le problème pour tenter de lui apporter une solution.

Que ne consulte-t-on les chroniqueurs du 360.ma, cette belle brochette de génies qui ont réponse à tout ? Car, oui, la solution, nous l'avons : il faut créer une Légion étrangère au sein de nos Forces armées royales.

Les avantages d'une telle Légion sont... légion. (Je n'allais tout de même pas laisser passer cette astuce.)

D'abord, quoi de plus symbolique pour affirmer l'ancrage africain du Maroc au moment où celui-ci reprend sa place dans l'Union africaine ?

D'autre part, pour l'assimilation, ce serait excellent. On donnerait aux légionnaires, en plus de l'instruction militaire, des cours d'arabe, de *tamazight*, de *darija*, on leur ferait mieux connaître la culture marocaine dans laquelle ils ont vocation à se fondre, on leur ferait apprécier la gastronomie locale, etc.

Enfin, si nos amis maliens, nigériens ou sénégalais nous demandaient un jour d'intervenir chez eux pour y défendre la démocratie contre de vilains putschistes ou des djihadistes inféodés au calife Iznogoud, nous leur enverrions cette Légion étrangère. Ainsi, les habitants du cru n'auraient pas l'impression d'être envahis par des néocolonialistes blancs comme des Fassis, blonds comme certains Rifains aux origines vandales ou bruns comme mes chers Doukkalis. Ce serait leurs propres cousins « blacks » qui viendraient les sauver du putsch ou du califou de Raqqa.

On peut la tourner dans tous les sens, notre proposition est tout bénéfice pour tout le monde.

J'attends maintenant sa mise en place rapide ainsi que ma nomination de caporal à titre honoraire.

[1-2-2017]

Prions les uns pour les autres

C'est mon ami Rachid, mon *alter ego*, qui m'a raconté cette histoire.

Dans l'espèce de couvent médicalisé (disons : une retraite) sur les bords de la Garonne où il coule des jours tranquilles pour soigner une méchante dépression, une des moniales, une certaine sœur Émilie, l'a pris en affection.

Pendant le déjeuner, à l'hôtellerie (ça s'appelle comme ça), elle s'assure qu'il a bien mangé et lui donne toujours un rab de tarte aux noix avec un doigt de pacherenc auquel il ne touche évidemment pas pour ne pas se faire excommunier par l'imam (virtuel) du coin.

Toute rosissante, sœur Émilie lui a confié hier, en chuchotant : « Rachid, je voudrais vous dire, et j'espère que vous pourrez accueillir cette parole car je ne cherche pas à vous offenser ni à vous blesser : je prie pour vous chaque jour, je vous dépose dans le cœur du Christ et je vous confie à lui. »

Du fond de son grabat, très ému, quasiment en larmes, mon ami contemple le visage lumineux de sœur Émilie et il se dit : « Franchement, le monde serait plus beau si, pour toute moniale catholique qui prie pour un Rachid supposé musulman, il y avait quelque part un musulman ou une musulmane qui priait pour un Jean ou une Jeanne, un chrétien ou une chrétienne en détresse… »

(C'est d'ailleurs ce que fit, d'une certaine façon, l'admirable émir Abd el-Kader pour les chrétiens d'Orient, en Syrie. Il en sauva des centaines. Mais c'était au XIXe siècle et nous étions encore à la hauteur, à l'époque. Aujourd'hui, nous les massacrons.)

Prions tous les uns pour les autres, frères humains… C'est dans la détresse que nous découvrons à quel point nous sommes semblables les uns aux autres.

PS : Cette même sœur Émilie lui a également confié qu'elle priait pour les soldats perdus de Daesh.

(Vous ne me croyez pas ? Googlisez « Adopte un soldat de Daesh ».)

Comme Rachid s'étonnait et même se scandalisait de la chose, sœur Émilie lui décocha un sourire angélique et murmura : « Le Christ n'a-t-il pas dit : "Aimez vos ennemis" ? C'est ce que nous nous efforçons de faire. L'amour est notre seule réponse. »

Qu'ajouter de plus ?

[8-2-2017]

Méditez ceci, imams, rabbins et prêtres…

Rien de mieux que des loisirs forcés pour se plonger enfin dans tous ces livres qu'on s'était promis de lire un jour, quand on en aurait le temps, ce temps qui nous fait si cruellement défaut quand on est pris dans le tourbillon du travail et de la vie en société. Une hospitalisation qui s'éternise peut compter comme des loisirs forcés, même si, vulgairement parlant, ce n'est pas la joie. Me voici donc à m'user les yeux au rythme d'un volume par jour dans ma petite chambre d'hôpital avec vue sur la Garonne. Quand la nuit tombe, je ne sais plus où je suis.

Parmi les ouvrages qui composent la fameuse liste, il y a le poignant Journal d'Etty Hillesum publié en français sous le titre *Une vie bouleversée*.

Tout le monde connaît Anne Frank, son Journal et la cachette, à Amsterdam, où elle passa des mois pour échapper aux nazis pendant l'Occupation. Il me semble qu'Etty Hillesum est beaucoup plus intéressante qu'Anne. Une question d'âge, sans doute, mais aussi de disposition d'esprit. Etty était une sorte de mystique qui ne chercha pas à échapper à la déportation, même quand elle en eut la possibilité, et d'autre part, dans les pires moments d'horreur, elle ne cessait de répéter : « La vie est belle et pleine de sens. » Vertigineux…

Mais bref, si je vous parle de cet extraordinaire Journal d'Etty Hillesum, c'est qu'au détour d'une page (la page 272, pour être précis) j'ai eu la stupéfaction de lire cette phrase : « Les gendarmes ont fouillé nos sacs à dos et nos valises. J'ai très obligeamment ouvert la petite mallette en rotin recelant le Coran et le Talmud. »

Partagez-vous mon étonnement, amies lectrices, amis lecteurs ? En route vers Auschwitz pour un aller sans retour, Etty avait emporté deux livres : le Talmud (ce qui se comprend puisqu'elle était juive) et… le Coran ! Elle le cite d'ailleurs en premier.

C'est après avoir achevé ma lecture que j'ai compris. Pour Etty Hillesum, Dieu est cette part en elle qui entre en résonance avec un beau paysage, une pensée élevée, avec l'acceptation de la vie telle qu'elle est, etc. Dieu ne se laisse donc pas saisir en une liste d'interdits et de commandements et, d'autre part, il n'est pas au-dehors mais à l'intérieur de chacun. Une phrase du Coran peut donc aussi bien « révéler » ce Dieu intérieur qu'une cantate de Bach ou un paragraphe du Talmud.

Je me demande ce que les SS ont fait du Coran de la Juive Etty lorsqu'elle est arrivée au camp de concentration. L'ont-ils brûlé ? Peu importe. Ce qui me frappe dans cette anecdote, c'est l'élévation de pensée de cette femme admirable qui ne fêta jamais ses trente ans.

Sommes-nous à la hauteur ? À lire les pseudo-imams du Net, les rabbins racistes genre Ovadia Yosef, les cathos traditionalistes qui parlent de « la vraie religion » pour exclure les autres, on a envie de les mettre au pain sec et à l'eau et de les obliger à lire la *Vie bouleversée* d'Etty Hillesum. Elle est très, très au-dessus de ces soi-disant spécialistes de Dieu…

[15-2-2017]

Des pensions pour nos écrivains !

Cette année, le Maroc est l'invité d'honneur du Salon du livre de Paris, au mois de mars. Une liste officielle d'une trentaine d'auteurs a été établie : ils seront les hôtes privilégiés de cette manifestation.

Quand j'ai appris la bonne nouvelle, j'ai tout de suite pensé à une anecdote qui figure dans le *Journal* de Matthieu Galey, que Laffont a eu la bonne idée de rééditer dans la collection « Bouquins ». On la trouve, cette anecdote, page 205.

Un jour, au début des années 40, Jean Genet va rendre visite à Marcel Jouhandeau, une des gloires littéraires de l'époque. Genet, qui a à peine trente ans, révèle à son aîné qu'il vient d'écrire un livre et qu'il entend désormais vivre de sa plume. L'autre fait la moue et répond : « Mon jeune ami, la littérature ne nourrit pas son homme. Gardez votre premier métier. » Quelques mois plus tard, Jouhandeau reçoit une lettre de Genet envoyée de la prison de la Santé, à Paris : « J'ai suivi votre conseil, j'ai continué à voler mais je me suis fait prendre. Pourriez-vous m'envoyer des colis ? »

Non pas que nous autres, écrivains marocains, en soyons réduits à faire les poches de nos concitoyens mais enfin, à une glorieuse exception près, je ne connais aucun confrère qui vive de sa plume : nous avons tous un autre métier. La production s'en ressent. Étonnez-vous que nous n'ayons encore jamais décroché un Nobel. Nos quatre Goncourt, c'est déjà miraculeux…

Que faire ? Eh bien, réinventons le XVIIe siècle : chacun des classiques de ce siècle – Racine, Molière, Boileau, La Fontaine – était « pensionné » (on dirait aujourd'hui sponsorisé) par un prince ou un noble. Ce qu'il faudrait, c'est que les grosses fortunes de l'Empire chérifien fassent aujourd'hui de même avec les écrivains.

Je vois bien l'Office chérifien des phosphates sponsoriser le roman naturaliste (il y a du *Germinal* dans les mines de phosphates, je peux en témoigner) ; la plus grande banque du pays, Attijariwafabank, « pensionnerait » les auteurs de romans genre *L'Argent* du Zola local ; l'ami Hassad, ministre de l'Intérieur, donnerait un coup de pouce aux romans policiers, ça va de soi (l'un des meilleurs auteurs de polars au Maroc est d'ailleurs un ancien commissaire de police que nous avions surnommé « Columbo » quand il sévissait chez nous, à El Jadida). Et pour la prose régionale, Akhannouch prendrait sous son aile les auteurs du Souss, Tazi déverserait sa manne sur les Casablancais (de gauche), Lamrani financerait les Fassis, etc. Quant aux écrivains rifains (qui vivent tous en Hollande), ils viendraient tendre la sébile sous le nez d'Ilyas El Omari.

Si tous ces gens-là prennent notre proposition au sérieux, la littérature marocaine prendra enfin son envol. Et l'appel de Stockholm finira bien par retentir un jour, réveillant éberlué et ravi un auteur dûment pensionné par une banque, une entreprise ou un grossium local, qui profiteraient aussi des éclaboussures de la gloire venue de Scandinavie.

Vous voyez d'ici le beau slogan : « Attijari, la banque des Nobel »...

[19-2-2017]

Le coucou doit s'envoler !

Voici une anecdote garantie authentique et qui dit sans doute quelque chose d'important sur la mentalité des Marocains… mais quoi ? Je ne sais pas trop, à vous de me le dire.

Ça se passe la semaine dernière, jeudi 23 février pour être précis. La tempête fait rage à Amsterdam (une tempête nommée Doris par les météorologues). Les autorités compétentes décident, par précaution, de fermer l'aéroport de Schiphol, qui dessert Amsterdam et tout le pays. On arrête tout ! Plus aucun avion ne peut décoller ni atterrir.

À Schiphol, c'est naturellement une grande déception pour les milliers de voyageurs qui doivent s'apprêter à passer la nuit sur place, dans des conditions pas très confortables, ou bien retourner en ville chercher un hôtel pas trop cher. Mais bon, ce sont des choses qui arrivent. On maugrée un peu et puis on se résigne.

Quand je dis « on maugrée », il faut comprendre qu'on le fait en cent langues différentes car Schiphol est un aéroport international et un « hub » entre quatre continents. Et voici le plus extraordinaire : il y a une seule langue dans laquelle on ne maugrée pas ce soir-là à l'aéroport : le marocain dialectal (notre chère *darija*) mâtiné de *tarifit*. Pourquoi ? Parce que les Marocains, à la différence des Chinois, des Péruviens, des Anglais, des Zambiens (on peut continuer longtemps comme ça...), au lieu de maugréer et de lever le camp, refusent tout uniment de s'en aller et *exigent* que l'avion de la RAM décolle, seul dans la nuit noire, seul dans la tempête. Ils ont chacun une bonne raison : un mariage à célébrer à Nador, une vente à réaliser à Al Hoceima, un scoubidou à exhiber sur la plage de Tanger, etc.

Les responsables de l'aéroport et de la RAM essaient de parlementer. Il leur suffit d'ailleurs de montrer les arbres à moitié courbés par la violence du vent et les paquets d'eau qui frappent à briser les vitres. Rien à faire. « Notre vol doit décoller ! » clament les Marocains sur l'air bien connu de *Ma m'fakinch !* – c'est-à-dire *On ne lâche rien !*

L'affaire devient tellement sérieuse qu'il faut appeler un très haut responsable à l'ambassade du Maroc – c'est d'ailleurs lui qui m'a raconté cette anecdote le lendemain. C'est un homme très compétent qui connaît parfaitement les procédures. En l'occurrence, les autorités portuaires sont souveraines. Si elles décident la fermeture de l'aéroport, personne, pas même le diable et son train, ne peut s'y opposer. Le haut responsable doit donc dare-dare aller à Schiphol calmer ses compatriotes.

Je répète que des cent nationalités présentes ce soir-là à l'aéroport, seuls les ressortissants chérifiens avaient exigé que le coucou de la RAM bravât les éléments et décollât en plein ouragan.

Maintenant je pose la question : pourquoi ? Pourquoi sommes-nous les seuls à nous comporter ainsi ? Peut-être y a-t-il une sorte de fatalisme dans cette attitude. Ouragan ou pas, seul Dieu décide en fin de compte de notre sort. S'il veut que le biplan de la RAM arrive sans encombre à destination, eh bien il arrivera. Ou peut-être est-ce le passé compliqué des Rifains – qu'est-ce qu'on les a opprimés autrefois, ces gens-là... – qui les a rendus méfiants par rapport à tout ce qu'on leur dit (car c'était surtout des Rifains qui étaient dans l'avion). Quoi, tempête ? Quoi, typhon et tornades ? Tout ça, ce sont des coups tordus du Pouvoir (de n'importe quel Pouvoir...) et des Fassis pour nous empoisonner la vie.

Si vous voyez d'autres explications, envoyez-les-moi, s'il vous plaît. Je serai heureux de comprendre ce qui s'est passé ce soir-là à Schiphol.

[1-3-2017]

La bonne odeur du carême

C'est le moment de souhaiter aux chrétiens résidant au Maroc un bon carême – eh oui, le carême chrétien a commencé mercredi 1er mars et il dure quarante jours –, comme eux devraient souhaiter un bon ramadan à leurs hôtes musulmans dans quelques mois. Ce serait une bonne habitude à prendre pour promouvoir l'esprit de tolérance et de coexistence pacifique qui devrait continuer de régner dans notre beau pays.

J'ai demandé autour de moi. Peu de gens savent que le carême, le ramadan chrétien en somme, a commencé. Mais ce n'est pas grave, c'est même conforme à l'esprit de ce temps de pénitence et d'introspection. On lit en effet dans l'Évangile selon saint Matthieu (6, 1-6.18) : « Et quand tu jeûnes, ne prends pas un air abattu, comme les hypocrites : ils prennent une mine défaite pour bien montrer aux hommes qu'ils jeûnent. Mais toi, parfume-toi la tête et lave-toi le visage ; ainsi ton jeûne ne sera pas connu des hommes mais seulement de Dieu ton Père qui est présent au plus secret de toi. »

À ceux qui s'étonneraient que nous citions l'Évangile, nous ne pouvons que les renvoyer à ce fait aussi surprenant que méconnu : la Bible est un texte sacré pour les musulmans. En toute logique, ils devraient la lire et s'en inspirer au même titre que le Coran.

D'ailleurs, dans ce même texte de Matthieu, on trouve, un peu plus haut : « Quand vous priez, ne soyez pas comme les hypocrites qui aiment à se tenir debout dans les synagogues et aux carrefours pour bien montrer aux hommes qu'ils sont en train de prier », une injonction qu'on retrouve presque littéralement dans le Coran.

C'est pourquoi je lance dans ces colonnes un appel à notre Conseil des oulémas : pourquoi ne vous inspireriez-vous pas, messieurs, de ce texte de Matthieu pour sortir une fatwa interdisant la mauvaise haleine pendant le ramadan ? Pourquoi ne reprendriez-vous pas sa formule (« Parfume-toi la tête et lave-toi le visage ») en la modernisant un peu (« … et brosse-toi les dents avec un bon dentifrice… ») ?

Je me souviens d'un topographe, à Khouribga, qui puait terriblement du bec pendant le ramadan – c'était insupportable – et qui me rétorqua, quand je lui en fis la remarque, que cette odeur nauséabonde plaisait à Dieu (qu'est-ce qu'il en savait, ce partisan du miasme et du remugle ?).

Entre ce niais topographe et saint Matthieu, messieurs les oulémas, dites-nous, une fois pour toutes, qui a raison !

[8-3-2017]

Chapeau, messieurs les oulémas !

Il y a parfois des fatwas qui passent inaperçues et c'est bien dommage. Non, il ne s'agit pas de ces décrets cocasses ou ubuesques qui font de leurs auteurs la risée de l'univers et, pour une fois, nous n'allons pas faire du mauvais esprit. Nous pourrions évoquer le cheikh Mohammad Saleh Al Munadjid qui a interdit les bonhommes de neige (en Arabie saoudite !), les considérant comme contraires à l'islam, mais non : aujourd'hui nous sommes sérieux.

Il s'agit de l'apostasie, c'est-à-dire du fait, pour un musulman, de changer de foi, de se faire chrétien par exemple, ou de devenir carrément athée ou agnostique. Quel châtiment mérite-t-il ? Vous pouvez poser la question autour de vous, la plupart des gens vous répondront : la mort. Il existe en effet un hadith allant dans ce sens. Même les muftis (soi-disant) modernistes, même ceux qui semblent se vêtir chez Armani et se faire tailler la barbe chez le plus chic et le plus cher des barbiers, tous répètent – parfois l'air désolé (« On n'y peut rien, hélas… ») – que l'apostasie se paie au prix fort.

C'est pourquoi il faut saluer, une fois n'est pas coutume, le Conseil supérieur des oulémas du Maroc pour l'énorme progrès qu'il vient d'accomplir de la plus subtile des façons.

Sans remettre en cause le hadith évoqué, le Conseil s'est focalisé sur la notion d'apostat ou de renégat qu'il a « contextualisé », comme on dit. Le renégat n'est plus celui qui change de religion mais celui qui trahit la collectivité. Et nos braves oulémas de conclure qu'il s'agit donc de haute trahison et qu'on n'a pas besoin de texte religieux pour punir ce crime : il est prévu dans le Code pénal de tous les pays du monde. Dans la plupart des cas, une peine de prison suffit. Et quand c'est la peine de mort qui figure dans le Code, on peut faire deux observations : d'abord elle peut être commuée en détention par les plus hautes autorités et d'autre part l'exécution de la peine est du ressort de l'État et non des citoyens. Un individu lambda ne peut donc prétendre occire Salman Rushdie, par exemple, au motif que ce dernier serait apostat.

Et le Conseil de conclure que l'apostat sera puni au Ciel et non sur Terre. Ici-bas, il ne peut y avoir que haute trahison, ce qui n'a rien à voir avec la religion.

C'est réellement un progrès qui rend caducs tous les appels au meurtre d'intellectuels par des pseudo-imams fanatisés. Et quand on sait que le Maroc est en train d'exporter sa vision de l'islam dans toute l'Afrique par divers canaux, la fatwa proclamée à Rabat pourrait avoir des conséquences positives un peu partout sur le continent. On n'est pas loin d'une reconnaissance de la liberté de conscience par la plus haute autorité religieuse du pays.

Encore un effort, messieurs les oulémas…

[12-3-2017]

Bilan d'un festival

La 18e édition du Festival national du film de Tanger s'est achevée la semaine dernière par une cérémonie de clôture parfaitement organisée par le Centre cinématographique marocain dans le centre culturel Ahmed-Boukmakh, ce bel endroit dirigé avec doigté par la poétesse Widad Benmoussa.

Les quinze longs-métrages en compétition ont donné au jury du fil à retordre. Chacun avait ses mérites. Le Grand Prix est revenu au poignant *Pluie de sueur* de Hakim Belabbes, Hicham Lasri a eu droit au Prix du jury avec *Headbang Lullaby* et Ahmed El Maanouni s'est vu remettre le Prix de la réalisation.

Ce qui m'a le plus étonné et ravi, après avoir vu ces quinze films (plus quinze courts-métrages), c'est l'image étonnamment diverse qu'ils donnent du Maroc. Il ne s'agit pas seulement des paysages mais aussi des langues ; on a eu du *tarifit* (sous-titré en… italien), du *tamazight*, de l'anglais (le court-métrage *Neverness*), de la *darija* de Boujad, de Casablanca ou de Marrakech, du français, de l'arabe littéraire (dans le court-métrage *La Route vers les vers* qui a reçu une mention spéciale) et même du néerlandais mélangé au *tarifit*... Il y a aussi la diversité des situations, des points de vue, des intentions des réalisateurs et des scénaristes. Chacun portait un message unique, une vue personnelle du monde.

Je crois qu'on n'insistera jamais assez sur ce concept : la diversité. C'est peut-être notre richesse la plus importante.

Faisons un cauchemar : imaginons qu'un des partis ou une des sectes qui plaident pour un « art propre » et ne conçoivent la culture que comme ancillaire de la religion arrivent – réellement – au pouvoir. Combien de ces films auraient reçu une subvention du CCM si celui-ci avait été sous la coupe d'un de ces partis ? Combien auraient reçu un visa d'exploitation ?

Dans *À la recherche du pouvoir perdu*, le héros, un général fumant cigare et buvant force whiskies, rencontre sa future femme dans un cabaret où elle pousse la chansonnette. Ami lecteur, sauras-tu trouver les deux ou trois motifs de censure qui figurent dans cette seule phrase ?

Dans le très divertissant *Hayat*, un « road-movie » qui se passe presque entièrement dans un car, un bigot aussi borné que barbu bat violemment sa femme parce qu'elle a eu l'audace d'esquisser quelques pas de danse pendant une pause le long de la route. Aurait-on approuvé le scénario ?

Dans l'attachant *Voyage de Khadija*, une longue discussion sur la question de l'héritage – Khadija veut hériter de la même part que ses frères – serait passée à la trappe.

Je crois qu'on pourrait prendre chaque année les films montrés au FNF de Tanger comme un miroir de notre bien le plus précieux : la diversité.

Restons vigilants…

[15-3-2017]

Le Petit Prince était marocain

J'ai appris avec stupeur, disons même avec indignation, qu'il existait un musée du Petit Prince au Japon.

Au lointain Japon !

C'est un scandale de proportions quasi bibliques – c'est le cas de le dire puisque le chef-d'œuvre de Saint-Exupéry est le livre le plus traduit au monde après la Bible.

« Pourquoi tu t'énerves ? me demandez-vous. On t'a connu plus placide. »

Je m'énerve, amie lectrice, ami lecteur, je m'énerve parce qu'après le plésiosaure et le couscous, c'est le troisième trésor national qu'on nous dérobe.

Et nous regardons faire, trop grands seigneurs pour réagir, ou trop paresseux ou pas au courant.

Soyons clair. S'il y a un endroit où il serait légitime d'ériger un musée du Petit Prince, c'est à Tarfaya, dans le sud du Maroc, et nulle part ailleurs.

(Je donne cette idée gratuitement aux autorités locales, au ministre du Tourisme et à la Fondation des musées.)

C'est à Tarfaya que Saint-Exupéry, qui y faisait régulièrement une escale lors de ses vols pour l'Aéropostale, imagina son fameux conte philosophique. La fameuse rose orgueilleuse qui figure dans l'histoire, il l'inventa après avoir ramassé une rose des sables dans le désert marocain. Le renard que le Petit Prince apprivoisa, c'était un fennec qu'il rencontra entre Tarfaya et Sidi Ifni. L'allumeur de réverbères était sans doute un allumeur de vrais Berbères.

Et le fameux « On ne voit bien qu'avec le cœur », qui est l'une des phrases les plus remarquables du livre, eh bien, c'est un classique du soufisme et Saint-Ex a dû l'entendre en déambulant dans les rues de Tarfaya.

Qu'attendons-nous pour poser la première pierre du musée du Petit Prince ?

Ce serait tout bénéfice pour la ville et pour la région. Et si un jour Airbus était tenté par la délocalisation, les autorités de Tarfaya disposeraient d'un solide dossier – à condition de baptiser l'aéroport local Saint-Exupéry, bien sûr.

Il est un peu des nôtres, ce sympathique aviateur…

[29-3-2017]

Nabot, faux beau ou imam ?

Les mots ont tendance à s'user, tous les linguistes savent cela. Prenez le verbe « étonner » : à l'époque où Bossuet l'utilisait, c'était l'équivalent d'un coup de tonnerre derrière l'oreille, on en était abasourdi, effrayé, sur le flanc. Aujourd'hui on dit négligemment : « Bah, tu m'étonnes » en bâillant, l'esprit ailleurs. Le mot s'est émoussé.

L'amitié, tiens, voilà encore un mot qui s'est singulièrement affadi. Autrefois, avoir un ou deux amis était déjà exceptionnel – Montaigne, malgré toutes ses qualités, n'en avait qu'un. Aujourd'hui on a cinq mille amis sur Facebook.

Attendez d'avoir un vrai coup dur, vous verrez combien de ces « amis » laisseront tout tomber pour venir, au péril de leur vie, vous délivrer des griffes des talibans ou des neiges du Kilimandjaro.

Aux Pays-Bas, nous avons un drôle de problème avec l'usure des mots. Ce sont ceux qui désignent les étrangers qui ont tendance à se dévaloriser en quelques années. Il faut donc en inventer constamment de nouveaux, qui deviendront vite péjoratifs – comme s'ils se salissaient ! – et qu'il faudra donc de nouveau remplacer.

Quand je suis arrivé au pays des tulipes, l'étranger se disait *vreemdeling*. Ça ne me dérangeait pas d'être un « *vreemdeling* ». Mais le mot fut si souvent associé, dans la presse populaire (pour ne pas dire populiste), avec le mot délinquant qu'il en devint totalement dévalorisant. Impossible de l'utiliser dans les documents officiels. Le gouvernement inventa alors le mot *allochtoon* – par opposition à *autochtoon*. Pendant quelques années, je fus donc un « *allochtoon* », ce qui m'indifférait grandement.

Mais voilà qu'*allochtoon* s'est à son tour chargé de toutes sortes de connotations négatives, de fraudeur aux aides sociales à terroriste en passant par arracheur de sac en scooter, merci l'extrême droite. Il est urgent de lui substituer un nouveau mot, plus neutre.

Une commission administrative s'est penchée sur la question et voici le résultat : *nabo* ou *fobo* – acronymes formés des initiales de mots néerlandais que je vous épargne mais qui signifient en gros : « type d'origine étrangère né ici (*nabo*) ou ailleurs (*fobo*) ». Une autre expression est également envisagée qui donne comme acronyme : *imam*. Authentique !

Dans ce café au bord du canal où je lisais la presse qui rendait gravement compte des travaux de la commission, j'ai eu comme un éblouissement. Je suis venu comme étranger dans ce pays, et j'acceptais cette condition, mais maintenant qu'ils veulent me transformer en nabot, en faux beau ou en imam, la coupe est pleine : je laisse tout tomber et je rentre chez moi.

Au moins, au Maroc, on m'appelle par mon nom.

[2-4-2017]

Et ils veulent nous donner des leçons…

Il y a des coïncidences qui n'en sont peut-être pas, qui sont plus que cela, qui signifient sans doute quelque chose. À nous de savoir y déceler un sens.

Une telle coïncidence figure en page 4 du journal *Le Monde* daté du week-end dernier. Il y a d'abord un long article sur le Venezuela où il vient de se passer quelque chose d'inouï : la Cour suprême a tout simplement dépouillé l'Assemblée nationale de toutes ses prérogatives. En d'autres termes, sept juges nommés par l'exécutif se sont arrogé le pouvoir législatif à la place de cent soixante députés élus par le peuple. Tournez cette phrase dans tous les sens, elle est absurde. Sauf, apparemment, au Venezuela.

Ce pays ubuesque s'était déjà signalé à l'attention des observateurs par sa gestion calamiteuse : assis sur de fabuleuses réserves de pétrole, son gouvernement est incapable de nourrir sa population, ni même de lui fournir les produits les plus banals, comme le papier-toilette, le dentifrice ou les pâtes.

Juste en dessous de cet article, et c'est là que la coïncidence est instructive, un autre est consacré à l'Afrique du Sud. On apprend en le lisant que le clan du président Zuma (un individu tellement irresponsable qu'il avoue lui-même ne pas savoir combien il a d'enfants...) vient de monopoliser – ou de privatiser – le gouvernement en écartant tous les ministres qui ne font pas partie dudit clan. Le but de la manœuvre est de mettre la main sur le pays pour le piller entièrement à coups de projets bidon mais très lucratifs pour les amis de Zuma.

Maintenant, vous vous demandez peut-être pourquoi je me préoccupe de ces deux lointaines contrées.

La bonne question est : pourquoi ces deux pays se préoccupent-ils de moi ? Je m'explique : en tant que citoyen marocain, je subis l'impact de la campagne que mènent le Venezuela et l'Afrique du Sud depuis des années contre le Maroc, le premier à l'ONU, le second à l'Union africaine aussi bien qu'à l'ONU. C'est à cause d'États faillis de cet acabit que la question du Sahara n'a pas encore été résolue. Ils continuent de la gratter comme un abcès purulent au lieu d'aider à sa résolution politique. Si encore c'était la Suisse ou Singapour... mais le Venezuela !... mais l'Afrique du Sud du bouffon Zuma !

On croit rêver. Qu'est-ce qui peut bien passer par la tête de leurs représentants à l'ONU lorsqu'ils prennent la parole pour nous chercher des noises ?

« Mon gouvernement est tellement incompétent que je dois envoyer de New York du papier-toilette à ma famille, mon président est tellement corrompu qu'il veut construire des centrales nucléaires juste pour empocher des commissions sous la table, mais je vais donner des leçons au lointain Maroc dont, par ailleurs, je ne sais rien ! »

On se prend à souhaiter une nouvelle réglementation à l'ONU : avant de prendre la parole pour salir un pays, messieurs les représentants sont priés de prouver qu'ils sont eux-mêmes propres…

Avec ça, il ne nous resterait que peu d'adversaires.

[5-4-2017]

Rare comme un prof de maths

Dix mille euros. Cash. Là, sur la table. Vous n'avez qu'à prendre l'enveloppe. Elle est à vous. C'est votre décision. Alors ? Qu'en dites-vous ?

Où se passe cette scène ? Dans l'arrière-salle enfumée d'un tripot où se trament de louches transactions entre trafiquants de drogue ? Dans le bureau d'un fonctionnaire qu'un entrepreneur véreux cherche à corrompre ? Dans le boudoir d'une jeune actrice dont monsieur le baron espère acheter les faveurs ?

Vous n'y êtes pas. Cette scène est tout à fait banale et pas du tout délictueuse. En fait, il s'agit de directeurs de collèges et de lycées qui, devant la pénurie de professeurs de mathématiques aux Pays-Bas, en sont réduits à instaurer des primes d'engagement pour ces oiseaux rares.

Quant aux demandeurs d'asile qui disposent d'une licence de mathématiques, inutile de dire qu'ils passent devant tout le monde. Avis aux compatriotes que l'aventure européenne tente : allez vite apprendre les subtilités de la trigonométrie et du développement en séries de Fourier. Il y a quelques années, et alors que je faisais une tournée de conférences dans des lycées de Haute-Savoie, je m'étais rendu compte que beaucoup de profs de maths étaient d'origine marocaine ou algérienne. Dès l'obtention de leur maîtrise, on leur avait discrètement suggéré de demander un permis de travail…

Certains pays trichent en abaissant, année après année, le niveau des concours de recrutement des enseignants. On verra bientôt des poètes évanescents rendre encore plus brumeux le théorème de Bolzano-Weierstrass. Mais les Pays-Bas, de sévère tradition calviniste, ne veulent pas tricher. Le niveau reste élevé, les étudiants trop gâtés préfèrent étudier l'histoire de l'art ou la com', les rares qui font des maths vont faire fortune comme traders et on n'a plus de profs dans les lycées.

Vous voulez savoir ce que j'en pense ?

Eh bien, je dis : enfin !

Cela fait des décennies qu'on assiste sans s'étonner aux transferts de footballeurs niais, incultes, quasi analphabètes pour des sommes astronomiques où le million de dollars est l'unité de compte. Il était temps que le travail, le talent et l'intelligence fussent reconnus.

J'attends avec impatience l'annonce qu'un prof de maths a été transféré du lycée de Bussum à celui d'Hilversum pour un million d'euros.

Ce ne serait jamais que le centième du prix du footballeur Paul Pogba, mais ce serait un début.

[19-4-2017]

De la Marche verte à la marche rose

Le nouveau secrétaire général de l'ONU, l'énergique António Guterres, semble mieux comprendre la question du Sahara occidental que son prédécesseur, l'évanescent et très oubliable Ban Ki-moon. C'est de bon augure.

Espérons que ce conflit absurde prendra fin sous son mandat, pour le plus grand bien de tous : Sahraouis, Marocains et Maghrébins en général. L'Union du Maghreb arabe émergerait enfin de son coma profond. Les économistes nous assurent que plusieurs points annuels de croissance en seraient la conséquence pour le Maroc, la Mauritanie, l'Algérie et la Tunisie – pour ce qui est de la Libye, les avis sont partagés.

Conflit absurde, avons-nous dit. Oui ! Des deux côtés de la pseudo-frontière qui séparait le Maroc de l'ex-colonie espagnole, on trouve exactement le même peuple, les mêmes types ethniques, la même Histoire, la même langue, la même religion, la même culture. La meilleure preuve qu'on puisse en donner, c'est qu'il y a dans la classe politique marocaine plusieurs figures de proue dont le propre frère se trouve parmi les dirigeants du Polisario.

C'est un peu comme si le frère du Premier ministre français militait pour l'indépendance de l'Oise. Qui prendrait cela au sérieux ? Qui, dans le vaste monde, se mobiliserait pour faire aboutir un tel projet ?

Cette ligne tracée autrefois dans le sable par le colonialisme espagnol est totalement imaginaire, elle ne s'appuie sur aucune de ces « frontières naturelles » chères à Richelieu : un fleuve large et impétueux séparant des peuples qui ne s'entendent guère, une chaîne de montagnes presque infranchissables, un vaste bras de mer, l'océan… Rien de cela dans le cas qui nous occupe. Cette ligne n'existait que dans la tête de ceux qui, de Madrid, s'approprièrent sur le papier ce qui ne leur appartenait pas. Elle ne survit aujourd'hui que dans les cartes et les credo d'ONG scandinaves mal informées, de politicards dogmatiques d'Afrique australe (genre Mugabe) ou de Machiavels au petit pied qui savent à quoi s'en tenir mais veulent diviser pour mieux régner.

Pour le moment, ce sont les armes qui ont parlé, jusqu'au cessez-le-feu de 1991, puis ce furent les diplomates (les rencontres de Manhasset, aux États-Unis). On n'a pas beaucoup avancé.

C'est pourquoi je lance dans ces colonnes l'idée suivante : au diable les armes et la diplomatie, laissons l'initiative au peuple ! Je ne connais aucun Marocain, je dis bien *aucun*, qui ne considère pas les Sahraouis, où qu'ils soient, comme ses compatriotes, comme ses frères. Eh bien, montrons-le ! Hassan II avait déclenché une « Marche verte » en 1975, lançant trois cent cinquante mille Marocains en direction de Laâyoune pour persuader Madrid de décoloniser, de rendre le territoire au Maroc. L'initiative avait porté ses fruits.

Eh bien, lançons une nouvelle Marche verte, mais qui serait rose comme ces fleurs récoltées chaque année pendant le festival de Kelaat M'Gouna, dans l'Atlas. Qu'un million de Marocains s'arment d'un million de bouquets odorants et aillent envahir les camps de Tindouf, distribuant fleurs et *hugs* et déclarations d'amour. On n'aurait aucun problème pour s'entendre puisque, je le répète, de part et d'autre, c'est la même langue, la même religion, la même culture… Les champs de mines deviendraient des champs de roses. Qui pourrait résister à un tel déferlement d'amitié ? Qui pourrait refuser la main tendue, de frère à frère ?

Les habitants des camps rentreraient chez eux, à Laâyoune, Smara ou Dakhla, et l'affaire serait réglée.

Chiche !

[30-4-2017]

Choses vues à Paris

Dimanche dernier, votre chroniqueur, n'écoutant que l'appel du devoir professionnel, s'est arraché au confort de son canapé, du côté de Ménilmontant, pour aller au Louvre observer l'intronisation du nouveau roi de France, Emmanuel Macron.

N'étant ni politologue ni sociologue, je me contenterai de noter deux ou trois choses que j'ai vues, sans prétendre en tirer la moindre conclusion. Les lecteurs du 360.ma sont assez intelligents pour se faire eux-mêmes une opinion.

En arrivant sur place, c'est Mona Lisa qui nous accueille. En effet, le pavillon de Marsan, pendant du pavillon de Flore, est en réfection et les vilains échafaudages sont recouverts par une immense reproduction du chef-d'œuvre de Léonard de Vinci. Tout au long de la soirée, elle nous enveloppera de son regard indulgent : elle en a vu d'autres…

Jamais je n'aurai été autant palpé, fouillé, examiné : entre la station Louvre-Rivoli et le Carrousel, où je me plante pour vivre la soirée, ce sont quatre barrages de sécurité qu'il faut franchir. Le troisième est le plus surprenant, en ce qui me concerne. Le gars qui me palpe bavarde avec son voisin tout aussi palpeur, et ils le font en marocain avec l'accent doukkali. Je résiste à la tentation de leur susurrer qu'ils ont affaire à un compatriote. J'imagine la fureur d'un partisan de Le Pen soumis à une telle avanie. Tripoté par un Arabe pour s'assurer que lui, français depuis Clovis, n'est pas un terroriste…

Installé sous le petit mais très élégant arc de triomphe du Carrousel, c'est encore de la *darija*, notre bon vieux dialecte marocain, que j'entends sur ma gauche. Je me tourne discrètement : ce sont deux jeunes étudiantes (du moins le supposé-je), élégamment vêtues, qui parlent politique française avec l'accent de Rabat – ou peut-être est-ce celui de Casa, je n'arrive pas toujours à les distinguer.

La télé interviewe des supporters de Macron. Le premier est un Marocain naturalisé de fraîche date, venu là avec sa femme et leur petit garçon.

Enfin, pas loin de minuit, après le discours de Macron, je quitte les lieux, l'estomac dans les talons. Heureusement, des marchands ambulants se sont installés le long de la rue de Rivoli, qui proposent des sandwiches de brochettes ou de merguez pour la somme modique de cinq euros. Je tends un billet de dix euros et le marchand demande à son associé de me rendre la monnaie. Il le fait, j'allais dire « naturellement », en *darija* mâtinée de *tachelhit* (plus Tafraout qu'Agadir).

Conclusion (oui, finalement j'en propose quand même une) : le nom « Macron » est tout entier contenu dans l'adjectif « marocain », fût-ce dans le désordre. Est-ce une coïncidence ?

En tout cas, tout cela augure bien des rapports futurs entre le Royaume et la République…

[10-5-2017]

Ruons-nous sur Vladivostok !

La coïncidence est fortuite, mais c'est à Saint-Pétersbourg que j'ai appris que les Marocains n'avaient plus besoin de visa pour se rendre en Russie.

Dans le hall du Novotel de la rue Maïakovski, une collaboratrice de l'Institut français, où je devais me rendre pour un débat sur la francophonie, m'en parla avec une certaine perplexité. Elle venait de dénicher l'information sur le site d'information du ministère russe des Affaires étrangères – on devrait le consulter plus souvent – et elle était aussi étonnée que moi. Pourquoi diable les Marocains pouvaient-ils désormais entrer sans entrave dans les terres du tsar Poutine, alors que les Français, les Danois ou les Hollandais, pour ne prendre que ces trois exemples de nationalités vertueuses, doivent toujours s'astreindre à une longue et tatillonne procédure pour obtenir le précieux visa ?

Elle me regardait avec incompréhension et, il faut bien le dire, un soupçon de reproche dans le regard.

Je me sentis soudain privilégié et important, ce qui n'arrive pas souvent quand on est maghrébin et qu'on se balade de par le vaste monde, où les préjugés sont légion.

Tout de même, il fallait vérifier une information aussi extraordinaire. Quelques clics et l'affaire devint encore plus mystérieuse. Effectivement, les Marocains n'ont plus besoin de visa pour aller en Russie (hourra !), mais il ne s'agit que de la Russie orientale : en gros, la République de Touva, une partie de la Sibérie (avec des loups et des ours dedans) et Vladivostok, le bout du bout du monde. La partie civilisée du pays, l'axe Saint-Pétersbourg-Moscou et ce qu'on appelle l'Anneau d'or (Iaroslavl, Kostroma, etc.), reste *off-limits*.

Par ailleurs, il n'y a pas que les ressortissants de l'Empire chérifien qui sont concernés par cette mesure. Nos frères algériens et tunisiens, les Indiens, les trois habitants de Brunei, les Saoudiens, les Perses et les Mèdes… C'est au total dix-huit nationalités qui bénéficient de cette décision prise au plus haut niveau.

Le froid ralentit sans doute le fonctionnement du cerveau – et il faisait froid à Saint-Pétersbourg ce jour-là – car ce ne fut qu'en fin d'après-midi, en revenant à pied du débat le long de l'imposante perspective Nevski, que je finis par comprendre la motivation cachée de l'oukase poutinien. Jolie manœuvre ! Alors que ce balourd de Trump essaie par tous les moyens d'empêcher les musulmans d'entrer aux États-Unis, les Russes montrent leur différence en déroulant le tapis rouge sous leurs pas.

« *Welcome* ! Voyez comme nous sommes accueillants, nous ! Rien à voir avec Donald-le-brushing, qui ne vous aime pas ! Entrez, amis, entrez ! »

Très bien. Mais pourquoi cette demi-mesure ? Personnellement, je n'ai jamais rencontré un Maghrébin qui rêvât de Touva, du permafrost de Sibérie ou de Vladivostok. Qu'irions-nous faire là-bas ? À la limite, c'est insultant. C'est un peu comme si, expulsés par le châtelain ricain comme autant de manants mal lavés, nous voyions venir à nous le châtelain russe, une bouteille de vodka à la main, les bras ouverts : « Oubliez Trump, ce vilain bonhomme. Vous pouvez venir chez moi… mais dans les écuries ou au fond du parc, pas dans le château, faut rien exagérer. » Mmouais…

On a envie de lui répondre : « Encore un effort, camarade ! C'est justement le château qui nous intéresse… »

[21-5-2017]

« J'ai vu trois musulmans courir… »

Geert Wilders, l'affreux bonhomme qui s'est fait une spécialité d'attaquer les musulmans, surtout les Marocains des Pays-Bas (mais pas les Indonésiens, plus nombreux ici que les Marocains – il faut dire que sa grand-mère était indonésienne…), bref, où en étais-je ?… Ah oui : Geert Wilders, donc, cette fausse blonde inculte, a annoncé qu'il allait de nouveau produire un film contre l'islam.

On se souvient peut-être qu'en 2008, ce jobard avait produit un film intitulé *Fitna* censé démontrer le caractère pernicieux du Coran. Pendant des mois, tout le monde avait attendu avec nervosité (ou jubilation) le chef-d'œuvre attendu. Le gouvernement et la police étaient sur les dents : on craignait des manifestations, des accrochages, des émeutes peut-être. Et puis, finalement, toute l'affaire fit pschiiit. Le court-métrage (une vingtaine de minutes) était une suite de propos incohérents, de contre-vérités et d'approximations. On était loin d'une critique argumentée et rationnelle, qui eût été autrement plus efficace.

Ce fut un imam qui, après visionnage, fit le meilleur commentaire, avec un humour inattendu : « Comme souvent, dit-il, le livre est meilleur que le film. » Par « livre », il entendait naturellement le Coran. En mettant les rieurs de son côté, l'imam emporta la partie contre Wilders, qui manque singulièrement d'humour.

Et puis, dix ans plus tard, c'est reparti ! En fait, Wilders n'annonce pas moins de huit ou neuf autres films, des sortes de *sequels* à l'américaine, nommés *Fitna 1, 2, 3*, etc., qu'il prétend offrir au peuple ébaubi au cours des années qui viennent.

Si ces suites sont aussi nulles que la première mouture, il n'y a rien à craindre. Mais on peut quand même se poser la question de savoir à quoi tout cela sert. En guise de réponse, le titre est particulièrement bien choisi. Tout ce que Wilders fait, c'est créer de la *fitna*, c'est-à-dire de la discorde dans la société. On pourrait dire que c'est lui, plus que les Marocains, qui forme un danger pour la société néerlandaise.

Pour illustrer les dégâts que commettent des gens comme Wilders aux Pays-Bas ou Zemmour en France, il suffit de considérer cette petite scène dont j'ai été témoin juste après l'attentat de Londres, samedi dernier. Les premières images de la BBC n'étaient pas censurées. Un journaliste dénicha un témoin, un homme qui n'avait pas l'air très futé, qui commença son témoignage par ces mots étranges : « J'ai entendu du bruit, j'ai tourné la tête, j'ai vu trois musulmans courir. » La BBC supprima cette partie du témoignage lors de sa rediffusion. Mais ceux qui comme moi l'avaient vu ont sans doute été aussi perplexes ou consternés que moi. Comment cet homme-là avait-il pu reconnaître en une fraction de seconde la religion de trois hommes qu'il voyait courir dans la nuit ? Était-il doué de télépathie ? Ou bien les trois bonhommes portaient-ils gravé sur leurs fesses leur credo ?

Non, bien sûr, mais le mal est fait. On ne parle même plus de terroristes, d'extrémistes, ce sont « des musulmans » qui forment la figure de l'autre, du mal, du danger, de la mort.

La lepénisation des esprits, que le père Le Pen appelait de ses vœux, est déjà une réalité – sauf que c'est également la wilderisation et la zemmourisation des esprits.

J'ai vu trois fachos courir…

[7-6-2017]

Ce sagouin qui tenait ses promesses !

Vous savez comment ça se passe dans les aéroports, les gares ferroviaires et les pontons où l'on amarre les barcasses (tiens, ça fait longtemps que je n'ai pas voyagé en barcasse) : quand il y a un retard qui se prolonge, on engage la conversation avec ses voisins, fussent-ils laids, on sympathise, on finit par partager le pain et le sel, voire plus si affinités. Or donc, l'autre jour, à Heathrow, une panne informatique cloua au sol les coucous de la British Airways et je me retrouvai, après quelques heures d'attente, en pleine discussion avec mon voisin d'infortune, un Américain qui voyageait avec sa femme (voilée) et une gamine espiègle que je supposai être leur fille.

Un Américain, donc. Enfin, si l'on veut… Vous avez remarqué qu'ils ont presque tous un trait d'union dans leur identité, ces zigotos ? *Italian-American, Irish-American…* Celui-là ne faisait pas exception. *Arab-American !* se présenta-t-il fièrement. D'origine égyptienne, nubien pour tout dire, habitant à Chicago, gérant un magasin de quincaillerie en gros,

Anouar (car tel était son prénom) ne m'épargna rien de son CV.

Voulant créer un rapport de connivence entre nous par souci de réciprocité puisqu'il avait ainsi mis son cœur à nu devant moi, je lui glissai : « Je vous plains, l'ami. Vous devez bien souffrir sous Trump. Qu'est-ce qui a pris à ces idiots de voter pour un clown pareil ! »

Il me regarda, étonné, comme si j'avais proféré une énormité, puis me rétorqua, l'œil sévère, drapé dans sa dignité : « Mais *j'ai* voté pour Trump ! »

Ce fut mon tour d'être stupéfait. Quoi ? Comment ? Était-il donc chrétien ? Pas du tout : il était musulman pratiquant, sa femme également et la gamine itou. Mais alors ? Pourquoi diable avait-il voté Trump ?

Il me répondit solennellement qu'il croyait au capitalisme, à la libre entreprise, au rêve américain et qu'il avait confiance en « Donald » parce que ce dernier était lui-même un businessman, à la différence de l'horrible sorcière Hillary Clinton, « une socialiste » selon lui – le mot valait insulte, on le voyait à la grimace qu'il fit en le proférant. Je voulus rattraper ma gaffe : « Ah, je comprends. Vous ne voyiez en Trump que le businessman. Vous n'étiez donc pas bien informé, vous ne saviez pas qu'il avait l'intention de restreindre l'entrée des musulmans aux États-Unis… »

Anouar secoua la tête en signe de dénégation. « Pas du tout ! Je le savais ! J'ai des oreilles, constatez vous-même, et je sais lire aussi. »

Décidément, ça devenait surréaliste. Mais z-alors, mais z-alors, pourquoi diable avait-il quand même voté pour l'inénarrable Donald et ses cent trente kilos de bêtise ? La réponse d'Anouar valait son pesant de pistaches : « Mais parce que je ne pensais pas qu'il allait appliquer son programme ! Je me suis senti trahi quand il a signé son décret antimusulmans. »

Tel que. On en est là. On touche le fond. Dans ce monde de plus en plus absurde, ce monde où la parole d'un homme ne semble plus rien représenter, un quincaillier musulman de Chicago en arrive à se sentir floué par son politicien préféré *parce que ce dernier fait ce qu'il a dit qu'il ferait…*

Ça me rappelle la blague bien connue : « Tu vas où, Toto ? — À Paris, Dédé. — Ah, Toto, tu me déçois. Je croyais pourtant être ton ami. Tu me réponds : "Je vais à Paris" pour que je croie que tu vas à Marseille, or je *sais* que tu vas à Paris. Alors pourquoi tu me mens ? »

On en est là. Là-haut, les Martiens doivent bien rigoler.

[11-6-2017]

Qu'avons-nous fait au rossignol ?

C'est peut-être dans les cafétérias des universités qu'on peut surprendre les conversations les plus insolites, les plus stimulantes, les plus intéressantes. En tout cas, ce n'est pas dans les vestiaires d'un club de foot (une meute d'hommes de Cro-Magnon surpayés qui émettent des grognements) ni au bord d'un *catwalk* (un défilé d'anorexiques qui ne pipent mot de peur d'avaler une mouche et de grossir d'un gramme) qu'on aurait pu entendre ce qui suit – et que je vous rapporte fidèlement.

Donc, la cafétéria de mon université, un jour de semaine, pendant la pause-déjeuner.

A, juriste, nous apprend que selon les directives de l'Union européenne, les rossignols font trop de bruit. En effet, nul n'a le droit de dépasser 87 décibels quel que soit l'instrument dont il se sert (sa voix, sa Harley-Davidson, sa tondeuse à gazon…). Au-delà de cette limite, les autorités doivent intervenir pour préserver la paix et l'intégrité des tympans. Or les rossignols atteignent facilement les 90 décibels. *Ergo*, on a le droit d'abattre ces satanés volatiles !

Et A de souligner son affirmation en avalant d'un trait son verre de lait.

B, philosophe, se récrie. Quoi, comment ? Depuis quand *Homo sapiens* a-t-il le droit de décider souverainement de ce que doit être le trille de l'oiseau ou le feulement du tigre ? Sommes-nous les rois de la nature ? Il suffit pourtant de comparer Donald Trump et un bonobo pour constater que nous sommes loin d'être la plus belle création de la nature. Et nous prétendrions la régenter ?

Et B de noyer son indignation dans une généreuse lampée de jus de kiwi.

C, zoologiste, nous apprend alors ce fait extraordinaire : depuis un siècle, le rossignol a évolué pour s'adapter au bruit des villes. Il chante maintenant 20 % plus fort qu'il ne le faisait lorsque ni la voiture (milliers de klaxons...), ni le mégaphone, ni l'avion, ni le tram grinçant n'existaient. Donc, conclut C en sirotant son extrait de grenadine, comment l'Homme pourrait-il reprocher quoi que ce soit au rossignol alors que c'est lui qui l'oblige, littéralement, à élever la voix ?

A, le juriste, d'abord abasourdi par ce que C nous a révélé, reprend vite du poil de la bête (« de la plume de l'oiseau » serait ici une image plus appropriée) et se met à rêver à haute voix : y a-t-il juridiquement moyen d'attaquer l'Homme au nom de l'oiseau et de réclamer des dommages et intérêts ?

C nous parle alors des chats (mon sujet de conversation favori) qui ont, eux aussi, évolué à cause de l'Homme : ils savent maintenant imiter le pleur du nourrisson dans l'espoir d'être nourris...

Ébahissement général.

Toute cette conversation n'avait pas duré dix minutes. Je dus quitter la table pour cause de cours à donner mais je me promis de rapporter dans les colonnes du 360.ma ce que j'avais entendu : ces faits ébouriffants devraient être enseignés dans les écoles pour nous inciter à faire notre *mea culpa*, à réfléchir à notre impact catastrophique sur la nature et la planète.

Qu'avons-nous fait au rossignol ?

[14-6-2017]

Soyons bonobos !

Un lecteur casablancais me reproche poliment la comparaison que j'ai faite, dans mon billet de la semaine dernière, entre Donald Trump et les bonobos, ces sympathiques singes d'Afrique, comparaison qui, à mon avis, tourne entièrement à l'avantage du singe.

Que non pas, me rétorque l'urbain lecteur, que non pas ! Trump est certes stupide jusqu'à la moelle, subtil comme un bulldozer, laid comme un bison au brushing raté, mais il n'en est pas moins homme, pourvu de conscience – c'est important, la conscience ! –, et en cela il reste au-dessus de tous les animaux.

Cher ami lecteur, j'entends ton argument mais permets-moi de te rappeler que le génome des bonobos ou celui des chimpanzés sont identiques au nôtre à 99 %. Autrement dit, nous sommes des bonobos ou des chimpanzés – à 1 % près.

Ah, me dis-tu, mais ce 1 % fait toute la différence. La conscience se loge là ! Si Dieu a créé l'homme à son image, comme nous l'assure le Livre, ce n'est pas le chimpanzé qui en atteste, c'est ce 1 % qui nous fait hommes. Nom de D..., il y a une différence !

Oui, monsieur de Casa. La différence, c'est la guerre, qui nous est propre. Les bonobos gèrent leurs conflits d'une façon plus intelligente que nous. Si deux d'entre eux ont un problème, ils le résolvent en s'enlaçant et en se faisant des câlins. Génial, non ? Ça aurait eu une autre gueule si le Saoudien et l'Iranien s'étaient fait des câlins, il y a quatorze ans déjà, après la destruction de l'Irak par George Bush en 2003, au lieu de se lancer dans cette course à la suprématie régionale qui nourrit toutes ces mini-guerres au Proche-Orient...

En regardant, il y a quelques années, Poutine et le président ukrainien (je n'arrive pas à me souvenir de son nom) lors d'une rencontre glaciale arrangée par la mère Merkel et m'sieur Hollande, je priais tous les saints du calendrier pour que ces deux rudes gaillards tombassent dans les bras l'un de l'autre, comme deux bonobos slaves et portant costume. Réglé, l'absurde différend qui oppose ces deux pays frères !

Quant à l'Algérie et au Maroc, conflit encore plus absurde, je te laisse imaginer la scène.

Rien ne m'a autant ému, pour parler de quelque chose de plus récent, que ces images d'Al Hoceima qui montraient des manifestants faisant la bise à des membres des forces de l'ordre. Si tout le monde était dans les mêmes dispositions, l'affaire rifaine serait déjà réglée.

Alors oui, lecteur casablancais et néanmoins ami, je maintiens ce que j'ai dit. Soyons plus proches de notre côté bonobo que notre soi-disant côté divin et le monde ne s'en portera que mieux.

[21-6-2017]

Pourquoi ne sommes-nous pas finlandais ?

Depuis quelques jours, nous n'avons plus d'ambassadeur à La Haye. Le titulaire du poste (natif d'Al Hoceima, soit dit en passant), qui fait l'unanimité ici par son énergie, son intelligence et son humanité, a été rappelé en consultation par Rabat. Quand reviendra-t-il ? Nul ne le sait. Espérons que ce ne sera pas aux calendes grecques.

Pourquoi ce coup de sang ? Le Maroc reproche aux Pays-Bas de laisser traîner depuis des années une demande d'extradition à eux adressée en bonne et due forme et concernant un ressortissant marocain accusé de trafic de drogue mais qui reste libre de ses mouvements dans les rues d'Amsterdam.

Le langage diplomatique est codé. Quand on rappelle son ambassadeur en consultation, c'est qu'on est en colère contre le pays où ce dernier est en poste. L'étape suivante, c'est la rupture des relations diplomatiques. Cela met les Maroco-Néerlandais dans une situation un peu particulière. Nous sommes comme des enfants dont les parents sont en pleine scène de ménage. Les reproches fusent, les injures volent, les assiettes aussi, tous aux abris !

Faut-il prendre position ? Méfions-nous des réactions épidermiques. Dans ce genre de situation, il faut surtout raison garder. Il faut analyser froidement, en partant des faits. Si on fait cela, on peut comprendre l'exaspération des Marocains devant l'attitude hostile de certains politicards ou journalistes bataves qui, n'arrivant pas à comprendre les subtilités du système constitutionnel marocain, le rejettent dans son entièreté. Il y a là une attitude qu'on pourrait nommer « l'injonction paradoxale néocolonialiste » – c'est un peu compliqué, mais ça dit bien ce que cela veut dire.

Voilà comment cela fonctionne. A : On exige des pays autrefois colonisés (c'est-à-dire à peu près toute la planète moins l'Europe) qu'ils se démocratisent, en particulier qu'ils mettent en place des institutions respectant la séparation des pouvoirs et garantissant les libertés publiques. B : On décrète dans le même temps que tout ce qui n'est pas européen est par essence corrompu, fourbe et stupide.

On voit bien la conséquence (ce pourquoi l'injonction est paradoxale). Vous pouvez essayer de construire un État moderne et des institutions solides chez vous, vu de l'autre côté vous restez bougnoule et compagnie. Cette attitude méprisante explique le refus d'examiner la demande d'extradition du bonhomme en question.

Et une telle attitude n'est pas seulement le fait de certains hommes politiques, elle est également commune à nombre de journalistes et d'universitaires, qui mettront toujours les éructations du chauffeur de taxi mal luné qui les conduit à l'aéroport au-dessus de l'analyse du ministre surdiplômé qu'ils ont rencontré la veille à Rabat.

En feraient-ils de même s'il s'agissait de la Finlande ou de la Slovaquie ? Poser la question, c'est y répondre.

Aussi, tout cela est de notre faute. Pourquoi ne sommes-nous pas finlandais ?

[28-6-2017]

Une embrouille africaine

Examinons, si vous le voulez bien, le cas singulier de ce pays africain que nous ne désignerons que par ses initiales pour ne désobliger personne. Or donc le R. U., puisque c'est de lui qu'il s'agit, avait à sa tête un dirigeant, T. M., dont le moins qu'on puisse dire est qu'il ne manquait pas de culot. Le mot « opportuniste » fut, paraît-il, spécialement inventé pour lui. Qu'on en juge : ayant fait campagne, au cours d'un référendum qui défraya la chronique, *pour* l'importation de scoubidous finlandais, T. M. n'eut aucun mal, dès les résultats du référendum connus (le peuple vota en majorité contre), à se transformer en ardent contempteur du scoubidou. Fi ! Coupons toutes relations avec ces lointains Finlandais ! Qui a besoin de scoubidou ?

« Vous retournez votre veste, lui reprocha-t-on.

— C'est mon peuple, je le mène, il faut bien que je le suive », répliqua-t-il, impavide.

Belle logique. Il n'y a qu'en Afrique qu'on peut être aussi inconséquent. (Attendez, ne vous énervez pas, lisez jusqu'au bout.)

T. M. eut alors une idée machiavélique : profiter de la faiblesse de l'opposition pour provoquer des élections législatives et s'assurer d'une confortable majorité au Parlement.

« Comment, me dites-vous, ton T. M. n'avait pas la majorité ? Par quel miracle avait-il le droit de diriger le R. U. ? »

Qui vous a dit qu'il n'avait pas la majorité ? Il l'avait, il l'avait, mais comme ces lessives qui lavent *plus blanc que blanc*, T. M. voulait une majorité encore plus majoritaire. Ça ne veut rien dire ? Je vous l'accorde, amis, et vous assure que la logique ici ne vous sera d'aucune utilité. Nous sommes en Afrique, n'est-ce pas ?

Mais le plus extraordinaire est à venir. Le piètre stratège qui a nom ou qui a plutôt initiales T. M. non seulement ne majora pas sa majorité, il la perdit ! Le voilà minoritaire au Parlement, désavoué, ridiculisé... Évidemment, dans ces conditions, un Européen eût dignement présenté sa démission, un Japonais eût fait *seppuku* (ce que nous appelons improprement hara-kiri), un Américain eût téléphoné à son adversaire pour concéder sa défaite et lui souhaiter bonne chance en l'appelant par son prénom. Mais nous sommes en Afrique, hein ? L'inénarrable T. M. (c'est marrant, je dis « inénarrable » alors même que je suis en train de narrer ses mésaventures), donc T. M. fit quelque chose d'inouï : il se proclama vainqueur de l'élection et se cramponna à son fauteuil comme un bigorneau à son rocher.

« Mais, me demandez-vous, indigné, comment pourra-t-il gouverner sans majorité ? »

Eh bien, par une méthode bien africaine, ami lecteur : la corruption. T. M. dénicha un petit groupe parlementaire d'appoint (le DUP) qui lui permettait de se reconstituer une majorité. Il leur fila un milliard de picaillons et l'affaire fut entendue. (Le fait que les nouveaux alliés de T. M. étaient tous fous ne l'empêcha pas de conclure la transaction.)

PS : Bien entendu, lecteur sagace, vous avez reconnu en T. M. Theresa May, sous le sigle R. U. le Royaume-Uni (grand pays africain) et dans le groupe parlementaire d'appoint les cinglés du Democratic Unionist Party d'Irlande du Nord (ils croient que la Terre est plate). Tous les détails de cette histoire sont authentiques, y compris le pot-de-vin d'un milliard de livres sterling au DUP. La prochaine fois qu'un Anglais osera critiquer l'Afrique devant vous, n'hésitez pas à l'assommer avec cet article roulé en matraque.

[2-7-2017]

Ignominie télévisée

Dans la plupart des pays du monde, on ne peut pas montrer à la télévision un couple se faisant des câlins, ce qui est pourtant une activité belle, saine, normale et qui ne fait de mal à personne. En revanche, il n'est pas interdit de montrer à n'importe quelle heure, devant n'importe quel public, un homme ou une femme se faire berner, ridiculiser et finalement perdre toute dignité. Vous trouvez ça normal ?

La première activité s'appelle « l'amour » : elle est donc censurée. Haro sur la caresse ! La seconde s'appelle « la caméra invisible » : elle est autorisée, je dirais même encouragée car elle fait de l'audience, comme on dit, et elle ne coûte pas cher à réaliser. Et pourtant, à bien y réfléchir, elle ne repose que sur un sentiment, bien vilain : la cruauté.

Pour s'en convaincre, il suffit de voir cette vidéo atroce – c'est l'adjectif idoine – qui montre l'écrivain algérien Rachid Boudjedra se faire ridiculiser et carrément terroriser au cours d'une soi-disant interview à la télévision Ennahar. On en a déjà beaucoup parlé sur les réseaux sociaux, mais je crois pourtant qu'il est bon de revenir là-dessus. Il y a une réflexion à mener sur ce sujet.

Pour ceux qui ne sont pas au courant : c'était il y a quelques semaines. Attiré à la télévision sous un faux prétexte, Boudjedra s'installe sans méfiance dans un fauteuil, tranquille et souriant. Quelques minutes plus tard, deux jeunes hommes entrent dans le studio et interrompent la pseudo-interview. Ils menacent Boudjedra, le traitent d'apostat, l'obligent à prononcer toutes sortes de formules religieuses avant qu'il ne craque en direct (trop, c'est trop) et ne se mette à hurler en essayant de prendre la fuite, affolé, haletant comme un animal traqué. Bravo, la caméra, voici un homme âgé (bientôt soixante-seize ans), un écrivain de renom, un père, un mari, totalement ridiculisé…

Un jour, on ne se souviendra plus de lui que dans cette posture avilissante. Et on est censé rire ? Vous rirez seuls, salauds.

Je n'ai pas d'affinités particulières avec Boudjedra, je ne le connais pas personnellement même s'il vient souvent au Maroc, je ne suis pas forcément d'accord avec tout ce qu'il a dit ou écrit au cours des décennies passées, mais la question n'est pas là. Il s'agit d'un être humain et on ne bafoue pas la dignité d'un être humain. L'humour, ce n'est pas ça. Humilier, insulter, rabaisser, ce n'est pas de l'humour. Allez prendre des cours, producteurs ignares de l'ignoble caméra, sur l'art de l'*understatement* anglais ou sur l'ironie voltairienne, allez lire un livre, pour une fois dans votre vie, et qu'il soit signé Alphonse Allais, Saki ou P. G. Wodehouse. Vous comprendrez peut-être ce qu'est l'humour.

En principe, je suis contre la censure, contre les interdictions, mais elles sont parfois nécessaires pour préserver ce qui nous reste de décence.

Alors oui, il faut interdire la caméra invisible, cet œil glauque de voyeur qui nous plonge dans la bassesse et la cruauté de l'immondice humaine.

[5-7-2017]

Faux écolos, vrais ignorants

Au moment où l'on apprend qu'une sixième extinction de masse des espèces terrestres est en cours ; au moment où l'on constate qu'un septième continent est en train de se former dans le Pacifique, fait tout entier de déchets plastique ; au moment où le réchauffement climatique est en passe de devenir irréversible ; au moment où les premiers réfugiés climatiques commencent à débarquer sur les côtes de l'Europe ; au moment où des pays entiers, les Maldives par exemple, sont en train de disparaître sous la montée des eaux ; au moment où… bref, en ces temps d'urgence absolue pour la planète, de quoi s'occupent les députés écologistes européens ?

Eh bien, d'emm…er le Maroc, sauf votre respect.

Nul n'ignore qu'il y a, en Afrique du Nord, un contentieux territorial autour de quelques arpents de sable fort peu peuplés. Les uns invoquent la légitimité historique, d'autres le droit à l'autodétermination des peuples. Les armes ont parlé, puis se sont tues. Tout cela finira par se régler par les voies de la diplomatie. Un écolo sérieux, un vrai de vrai, préoccupé de l'avenir du rhinocéros, de la qualité de l'air, de la beauté des océans, si on lui posait une question à propos du Sahara, répondrait, impatienté : « En quoi ça me regarde ? Le Maroc et l'Algérie se cherchent des noises. Qui a tort, qui a raison ? Je n'en sais rien, je n'y comprends rien, ce n'est pas mon rayon, je vais plutôt essayer de sauver les derniers tigres de Sibérie. Adieu. »

Paroles d'or ! Mais ce ne sont pas celles des pseudo-écolos du Parlement européen, qui ne cessent de se mêler de ce conflit qui ne les regarde pas et auquel ils n'entendent rien. Ils déposent motion sur motion pour censurer le Maroc.

Pourquoi le Maroc ? C'est là qu'on comprend d'ou viennent ces drôles d'oiseaux, qui ne sont pas, malheureusement, en voie d'extinction. La plupart sont des ex-gauchistes qui, n'arrivant plus à se faire élire en tant qu'amis de l'ouvrier – l'ouvrier, en Europe, a pris la fâcheuse habitude de voter populiste ou carrément à l'extrême droite –, se sont grimés en amis de l'éléphant pour se faire élire par les bourgeois-bohèmes des quartiers huppés. Mais le naturel revient au galop : dès leurs fesses habituées aux fauteuils du Parlement, les voilà repris par leurs réflexes gauchos – y a bisbille entre l'affreux Maroc et l'Algérie-Mecque-de-la-révolution ? Déclarons la guerre à l'affreux Maroc !

Savent-ils, ces ignorants, que le Maroc a banni les sacs en plastique avant la plupart des pays européens ? Non, évidemment. Savent-ils qu'il a un ambitieux programme d'exploitation des énergies renouvelables ? Il y aurait matière à lui voter les félicitations du Parlement. Mais le groupe écolo, tout occupé à faire de la politique, n'a pas le temps de s'occuper d'écologie…

[12-7-2017]

Ces Rifains qui réussissent

Et de deux ! Alors que les Turcs, les Indonésiens ou les Antillais, pourtant aussi nombreux que les Marocains aux Pays-Bas, attendent encore de compter dans leurs rangs des hommes politiques de premier plan, les Marocains ont leur deuxième maire après le fameux Ahmed Aboutaleb, qui dirige Rotterdam (le plus grand port du monde, tout de même, et le poumon économique du pays…). Il s'agit d'Ahmed Marcouch qui vient d'être nommé maire de la ville d'Arnhem. (Oui, c'est une curiosité locale, ici les maires ne sont pas élus mais nommés par le roi, après consultation des partis politiques.)

J'ai rencontré Marcouch pour la première fois il y a une bonne dizaine d'années lors de la visite à Amsterdam d'une délégation d'universitaires américains dont j'étais le poisson-pilote. Il présidait alors le conseil municipal de Slotervaart, un quartier dont le tiers des habitants sont originaires du Maroc. Il m'avait impressionné par son calme, sa connaissance des dossiers et l'air d'autorité bienveillante qu'il dégageait. Pendant le pot d'accueil, nous n'avions pas été longs à nous découvrir des aïeux communs (mettez deux Marocains ensemble dans un environnement favorable, ils se trouveront forcément un ancêtre à partager, avec les petits-fours).

Comme dans le cas de Aboutaleb, ce qui frappe dans le cas de Marcouch, c'est la volonté farouche de « s'en tirer », de travailler dur pour réussir dans les circonstances les plus défavorables. Qu'on en juge : né du côté de Nador, plus précisément à Beni Boughafer (ce qui n'est pas le meilleur départ dans la vie, on en conviendra), orphelin de mère à trois ans (ça s'aggrave), notre bonhomme fréquente le *m'sid* puis l'école primaire locale avant de suivre son père émigré et de débarquer à dix ans, en 1979, dans ces lointains et froids Pays-Bas dont il ne parle évidemment pas la langue. À l'école du quartier (coup de chance, c'est une école du type Montessori où l'on accorde beaucoup d'importance à la créativité et au développement personnel), il apprend le néerlandais en deux ans, s'accroche puis fait des études genre IUT. Après avoir travaillé comme agent technique dans une maison de retraite, il réussit à entrer dans la police (eh oui...), où il reste une dizaine d'années jusqu'à atteindre le grade de brigadier.

L'important est ceci : même pendant ces années-là, il ne cesse de lire, d'apprendre, de prendre des cours du soir couronnés par un diplôme qui lui permettra de devenir enseignant. C'est ensuite l'entrée en politique, au parti socialiste PVDA, et l'ascension, après un détour par la Chambre des députés, jusqu'au poste prestigieux qu'il occupe depuis cette semaine.

La nomination de Marcouch a provoqué des réactions diverses. Les partis de gauche, de droite ou du centre qui sont représentés au conseil communal d'Arnhem s'en sont réjouis, mais l'extrême droite a immédiatement organisé une manifestation pour protester contre ce qu'elle appelle l'islamisation d'une des villes les plus importantes du pays. (Si vous avez vu le film *Un pont trop loin*, c'est là que cette bataille décisive pour la Seconde Guerre mondiale se déroule...)

Ces benêts un peu racistes semblent oublier une chose : quand Marcouch devint le patron de Slotervaart, en 2006, ce quartier était le plus mal famé des Pays-Bas, la police n'y entrait pas, les gangs y faisaient la loi, la pire école du pays (en termes de résultats scolaires) s'y trouvait, la drogue et les allocations sociales constituaient l'essentiel des revenus. En moins de quatre ans, Marcouch et son équipe réussirent à résoudre la plupart de ces problèmes. C'est qu'Ahmed le « flic » n'avait pas peur des voyous dont il parlait toutes les langues – au choix : *tarifit*, *darija*, arabe littéraire en cas de besoin (pour citer le Coran...), néerlandais, sans oublier quelques rudiments de turc...

En d'autres termes, il y a ceux qui protestent et qui dénoncent mais ne font rien, et il y a ceux qui parlent peu mais qui agissent. Ahmed Marcouch est de ceux-là. Quand je pense à ce qui se passe aujourd'hui dans le Rif, et qui constitue une équation terriblement compliquée, quasiment impossible à résoudre, j'en viens presque à regretter que des gars comme Aboutaleb ou Marcouch aient émigré dans les années 70, encore enfants. C'est de gens de leur trempe qu'on aurait besoin aujourd'hui.

Vous me direz peut-être que s'ils n'avaient pas quitté leur région natale, ils seraient restés de parfaits inconnus et n'auraient rien fait de leur vie car ils n'y auraient pas trouvé les opportunités que l'Europe leur a offertes. C'est possible. Mais, dans un cas comme dans l'autre, se réjouir des succès des Rifains aux Pays-Bas revient à déplorer, comme en miroir, le gâchis du capital humain qui sommeille dans le nord du Maroc et qui n'arrive pas à s'épanouir.

[19-7-2017]

Un petit quiz sous le parasol

C'est les vacances, hourra, mais rien ne nous oblige à bronzer idiots. Faisons donc un test, amis lecteurs, au bord de la mer, sur le flanc de la dune ou là-haut sur la montagne. Vous vous êtes munis d'un crayon, d'une gomme et d'une feuille de papier ? Excellent. Allons-y !

Il s'agit de répondre tout simplement par oui ou par non.

a) Il y avait, il y a un siècle, 800 000 mineurs de charbon aux États-Unis. Il y en a aujourd'hui 55 000. Le gouvernement fédéral de Washington doit-il obliger les compagnies minières à embaucher les 745 000 mineurs « manquants » ?

b) Examinez une photo de rue prise dans les années 30 à Londres ou à Paris. Tous les hommes portent un chapeau. Ce n'est plus le cas aujourd'hui et les chapeliers ont quasiment disparu. Les députés doivent-ils voter une loi rendant obligatoire le port du galurin afin de recréer l'industrie et le commerce qui vont avec ?

c) Ah, comme c'est romantique, une promenade en fiacre dans un parc, à Prague, Nairobi ou Saint-Pétersbourg… Et la bonne odeur du crottin… Mais des fiacres, y a p'us, hélas. Les municipalités de toutes les villes du monde doivent-elles réintroduire ces élégants véhicules hippomobiles ?

d) Quand j'étais petit (comme c'est loin, tout ça…), nous n'utilisions pas, dans la petite ville marocaine où j'ai grandi, de pâte dentifrice pour nous nettoyer les dents, nous les frottions avec une écorce d'arbuste appelée *siwak*. Le ministre compétent, à Rabat, doit-il aujourd'hui interdire les importations de dentifrice pour relancer l'usage du *siwak* ?

C'est bon ? Vous avez les réponses ? Eh bien, vous allez vous noter vous-mêmes. La bonne réponse, dans les quatre cas, c'est « non ». L'Histoire et la science économique le montrent amplement. Vous avez combien, sans tricher ? Tout juste ? Bravo ! Ça ne m'étonne pas, lire *Jeune Afrique* est déjà un signe d'intelligence.

Maintenant, réfléchissons ensemble, sans tomber de la dune. Si l'on se replace à l'époque où se déroulaient les faits évoqués dans les questions a, b, c et d, et si l'on avait alors annoncé, à la foule consternée a) qu'on allait supprimer en moins d'un siècle 95 % des emplois de mineurs de charbon, b) que les chapeliers, leurs apprentis et leurs fournisseurs allaient perdre leur gagne-pain sans qu'aucun gouvernement bouge le petit doigt, c) que les taxis avec un cheval devant (les fiacres, quoi) ne seraient plus qu'un souvenir en l'espace de quelques générations, d) que l'industrie locale du *siwak* allait disparaître sous les coups de la concurrence étrangère (ah, le vil Colgate !) sans que l'État ne bronche, eh bien, je vous le demande, qu'eût fait la foule ? Elle serait descendue dans la rue, elle aurait conspué le gouvernement et assiégé le Parlement, déclenché de terribles grèves, voté pour l'équivalent local de Mélenchon, etc.

Et pourtant la foule aurait eu tort. On produit aujourd'hui bien plus de charbon avec dix fois moins de mineurs et c'est tout bénéfice pour tout le monde, les chapeaux se sont envolés sans créer de chômage permanent, les fiacres ont disparu mais les taxis les ont remplacés, et le dentifrice constitue un net progrès par rapport au *siwak* – mon grand-père, à mon âge, avait perdu toutes ses dents.

Dans quelques semaines, ce sera la rentrée et les démagogues vont de nouveau monter à la tribune pour nous parler d'économie sans rien y comprendre (ou en faisant semblant de n'y rien comprendre).

Ce sera peut-être le moment de leur faire passer le test…

[23-7-2017]

Mais qui est vraiment bête ?

Entendu l'autre jour sur une radio casablancaise (je préfère ne pas donner le nom de cette station que j'aime bien, au demeurant) dans une émission d'habitude utile et bien faite, ce conseil stupéfiant : « Supposons que vous êtes en train de rouler sur la route et qu'un chien traverse soudain devant vous. Votre premier réflexe serait de l'éviter, n'est-ce pas ? Funeste erreur ! Il vaut mieux le percuter parce que sinon, si vous donnez un coup de volant pour l'éviter et que votre voiture heurte le trottoir ou érafle un arbre circonvoisin, vous ne serez pas remboursé par l'assurance. En effet, il vous sera impossible de prouver à ladite assurance que c'était pour éviter un chien : *bye bye* le remboursement. Bien sûr, si c'est un âne, ne le percutez surtout pas : ça risque de provoquer des dégâts importants à votre voiture. »

Tel que !

Entendu de mes propres oreilles – et j'en ai deux.

On reste confondu devant tant d'insensibilité.

Résumons, pour les distraits et pour ceux qui auraient haussé les épaules en grommelant : « Et alors ? Qu'est-ce tu m'embêtes avec tes histoires d'animaux ? » :

a) Il faut éviter l'âne, non pas parce que c'est un être vivant, doux et inoffensif mais parce qu'il risque de faire bobo à la bagnole ;

b) Il faut écraser le pauvre clebs (qui mène déjà une vie de chien) parce qu'il y a une chance infime que l'affaire coûte quelques dirhams.

Parions que le bonhomme qui a sorti cette énormité se considère comme un citoyen exemplaire, un bon mari (s'il est marié) et un bon père (s'il a des mouflets). Peut-être n'hésite-t-il pas à se promener en blanc pendant le ramadan et à faire ses prières, y compris « celles qu'on n'est pas obligé » – comme dit mon petit neveu.

Ce serait marrant si à l'heure d'entrer au Paradis – heure qu'on lui souhaite la plus lointaine possible – il tombait sur un âne et un chien postés à l'entrée, à côté de Sidna 'Azrail[1].

« D'accord, tu as fait tout ce qu'il fallait pour mériter d'entrer ici, lui dirait le saint gardien des lieux, mais qu'as-tu fait pour le bon âne que voici et le fidèle toutou que voilà ? Ce sont aussi des créatures de Dieu. »

Il serait bien attrapé, le pro en assurances, hein ?

Et ce ne sont pas sa Simca 1000 ou sa Fiat 127 qui pourraient venir témoigner en sa faveur…

[26-7-2017]

1. Le Saint-Pierre des Musulmans.

Ici, tout le monde est marocain

Il y a deux ou trois décennies (sous l'Ancien Régime, allais-je écrire), je me trouvai un jour, jeune ingénieur de l'Office chérifien des phosphates, dans la situation très banale d'avoir à renouveler la carte grise de ma voiture. Je déposai donc une autorisation exceptionnelle d'absence auprès de mon supérieur hiérarchique d'alors (le fameux Driss B., promis à une belle carrière) et vogue la galère ! Je roulai joyeusement de Khouribga à Casablanca, une cassette de Bob Dylan enfoncée dans l'autoradio, nous deux chantant à tue-tête « Blowing in the wind ».

(Ne me demandez pas pourquoi il me fallait renouveler ma carte grise aussi loin de mes pénates, je n'en sais rien, telle était alors la procédure.)

Bref, me voilà deux heures plus tard à Casablanca devant le bâtiment de l'administration idoine. À l'entrée, le chaouch bavarda un peu avec moi, me posa quelques questions habiles, en déduisit mon portrait-type et me désigna un guichet : « Va voir Si Brahim, il est doukkali comme toi. »

Tel que.

Il y avait là une bonne dizaine de guichets, chacun pourvu d'une tête rébarbative qui attendait le client, mais le chaouch m'avait désigné celle d'un « pays ». Si j'avais répondu à ses questions en me présentant du côté maternel, il m'aurait sans doute déniché un « compatriote » d'Essaouira – peut-être même un gnaoui. Et si je lui avais confié que mon patronyme venait du nord du royaume, il m'aurait peut-être sorti un Rifain de sa manche. Je n'eus pas la présence d'esprit (esprit encore embrumé par les volutes des ballades de Bob Dylan) de rétorquer au chaouch que son approche régionaliste d'un problème aussi trivial que le renouvellement d'un document administratif me semblait exagérée. Pauvre planton, sans doute analphabète ! Sa compréhension du monde était ce qu'elle était. La plus belle femme du monde ne peut donner que ce qu'elle a.

Je me dirigeai donc vers le cinquième guichet, fièrement occupé par un Doukkali grand comme ça, moustachu comme ci, et qui consentit volontiers à me donner le document (auquel, maintenant que j'y pense, j'avais pleinement droit) parce qu'il connaissait mon cousin Abdelmoula qui avait joué au foot avec lui sur la plage d'El Jadida au temps de leur jeunesse folle.

Je revins à Khouribga et narrai mes mésaventures à mes collègues ingénieurs. Ils hochèrent la tête et trouvèrent la chose absolument normale. Le chaouch avait facilité mes démarches. Bravo. Tu lui as bien refilé un petit billet ? Hein, quoi, tu ne l'as pas fait ? Mais tu sors d'où, grand benêt ?

Pendant des années, j'ai donné cette petite anecdote comme exemple de ce qu'il ne faut pas faire si nous voulons entrer dans la modernité. Et il faut reconnaître que ce type de chaouch a disparu (non ?) et que l'administration se définit aujourd'hui autrement que par l'origine géographique de ses membres. Mais avec la régionalisation qui s'amorce – et qui est en principe une bonne chose – nous courons peut-être le risque qu'elle soit mal comprise.

Il ne faudrait pas revenir à la saynète absurde que j'ai vécue en 1988. C'est pourquoi je préconise que partout, dans toutes les administrations, même (et surtout) celles qui sont du ressort des régions, on prenne soin d'écrire, à l'entrée et en grosses lettres, cette phrase de bon sens : « Ici, tout le monde est marocain. »

[2-8-2017]

Notre *soft power* est en danger

L'autre jour, à Pézenas dans l'Hérault, par temps de canicule, je tombe sur un restaurant (ou plutôt un boui-boui) qui prétend vaguement être marocain. Je m'approche, alléché, mais déchante bien vite quand je découvre sur la carte un « kebab au gratin » qui me semble être une double escroquerie. Ces deux substantifs ont-ils le moindre rapport avec notre beau pays ? Fuyons !

À New York, l'an dernier, je découvre toute une chaîne de restaurants dont le plat emblématique est un *Moroccan tajine* à déguster dans un ramequin de carton. Oui, de carton ! Fuyons !

À Amsterdam, sur le chemin de l'université, je change parfois de trottoir pour éviter l'insolente et menteuse vitrine d'une pseudo-cantine marocaine qui propose en entrée… des mezzés ! Avec tout le respect que nous devons à nos frères libanais, peuple entreprenant et sympathique, pourquoi baptiser « mezzés » nos *chhiwates* ? Autant rebaptiser Rabat « Beyrouth-sur-Atlantique ». Fuyons !

À Paris, 90 % des restaurants marocains proposent des couscous-merguez huileux comme la mer après le naufrage d'un pétrolier, et certains posent sur la table, sans qu'on leur ait rien demandé, de la harissa. Avec tout le respect que nous devons à nos cousins pieds-noirs (pour la merguez) et nos frères tunisiens (pour la harissa), qu'est-ce que ces deux comestibles ont à voir avec l'Empire chérifien – sans même parler de l'Empire des sens (gustatifs) ? Fuyons !

(À propos de Paris, vu que ma propre tante y tenait un restaurant, rue Viala dans le 15e, où elle proposait sans rougir de la merguez et de la harissa, je lui fis un jour la remarque qu'elle commettait ainsi une sorte de haute trahison envers le pays de ses ancêtres. Elle me répondit qu'elle s'était adaptée aux clients. Ces connaisseurs très approximatifs lui réclamaient, dès leurs pieds allongés sous la table, des merguez et de la harissa. Après avoir d'abord cent fois expliqué que ce n'était pas le genre de la maison, elle en avait eu assez d'éduquer les Parisiens et s'était résolue à leur fournir ce qu'ils voulaient. Le client est roi, hélas.)

Vous me dites : « Bof, tant que les Chinois n'entrent pas dans la danse… » Eh bien si, justement. À Francfort, je l'ai vu de mes propres yeux, un supermarché commercialise du *ras-al-hanout* en provenance de l'empire du Milieu. Entièrement chimique, bien sûr. Que des molécules de synthèse.

On en est là. Si ce ne sont pas les signes de l'Heure, alors je ne comprends rien à l'eschatologie.

Eh bien, c'en est assez. Trop, c'est trop. Je lance un appel solennel au ministre… À propos, à quel ministre dois-je m'adresser ? Peu importe, élargissons le front, je lance un appel à tous les ministres. Il est temps de protéger notre cuisine, élément essentiel de notre *soft power.* Après tout, Apple ou Samsung font des procès à milliards de dollars à quiconque ose contrefaire leurs produits. Pourquoi pas nous ? Attaquons en justice tous ceux qui ont le front de proposer, sous le nom de « cuisine marocaine », des kebabs au gratin, des tajines dans des cartons, des mezzés, des merguez ou du *ras-al-hanout* chimico-chinois. Il y va de notre identité. Et il y a peut-être quelques petits millions en dommages et intérêts à ramasser. Ce serait tout bénéfice pour la balance des paiements…

[9-8-2017]

L'ânerie économique

L'autre jour, je regardais un homme s'égosiller devant le Parlement marocain, à Rabat, quand soudain… Attendez, on va faire comme les mathématiciens, on va généraliser le théorème. Prenez n'importe quel homme, devant n'importe quel Parlement du vaste monde, vous pouvez être sûrs que, quel que soit le bien-fondé de la cause qu'il défend, il finira par proférer une belle ânerie sur le plan économique.

Revenons donc à mon zigoto devant le bel immeuble du Parlement marocain (en face duquel, soit dit en passant, se dresse l'hôtel Balima où Che Guevara passa une nuit aux arrêts, dans les années 60, avant que la police de Hassan II ne l'expulse vers l'Algérie, mais bon, c'est une autre histoire, on la racontera un autre jour).

Donc, mon zigoto.

Cela faisait bien une demi-heure qu'il hurlait tout le mal qu'il pensait du gouvernement, de l'État et d'à peu près tout le monde, entouré d'une foule acquise à sa cause, quand soudain il brailla ceci (je résume) :

« L'État se vante de ses grands projets économiques, de ses investissements, du port flambant neuf de Tanger, des autoroutes, des chemins de fer qu'il construit… il en tire toute sa légitimité… mais moi, je vais vous dire ce qu'il en est vraiment ! »

La foule se rapprocha instinctivement de l'imprécateur, nous étions tout ouïe, allait-on enfin nous révéler le grand secret, les fins ultimes, la Preuve ?

« Eh bien, beugla le zigoto, tout cela est financé par l'ENDETTEMENT !!! »

Horreur ! Il avait dit. L'homme épuisé arrêta là ses révélations, un acolyte admiratif lui épongea le front, l'excitation était à son comble, une houle de murmures agitait la foule. Si elle avait compté en son sein le moindre Bonaparte, elle aurait pris d'assaut le Parlement, et l'Afrique du Nord eût eu son premier Napoléon.

Il n'en fut rien car un autre orateur se dressa quelques pas plus loin et se mit à son tour à insulter l'État. La foule, versatile et capricieuse comme elles le sont toutes, ces gourgandines, abandonna Zigoto Ier pour aller entourer Zigoto II, tout nouveau tout beau.

Je fus tenté d'entreprendre le premier tribun pour lui demander des explications. Qu'avait-il contre l'endettement ? Savait-il que tous les grands projets, sans exception, sont financés par l'appel à l'épargne ? Ignorait-il que l'autofinancement des grands travaux qui courent sur des décennies est idiot puisqu'il revient à faire payer à une génération ce qui profitera aux générations suivantes ? Avait-il étudié les finances de pays comme l'Allemagne ou l'Arabie saoudite qui n'hésitent pas à s'endetter alors qu'ils disposent de confortables réserves de picaillons ? Tout cela fait sens pour un économiste – et lui, quelles étaient ses compétences en ce domaine ? Ne pensait-il pas qu'avant de bloquer l'avenue Mohammed-V pour débloquer sur l'économie, il aurait été bien avisé de prendre humblement quelques cours dans cette matière qui est quand même un peu plus compliquée que l'étude des fesses de Kim Kardashian ?

Mais, me remémorant la sage parole de René Char « On ne raisonne pas l'homme qui hurle », je n'en fis rien et m'en allai discrètement, sans mot dire mais fermement résolu de partager avec vous, chers lecteurs, ce petit incident de la vie comme elle va. Dont acte. Et ouvrons vite nos manuels d'économie…

[13-8-2017]

T'as bien l'bonjour du robot

Il y a quelques jours, j'ai fêté mon anniversaire. D'accord, ce n'était pas un événement d'importance planétaire et on n'a pas tiré en mon honneur des feux d'artifice à Pékin ou à Lima, mais il s'est tout de même passé quelque chose d'étrange dont je voudrais vous faire juge, amie lectrice, ami lecteur.

Au réveil, je me précipite sur mon ordinateur, le cœur battant. Qui m'aura envoyé le premier message me souhaitant un bon anniversaire ? Qui, parmi la famille, les amis, les connaissances, y aura le premier pensé ? Untel ? Unetelle ?

Funérailles ! La palme revint à l'Association des anciens élèves de l'École nationale des ponts et chaussées. Le message est parti à minuit passé d'une minute. Comme ça m'étonnerait que quelqu'un soit encore au bureau à cette heure tardive, il faut en conclure que c'est un programme d'ordinateur, un robot en quelque sorte, qui a déclenché l'envoi du chaleureux message.

Un programme informatique m'a envoyé ses vœux.

On en est là.

Je me suis consolé en me disant que le prochain mail proviendrait d'un être humain. Tu parles ! Comme je suis titulaire de la carte « voyageur fréquent » du train Thalys qui assure la ligne Amsterdam-Paris, c'est donc « Thalys » (quel joli nom, dommage qu'il soit celui d'une compagnie ferroviaire), c'est donc elle, cette gueuse d'acier, qui m'a envoyé des bisous.

Un train m'a souhaité bon anniversaire.

On en est là.

Et ledit train m'a immédiatement proposé de m'emmener fêter mon anniversaire, avec une remise de 30 % sur le tarif habituel, à Bruxelles, Cologne ou Lille, trois villes où je ne connais personne. Suis-je censé souffler mes bougies avec le chef de gare ?

Les signes de l'Heure, vous dis-je. On entend galoper les quatre cavaliers de l'Apocalypse, on entend hennir leurs montures.

J'ai raconté mes mésaventures au téléphone à une amie. Elle m'a répondu qu'elle avait le même problème, en pire. Elle ne sait comment son adresse et sa date de naissance sont tombées entre les mains des as du marketing, mais le fait est qu'elle reçoit, une fois par an, une foultitude de « bon anniversaire » matinaux assortis d'offres d'achat en discount de parfums, lingerie et escarpins dont l'usage n'est pas évident quand, comme elle, on mène une vie simple et rustique.

N'en doutons pas, amis : le jour viendra où quelques lignes de programme informatique souhaiteront bon anniversaire à d'autres lignes de programme informatique, qui répondront chaleureusement. Ce sera l'apothéose. L'homme, cette « passion inutile » selon Sartre, sera devenu superflu, dépassé, à mettre au rebut.

Certains se demandent quand les robots prendront le pouvoir. La réponse est simple : ils l'ont déjà pris, mais nous ne nous en sommes pas encore rendu compte.

Réagissons avant qu'il ne soit trop tard !

Voici une proposition concrète : dorénavant, souhaitons-nous (je veux dire, nous les humains), souhaitons-nous nos anniversaires la veille du jour fatidique. Ainsi nous aurons toujours un jour d'avance sur les robots.

La résistance s'organise.

Ils ne passeront pas !

[16-8-2017]

Banque islamique et physique quantique

On apprend avec perplexité que la finance islamique vient de faire ses premiers pas dans notre bel Empire chérifien.

Ayant enseigné les sciences économiques pendant une bonne dizaine d'années, c'est vers moi que se tournent certains de mes amis quand ils veulent en savoir plus sur la banque islamique. Eh bien, allons-y, penchons-nous sur la question. Bla, bla, bla, *moudaraba*, *mousharaka*, *mourabaha*, *ijara*...

Au bout d'une dizaine de minutes, la confusion est à son comble. C'est là que j'ai envie de leur dire : « Vous ne voudriez pas plutôt qu'on parle de physique quantique ? L'équation de Schrödinger ou les diagrammes de Feynman me semblent plus faciles à expliquer que la finance halal. »

Notez – je n'ai pas envie de me morfler une fatwa à travers la tronche – que nous ne parlons pas ici de l'islam, noble et belle religion comme chacun sait, mais de ce que les hommes, ces benêts bas du front, font de certaines de ses prescriptions : une bouillie indigeste. Quel besoin, grands dieux, avaient-ils de créer cette usine à gaz de finance soi-disant islamique ? L'intérêt est prohibé ? D'accord, mais il l'est également par la Bible et, effectivement, l'Église l'a interdit pendant des siècles : seuls les juifs avaient le droit de prêter avec intérêt (voir le Shylock de Shakespeare dans *Le Marchand de Venise*), ce qui leur joua inévitablement de sales tours (on déclencha parfois d'horribles pogromes contre eux pour ne pas avoir à les rembourser...). Mais l'Église finit par se rendre compte que tout cela était absurde. Ce qu'il fallait interdire, c'était l'usure, c'est-à-dire l'excès (et nous voilà revenus à une idée fondamentale d'Aristote, qui précéda aussi bien le christianisme que l'islam et qui affirmait qu'en toutes choses c'est l'excès qui est néfaste).

L'usure, c'est demander des taux d'intérêt exorbitants, plus de 20 % par exemple. Aujourd'hui, même la banque du Vatican utilise sans complexe l'intérêt. Sommes-nous moins intelligents que nos amis chrétiens ? Ne sommes-nous pas capables de produire un petit *ijtihad* qui expliquerait que ce n'est pas l'intérêt en tant que tel qui est mauvais, mais l'usure ? Où sont les muftis quand on a vraiment besoin d'eux ? Au lieu de se préoccuper de la longueur des jupes et des barbes, que ne nous pondent-ils une fatwa autorisant la banque classique du moment qu'elle pratique l'intérêt « normal » et non l'usure ? Il suffirait de redéfinir le mot « *riba* » comme « usure » et non comme « intérêt ». Le fameux verset coranique II, 275, sur lequel se basent toutes ces élucubrations, se lirait alors ainsi : « Dieu a permis le commerce et interdit l'usure. »

Franchement, messieurs les imams, je vous mâche le travail…

Pour finir, voici ce que m'a écrit la semaine dernière une personne de ma famille : « Une femme portant foulard m'a affirmé hier que la banque islamique était une arnaque. Elle voulait acheter un appartement. Or son mari ne voulait pas entendre parler d'un prêt auprès d'une banque classique – *a'oudou billah* ! Quand elle se renseigna sur le prêt islamique (d'ailleurs fourni par les banques classiques qui ont trouvé là un marché juteux), elle se rendit compte qu'elle allait payer au total beaucoup plus cher. Il y a donc bien des intérêts quelque part. En plus, s'il lui arrive quelque chose, c'est la banque qui récupère le bien et non les héritiers comme dans un emprunt classique (où il y a une assurance). Elle s'est empressée d'aller contracter un emprunt classique… »

Hein, pardon, qu'est-ce que vous dites ? Vous n'avez rien compris ? Vous préférez parler de physique quantique ?

OK, allons-y…

[23-8-2017]

Combien coûte Abdelmoula à l'ONCF ?

Le train parti de Rabat roule en direction de Casablanca. On a envie de déclamer « l'air est pur et la route est large », comme l'écrivit le poète (ne me demandez pas lequel), mais la vérité oblige à dire que l'air est poisseux et la voie d'un écartement plutôt étroit (1,435 mètre). Mais bon, je m'égare. Je lis dans le quotidien acheté en gare de Rabat un article d'un confrère qui traite, belle coïncidence, du futur TGV Tanger-Casa en se basant sur « le coût du passager », comme si c'était une donnée simple, évidente, sans ambiguïté.

Voilà qui me plonge dans une rêverie où je crois entendre mon ancien professeur d'économie Maurice Allais, ce génie hétérodoxe qui obtint un prix Nobel largement mérité. (Mais, délicieuse ironie, ledit génie, quand on lui demandait duquel de ses travaux il était le plus fier, répondait invariablement : « Mon mémoire sur les oscillations du pendule »...) En pleine rêverie inspirée par Allais, je me vois demandant au contrôleur : « Monsieur, voici Abdelmoula, un passager qui vient de monter à la halte de Mohammedia. Quel est son coût ? »

Le contrôleur, après un instant de réflexion : « Bof… Rien, en fait. Le train roule, avec ou sans lui. Le supplément d'énergie pour transporter un voyageur de plus est négligeable. Votre Abdelmoula ne coûte rien à l'ONCF. »

Brave contrôleur, qui a redécouvert tout seul la notion de « coût marginal », effectivement nul dans ce cas.

Je me vois poser la même question au chef de train. Il se gratte le crâne.

« Coût nul, selon le contrôleur ? Que nenni ! Que non pas ! Si cent passagers font comme lui et prétendent tous monter à la halte de Mohammedia, il me faudrait ajouter une voiture au train. Le vrai coût de chaque passager, donc de ton ami Abdelmoula en particulier, est de 1/100 le coût de cet hypothétique wagon entre Mohammedia et Casa. Et cela, qu'il faille effectivement ajouter un wagon ou non. »

D'accord. Un peu compliqué, mais d'accord. Mais que nous dit le chef de ligne, interrogé dans son beau bureau climatisé du siège de l'ONCF ?

« Mmmouais. J'aime bien Ssi Moha, le chef de train, mais il se trompe. On ne peut pas ajouter indéfiniment des wagons : au bout de 20 voitures, donc 2 000 voyageurs supplémentaires, il faut doubler le train. Le coût d'Abdelmoula, c'est, effectivement, 1/100 du coût du wagon supplémentaire, mais il faut ajouter 1/2 000 du prix de la locomotive et du salaire de son conducteur. »

La tête me tourne. On n'est pas sorti de l'auberge, hein ? Je m'imagine posant la même question à l'un de mes anciens condisciples qui est resté ingénieur, lui – heureux homme –, et occupe un poste important à l'ONCF. Il lève les bras au ciel.

« Il est bien gentil, le chef de ligne, mais on ne peut pas multiplier les trains sur une même voie ! Il y a une limite. À partir de 50 trains par jour, on est obligé de doubler la voie. Ton Abdelmoula nous coûte donc tout ce qu'on vient de calculer, *plus* sa part (1/200 000) du coût de la voie supplémentaire rapporté au temps de transport Mohammedia-Casa. »

Diantre ! Ça devient rudement compliqué. C'est là que je me suis réveillé, gentiment secoué par le contrôleur à qui j'ai montré mon billet en me gardant bien de lui poser la moindre question. J'ai repris ma lecture en me disant (vieille marotte) que les cours d'économie devraient être obligatoires pour tous les citoyens, et les journalistes en particulier, pour que chacun puisse se faire une idée précise de ce qui se trame dans notre pays.

Leçon du jour : parler du *coût d'un bien* (ou d'un service), en général, n'a pas grand sens. Plus on prend de l'altitude, plus les choses se compliquent. Voilà pourquoi les conversations de comptoir sont ineptes. Il faut avoir la modestie d'étudier, de compulser des traités arides, de réfléchir avant d'ouvrir la bouche. Mais qui fait encore cela aujourd'hui que le président des États-Unis *himself* mène le monde à coups de tweets ?

[3-9-2017]

Le kif dans la peau

Est-ce parce qu'elle vit parmi les Hollandais, ces entrepreneurs hardis, ces grands explorateurs, ces aventuriers qui n'ont pas froid aux yeux (le Brésil, l'Australie, la Tasmanie, ils y étaient avant tout le monde) ? Toujours est-il que Fatim-Zahra Kharoubia, dynamique citoyenne d'Amsterdam, flaire les bonnes occasions là où d'autres ne voient que des problèmes.

Tout commence lorsque Fatim-Zahra constate que sa fille souffre d'un eczéma persistant que rien ne semble pouvoir soigner. Elle se souvient alors que dans son enfance on lui disait que l'huile tirée du cannabis (ou huile de chanvre) était bénéfique pour les maladies de la peau. Elle ne fait ni une ni deux : elle se procure un peu d'herbe magique dans un *coffeeshop* (il y en a plein, à Amsterdam) mais au lieu de la fumer comme n'importe quel benêt, elle la distille dans de l'huile chauffée et l'applique sur la peau de la gamine. Les rougeurs et les irritations disparaissent comme par enchantement.

Notre amie se prend alors en conclave et réfléchit longuement. Il se trouve que ses deux grands-pères cultivent le cannabis en le lointain Maroc. Bien obligés, expliquent les deux aïeux : rien d'autre ne pousse ici ! (Une anecdote personnelle à ce propos : un jour que je me baladais dans le Rif, au temps de ma jeunesse folle, un cultivateur m'affirma sans ciller que même s'il plantait de la tomate, c'était quand même du kif qui sortait du sol quelques mois plus tard. Les lois de la génétique ne s'appliquent pas au Maroc.)

Fatim-Zahra ne fait ni une ni deux : elle va à la chambre de commerce d'Amsterdam, crée son entreprise (ça ne coûte que vingt euros), choisit un logo et vogue la galère ! Elle s'envole vers Nador, prend un taxi jusqu'au village de ses ancêtres et s'entend avec son oncle pour qu'il achète à un prix raisonnable toute la récolte du coin. Puis elle monte une coopérative de femmes pour transformer les graines en huile. Revenue aux Pays-Bas, elle prend langue avec des importateurs pour vendre l'huile bénéfique. Tout est conforme à la loi. Et tous en profitent. Édifiant, non ?

(On peut d'ailleurs raconter cette histoire autrement : une jeune femme débarque dans le Rif, achète du cannabis mais au lieu de se transformer en dealer à la petite semaine, comme l'aurait fait le premier Bouazza venu, elle le transforme en un produit légal et bénéfique. La femme serait-elle « l'avenir de l'homme » ?)

Aux dernières nouvelles, Fatim-Zahra, ayant noté que l'huile de chanvre est riche en oméga-3 et oméga-6, donc idéale pour les cheveux secs et cassants, songe à créer sa propre marque de shampooing. Après le succès phénoménal de notre huile d'argan, le cannabis sera-t-il notre prochaine *success-story* ? À suivre…

[6-9-2017]

Un scénario pour Donald et Jong-un

Kim Jong-un est un grand amateur de cinéma. C'est peut-être la clé pour comprendre son comportement belliqueux et *a priori* irrationnel. Gageons que dans sa collection de films – par ailleurs interdits au vain peuple, lui seul a le droit de les regarder – il y a ce chef-d'œuvre de loufoquerie que constitue *The Mouse that Roared* (1959).

Rappelons l'intrigue : le minuscule duché du Grand-Fenwick, coincé entre la Suisse et la France, est au bord de la faillite. Le Premier ministre décide alors de déclarer la guerre aux États-Unis, dans l'espoir d'une défaite rapide (son armée est équipée d'arcs et de flèches) suivie d'une invasion américaine et d'un plan Marshall pour relancer l'économie du duché. Le plan est imparable.

L'analogie avec la situation actuelle est frappante. La Corée du Nord est effectivement en quasi-faillite depuis des années et elle semble vouloir aller à un affrontement avec les States. Certes son armée n'est pas équipée d'arcs et de flèches, mais bon, on ne peut pas tout avoir. Ils ont la bombe atomique, c'est déjà ça.

Maintenant, quel est le film préféré de Balourd Trump, président hélas des États-Unis ? Il s'agit de *Le Bon, la Brute et le Truand* (1966) de Sergio Leone. (Du coup, il nous le gâche, le saligaud.) Rappelons l'intrigue : « le bon » et « la brute », qui sont en bisbille après avoir été partenaires, font face au « truand », tous les trois étant à la recherche d'un trésor enfoui quelque part dans un cimetière.

Il est évident que Donald, duc du Grand-Brushing, s'identifie au « bon » et voit en Kim « le truand » (il y a des guillemets partout, ça fait riche).

Si on analyse ainsi la situation – et pourquoi s'en priver ? –, l'ONU, au lieu de pondre des résolutions qui n'engagent que les sténographes qui en tapent le texte, serait bien avisée de mêler les deux scénarios pour en faire un seul film avec un *happy end*, un film qui enthousiasmerait tellement les deux protagonistes qu'ils n'en sortiraient plus. Génial, non ?

Qu'on nous permette de faire une modeste proposition, en notre qualité d'auteur de petits mickeys. Voici : l'ONU invite « le truand » Jong-un à venir prononcer un discours devant l'Assemblée générale, cet automne. Pendant son absence, on parachute « le bon » à Pyongyang. Aidé de « la brute » (Arnold Schwarzenegger ?), il met la main sur le pays et proclame dans la foulée la réunification avec la Corée du Sud. Pendant ce temps, le secrétaire général de l'ONU emmène « le truand » à Disneyland, son rêve de toujours, dans le château moyenâgeux (avec plein d'arcs et de flèches) qui s'y trouve, et il l'en proclame roi, avec à sa disposition une princesse pleine de courbes et tous les films de Disney. Problème résolu et même doublement : avec Kim roi de Disneyland et Trump maire de Pyongyang (redevenue simple ville de province de la Corée réunifiée), le monde respire mieux. *Zi end.*

Quoi ? Comment ? Vous trouvez mon scénario nul ? C'est votre droit. Mais vous préférez vraiment le (mauvais) film qui se déroule en ce moment, sous nos yeux ?

[10-9-2017]

Un ouragan nommé Trump

Il fut un temps où les ouragans ne portaient que des prénoms féminins, comme s'il s'agissait d'autant de viragos attendant les poings sur les hanches, l'invective au bec, prêtes à en découdre, leur Jules de retour de beuverie. Pif, paf, boum ! En ce temps-là les météorologues étaient tous des hommes et pas qu'un peu machos... Ce sexisme disparut au début des années 80, après moult protestations. Depuis on alterne les prénoms (masculin, féminin, masculin, etc.) pour nommer dans l'ordre alphabétique les cyclones, ouragans et autres tempêtes tropicales de l'année.

Allez, faisons un peu de philosophie. Donner un (pré)nom à un phénomène naturel qui ne dépend nullement de lui était autrefois pour l'homme une forme de « récupération », un subterfuge qui illustrait parfaitement le mot de Cocteau : « Ces événements nous dépassent, feignons d'en être les organisateurs. » En apposant sa marque, sous forme de dénomination, sur tout ce qui l'entourait, l'homme se donnait l'illusion qu'il était vraiment le centre de la Création, comme le lui répétaient toutes les religions. Or, si on y réfléchit bien, un volcan est un volcan, point. Il ne s'appelle pas plus « Etna » ou « Vésuve » que Fatna ou Véronique. Quand le Sebou déborde (souvenir effrayant d'inondations à Kénitra où j'ai habité quelques années pendant mon enfance…), c'est juste de l'eau qui envahit le paysage, tous ces milliards de molécules ne s'appellent pas plus Sebou que Sekou ou Abdelmoula.

Mais aujourd'hui la réalité a rattrapé *Homo sapiens*. Donner un nom à des catastrophes dont il est en partie responsable constitue une confession de sa culpabilité, presque une forme de contrition.

Cette nouvelle façon de voir les choses pourrait avoir des effets bénéfiques si elle nous aidait à prendre conscience de nos responsabilités.

Mais il faudrait alors cesser de donner des prénoms qui ne veulent rien dire à ces événements. C'est quoi « Irma », « José », « Maria » ? On dirait qu'un nabab, cigare au bec, au volant de sa grosse berline polluante, se décharge de ses responsabilités sur sa bonne philippine, son jardinier cubain ou sa cuisinière espagnole.

Il faut être plus concret. Puisqu'il s'agit d'ordre alphabétique, voici quelques suggestions.

A ? « Automobile », bien sûr, puisqu'elle est la cause d'une bonne partie du dérèglement climatique. « Le typhon Automobile fait cent mille morts au Bangladesh. » Voilà qui nous inciterait peut-être à prendre plus souvent le tram ou à marcher, tout simplement…

D ? « Diesel », pour inciter les automobilistes à abandonner le moteur à explosion pour aller vers l'électrique. Le gars qui verrait l'ouragan Diesel emporter dans les airs son gros 4 × 4 ne pourrait s'en prendre qu'à lui-même.

G ? « Gaspillage », pour faire honte à ces petits cons fortunés qui organisent par ennui des rodéos automobiles dans le désert, du côté de Koweït City, autant de virées irresponsables où il s'agit de rouler sans but défini, juste pour brûler de l'essence.

T ? « Trump », évidemment, pour lui mettre le nez dans son pipi, lui qui ne croit pas au changement climatique. Avouez que ça aurait un certain retentissement, des titres de journaux, cinq colonnes à la une, du type : « L'ouragan Trump dévaste le Texas, des centaines de morts, des milliers de sans-abri. » Gageons que le balourd hésiterait à montrer sa binette dans cet État…

Si vous avez d'autres suggestions, ajoutez-les à cette liste, amis lecteurs, avant que la tempête ne nous emporte tous.

[20-9-2017]

Moros et Catalans

L'autre jour, je rencontre à Besançon, lors d'un Salon du livre, un ami marocain perdu de vue depuis longtemps, depuis qu'il s'est installé en Espagne pour les besoins de son métier de traducteur.

On parle de choses et d'autres en dégustant la spécialité locale, la cancoillotte, une sorte de fromage fondu qu'on fabrique là-bas depuis les Celtes, ce qui ne nous rajeunit pas.

« Alors, ce référendum pour l'indépendance de la Catalogne ? » lui demandé-je, juste pour dire quelque chose car je me fiche bien de cette consultation populaire qui ne regarde, à mon humble avis, que nos amis espagnols.

C'est là que mon pote Jamil – vous ai-je dit qu'il s'appelait Jamil ? – part dans un long dégagement qui peu à peu vire à une sorte de fureur mal contenue.

« Ah, ne m'en parle pas ! Je viens de lire dans *El País* une pétition, signée par Pedro Almodóvar (çui qui fait des films), Mario Vargas Llosa l'écrivain et plusieurs centaines d'autres “intellectuels”. Et que disent-ils, ces bons apôtres ? Eh bien, ils sont contre l'indépendance de la Catalogne !

— Et alors ? m'étonnai-je, ils ont bien le droit d'avoir une opinion. Et même de l'afficher dans *El País*, ce grand journal sérieux qui parle plus souvent de politique, de société et d'économie que des fesses de Kim Kardashian.

— D'accord. D'accord. Ils en ont le droit. Mais ils n'ont pas le droit d'être inconséquents !

— Diable ! Inconséquents, dis-tu ? Essplique.

— Voilà : j'ai étudié attentivement la liste des signataires et j'ai remarqué que beaucoup de ces zigotos ne ratent jamais une occasion de défendre le Polisario. En d'autres termes, ils sont contre l'indépendance de la Catalogne, une nation de huit millions d'habitants, avec sa propre langue, ses traditions, son Histoire, une nation riche, industrialisée, qui est contributeur net au budget de l'Espagne – qui serait donc prospère sans elle ; et “en même temps”, comme dirait l'autre, ces mêmes zigotos soutiennent l'indépendance d'un territoire désertique où ne vivaient en 1975 que 70 000 personnes selon les chiffres officiels d'un recensement espagnol – ils seraient combien aujourd'hui ? 120 000 ? L'équivalent d'un petit quartier de Barcelone ? Et surtout, il s'agit de gens qui parlent la même langue, pratiquent la même religion et ont les mêmes coutumes et traditions que leurs frères marocains de Tarfaya ou Tan-Tan. On se résume : non à une Catalogne indépendante, oui à l'indépendance d'un petit bout de désert ? J'appelle ça de l'inconséquence ! »

Nous avalâmes une petite portion de cancoillotte.

« Mais, lui dis-je, ce que tu appelles inconséquence est peut-être autre chose, une sorte de réflexe "orientaliste" au sens d'Edward Saïd. Ces gars-là, lorsqu'il s'agit de l'Espagne et de la Catalogne, prennent la peine de s'informer, de regarder toutes les données, puis de réfléchir avant de donner leur avis. Mais quand il s'agit du Maroc, inutile de s'informer, ils "savent". Ils savent d'avance parce qu'ils sont les descendants de *los reyes católicos* et que le Maroc, c'est bougnoule et compagnie. Le Maroc *ne peut pas* avoir de solides arguments historiques, anthropologiques, économiques, etc. Inutile de s'arrêter à ces broutilles. On leur tend un manifeste pro-Polisario à signer, ils ne réfléchissent même pas, ils signent allègrement ! »

Jamil hocha vigoureusement la tête en signe d'approbation : « Oui ! De toute façon, ils n'ont rien à perdre dans cette histoire, eux. S'ils condamnent ainsi quelques dizaines de milliers de gens à végéter dans le désert et un conflit absurde à s'éterniser, un conflit artificiel qui rend impossible la construction du Maghreb, qu'est-ce que ça peut leur faire ? En revanche, voir la Catalogne se détacher de l'Espagne, ça, ça les touche, leur pays amputé de sa partie la plus riche et la plus dynamique, oui, tout à coup, c'est eux-mêmes qui vont souffrir et non ces *moros* dont au fond ils se fichent, qu'ils soient marocains ou polisariens. »

La cancoillotte était finie. Regardant le Doubs couler lentement au loin, Jamil conclut : « J'ai la liste de ces pétitionnaires dans ma poche. Je la garde. La prochaine fois que l'un d'eux prendra la parole en soutien au Polisario, je la lui ferai avaler… »

[27-9-2017]

T'as vu comment il m'a appelé ?

Il y a deux semaines, les Martiens, les habitants de Vénus (on les nomme comment, ces zigotos ?) et les autres extraterrestres, ou du moins leurs services secrets, avaient leurs antennes pointées sur New York comme chaque année en septembre. Qu'allaient dire les dirigeants de la planète bleue pendant l'assemblée générale de l'ONU ? Allaient-ils mettre à exécution le plan fou d'un obscur scientifique qui avait proposé d'envoyer dans l'espace les déchets nucléaires ? (Peu de gens sur Terre ont entendu parler de ce farfelu mais, pour des raisons évidentes, les extraterrestres s'inquiètent de la diffusion de ses lubies – après tout, c'est sur leur verte tronche que s'abattraient les barils radioactifs si lesdites lubies devenaient réalité…)

Mais rien de tout cela. Les services secrets martiens et vénusiens (on les nomme comme ça ?) et les autres assistèrent, médusés, à une guerre des mots digne d'une cour de récréation.

D'abord, Donald Balourd Trump traita le président coréen de « Rocketman », dans une double référence

a) à une chanson d'Elton John, b) à la tradition des héros de bandes dessinées : Batman, Spider-Man, Rocketman, etc.

Autrefois, les chefs d'État se référaient aux grands philosophes, aux bâtisseurs, aux visionnaires. Ils citaient Socrate, Léonard de Vinci, Thomas More. Aujourd'hui l'homme le plus puissant du monde invoque un rocker aux choix vestimentaires contestables (sans même parler de ses lunettes) et une collection de petits mickeys mal colorés.

On en est là.

Les Coréens blêmirent sous l'outrage – et qui n'a pas vu un Coréen blêmir n'a rien vu. C'est alors qu'ils déclenchèrent leur plan le plus vicieux, le plan L, l'arme lexicographique à côté de quoi l'arme biologique n'est que du pipi de chat. Ils publièrent un communiqué révélant que Balourd Trump n'était qu'un *mentally deranged dotard*, en anglais dans le texte.

Stupéfaction dans tout le monde anglo-saxon. *Dotard* ? Hein ? C'est quoi, ce truc ? On se rua sur les dictionnaires, on assiégea les correcteurs de journaux qui s'avouèrent vaincus, on réquisitionna des professeurs d'université qui se grattèrent derrière l'oreille en disant : « Hum... » On finit par dégoter un dico hyper-pointu qui donna le sens de *dotard* : quelque chose comme radoteur sénile en français, *kharraf* en arabe, *viejo chocho* en espagnol – on peut continuer longtemps comme ça. (*Viejo chocho*, c'est génial, je le replacerai un jour.)

Les Américains étaient consternés. Non pas parce que quelqu'un avait traité leur président de *dotard* mais parce qu'un Coréen leur avait appris un mot d'anglais !

Comme le résumait l'un d'eux : « Comment ai-je pu passer tant d'années sur Terre sans entendre ce mot ? Et je l'apprends au moment où je suis assez vieux pour être moi-même appelé *dotard* ! »

Un autre reprocha vertement aux journalistes américains d'avoir laissé à Kim Jong-un l'honneur d'être le premier à traiter Balourd de *dotard* alors que, nom d'un chien, l'épithète lui va comme un gant ! D'autres, plus pragmatiques, se demandèrent si on pouvait utiliser le mot au Scrabble (combien de points ?). Enfin, la grande question du moment, de Seattle à Miami, de New York à Reno, est de savoir si Trump sera capable de répliquer par une insulte qui causera autant de dégâts que *dotard*. Les paris sont ouverts.

Einstein disait : « Je ne sais pas quelle forme prendra la Troisième Guerre mondiale mais ce que je sais, c'est que celle d'après se fera à coups de pierres. » Le bon savant se trompait : après l'apocalypse nucléaire, c'est peut-être à coups de dictionnaires que les survivants se battront…

Jamais on n'avait autant rigolé dans les services secrets des extraterrestres qu'au cours de la dernière assemblée générale de l'ONU.

Mais pour nous Terriens, c'est beaucoup moins drôle…

[1-10-2017]

Un musulman cocotte-minute, ça n'existe pas

Chaque fois qu'on croit avoir touché le fond de la bêtise humaine, l'actualité se charge, quelques jours plus tard, de nous apporter un démenti cinglant. On en a eu un bel exemple la semaine dernière quand se répandit sur Internet la rumeur selon laquelle le tireur de Las Vegas s'était converti à l'islam la veille de son crime.

Oui, vous avez bien lu. *La veille.*

Incroyable, l'absence d'esprit critique de ceux qui reprennent de telles absurdités alors qu'une simple réflexion aurait suffi pour les renvoyer au domaine des fables. Une simple réflexion… Mais on ne réfléchit plus à l'heure des tweets, du bla-bla mondialisé, de l'instantanéité de l'information.

Eh bien, prenons ici le temps de réfléchir.

Qu'est-ce qu'un juif ? C'est quelqu'un qui est né d'une mère juive. Certes, on peut se convertir au judaïsme, mais alors il faut se soumettre à une longue et fastidieuse procédure, sous le contrôle d'un rabbin, et cette procédure s'étale sur des années. La phrase « Tartempion s'était converti en un jour au judaïsme » ferait hurler de rire quiconque connaît un tant soit peu l'affaire. On ne peut pas se réveiller athée ou chrétien ou bouddhiste et devenir juif vers 18 h 30.

Qu'est-ce qu'un catholique ? C'est, d'abord, quelqu'un qui est baptisé. Le baptême est l'un des sept sacrements de l'Église catholique. Sans les trois premiers (baptême, confirmation, eucharistie), *on n'est pas catholique*. Mais ce n'est pas tout. L'Église est une institution qui exige de ses membres qu'ils connaissent et acceptent ses nombreux dogmes, depuis la divinité de Jésus jusqu'au plus récent, l'Assomption de Marie. La phrase « Tartempion s'était converti (instantanément) au catholicisme » ferait hausser les épaules au Vatican. C'est tout simplement impossible. Ça ne veut rien dire.

On peut continuer longtemps comme ça. Tartempion peut dire ce qu'il veut, il ne peut pas se réveiller agnostique (par exemple) et se coucher juif ou catholique ou protestant. La plupart des gens comprennent cela et ils l'admettent. Mais ils font une exception : l'islam. Ils semblent n'avoir aucun problème avec l'idée qu'un type comme le meurtrier de Las Vegas ait pu passer plus de soixante ans sur Terre sans le moindre contact avec l'islam et qu'un jour, on ne sait trop pourquoi, ayant bu une dernière bière et regardé un match de base-ball à la télé, il s'est gratté le bout du nez, a roté un petit coup puis s'est dit : « Tiens, et si je me convertissais à l'islam ? »

Aussitôt dit, aussitôt fait. Et, bien sûr, cinq minutes après être devenu musulman, il a fait ce que font tous les musulmans : il a acheté des armes et est allé massacrer quelques dizaines d'innocents, juste avant la prière du soir.

Dit comme cela, c'est évidemment absurde et, à moins d'être complètement stupide, ceux qui avaient trop rapidement, trop facilement accepté la *fake news* « le meurtrier de Las Vegas s'était converti la veille à l'islam » feront amende honorable. Cela dit, certains pourraient rétorquer : « Mais si Tartempion proclame qu'il s'est converti à l'islam, même en vingt-quatre heures, qui sommes-nous pour le contredire ? »

Qui sommes-nous ? Eh bien nous sommes des gens doués de raison qui peuvent répondre à Tartempion que ce qu'il dit n'a aucun sens, aucune valeur. Il aurait pu tout aussi bien clamer : « Hier, je suis devenu chat (miaou...) ou girafe ou chapeau pointu. »

Est-ce parce qu'il le dit que c'est vrai ?

En réalité, devenir musulman ne consiste pas seulement à réciter la *shahada*, comme on le croit souvent. Il y a aussi une *'aqida*, littéralement un credo, qu'il faut connaître et accepter. Par exemple, pour les sunnites, le credo contient une bonne centaine de points dont le tout premier est : « Je crois en Dieu, en ses Anges, en ses Livres, en ses Envoyés [Prophètes], au Jour dernier et au Destin, qu'il soit bénéfique ou néfaste. » Posons alors à Tartempion une question simple : est-ce que croire au Destin implique la prédestination on non ? Cette question faussement candide (et il ne s'agit que d'UN article du credo) débouchera sur une discussion extrêmement compliquée et pour tout dire interminable. Devenir musulman, ce n'est pas l'affaire de vingt-quatre heures !

Tant que Tartempion ne connaîtra pas le credo et ses multiples articles, il ne sera pas musulman. Bien sûr, il peut toujours clamer qu'il l'est avant d'aller prendre son arme et de tirer sur la foule ou de foncer sur elle au volant d'un camion. Mais sa profession de foi ne fera pas de lui un musulman. Elle ne fera de lui que ce qu'il est vraiment : un assassin, doublé d'un crétin, triplé d'un menteur.

[11-10-2017]

Souriantes surveillantes

Un de mes étudiants, peut-être le plus brillant, en tout cas le plus motivé, est handicapé. Il a des difficultés à marcher, à écrire et à parler. Il s'agit sans doute d'une maladie neurodégénérative mais, par pudeur, je ne lui ai jamais posé la question. Pendant les cours, chaque mardi, c'est lui qui pose les questions les plus pertinentes et qui fait les commentaires les plus intéressants. Ses condisciples et moi, nous l'écoutons avec attention et avec patience : ses difficultés d'élocution font que nous devons tous faire silence et nous concentrer pour l'entendre. Son handicap ne l'empêche pas de prendre des initiatives. Après un cours sur l'Empire carolingien, c'est lui qui a proposé aux autres étudiants d'organiser une excursion à Aix-la-Chapelle, la capitale de Charlemagne.

Tout cela (je veux dire, l'attitude de la classe envers leur infortuné camarade) montre déjà un aspect très civilisé du monde dans lequel nous vivons.

Mais l'histoire ne s'arrête pas là. Dans le journal des étudiants de l'université, ce même T. (vous ai-je dit qu'il s'appelait T. ?) évoque une autre question à laquelle je n'avais pas pensé, celle des examens. Vu son handicap, T. a le droit d'utiliser un ordinateur portable au lieu du stylo et de la feuille de papier, et il dispose également de plus de temps que les autres pour répondre à toutes les questions. Mais surtout, et je l'ignorais, des surveillantes volontaires accompagnent les étudiants handicapés, les aident à s'installer, sont à leur disposition en cas de problème, etc.

Qui sont ces dames ? Il s'agit en général d'accortes retraitées qui débordent encore d'énergie et qui veulent mettre celle-ci à la disposition de ceux parmi leurs compatriotes qui en ont besoin. Elles s'inscrivent donc sur les tablettes de l'université et sont mobilisées quand il le faut. Elles s'occupent alors d'un étudiant, l'aident à accéder à la salle d'examen, lui apportent de l'eau ou même un sandwich s'il le faut et font office de surveillantes. Le plus important, écrit T., c'est qu'elles sont souriantes et volubiles, ce qui adoucit cette épreuve parfois traumatisante qu'est un examen.

Les anthropologues nous disent qu'il ne faut jamais établir de hiérarchie entre les cultures, qu'elles se valent toutes ou bien qu'elles ne sont pas commensurables, etc. Permettez-moi, amis anthropologues, de ne pas être d'accord. On peut classer les sociétés selon la façon dont elles s'occupent de leurs handicapés. Vous-mêmes, où voudriez-vous vivre, dans un coin du monde où on les élimine ou dans un autre, où des dames consacrent temps et énergie pour qu'ils puissent passer leurs examens dans les meilleures conditions ?

Poser la question, c'est y répondre.

Je ne sais pas quelle est la situation au Maroc. Peut-être y a-t-il déjà une ONG qui s'occupe des examens des étudiants handicapés, auquel cas : bravo ! Sinon, il serait urgent d'en créer une. Elle pourra certainement compter sur l'appui du ministre de l'Éducation nationale.

[18-10-2017]

Les chaises de Nuremberg

Dans le *Nürnberger Nachrichten* (on devrait lire plus souvent ce journal) daté du 11 octobre 2017, on pouvait lire en première page que la section locale du SPD, le parti social-démocrate allemand, exigeait plus de chaises dans le domaine public. J'ai relu l'article, médusé. Eh oui, il ne s'agissait pas de sièges (électoraux), mais de chaises. Le meuble. Le repose-séant. Le truc à quatre pieds.

En allemand dans le texte, ça se dit *Sitzgelegenheiten*. (Qui a crié « À vos souhaits ! » ? Mauvais plaisants !)

Dans le petit café en face de l'imposante église St. Lorenz où je lis ce respectable journal local, quelques clients placides rêvassent en sirotant leur café. Une radio diffuse de la musique classique en sourdine.

C'est une certaine Christine Kayser, gloire locale du SPD, qui mène l'action. Des chaises, nom de D… ! Sur la place du marché, devant la maison de retraite, derrière la Poste, partout !

Rappelons tout de même que le SPD a été créé en 1875 (sous le nom de SAP), qu'il est le plus vieux parti d'Allemagne, qu'il a compté parmi ses fondateurs de rudes révolutionnaires comme August Bebel et Wilhelm Liebknecht, des proches de Karl Marx. Le SPD se battait alors pour les ouvriers, leurs droits, leur dignité. Ce fut lui qui créa la République de Weimar en 1919, après ce qu'on appelle la Révolution allemande. Après l'arrivée au pouvoir de Hitler, le SPD fut le seul parti à ne pas lui voter les pleins pouvoirs. Il sauva ainsi l'honneur de l'Allemagne. Des milliers de militants du SPD périrent dans les camps de concentration. Une histoire héroïque, en somme.

Et maintenant, leurs héritiers, à Nuremberg, s'inquiètent du confort culier de leurs concitoyens. La moitié de la population est obèse, elle ne peut pas marcher longtemps. D'où, ma foi, la chaise. Noble ambition.

J'ai l'air de me gausser, comme ça, des édiles nurembergeois, mais pas du tout. En fait, je les admire. Ayant réglé tous les problèmes, l'emploi, l'habitat, le pouvoir d'achat, les programmes scolaires, l'eau et l'électricité, les privilèges des bouilleurs de cru, le ramassage des ordures ménagères, la gestion des parcs, la nourriture des chats errants, que reste-t-il, comme souci ? La chaise.

Les économistes nous parlent de PNB, PIB, indice de développement humain, croissance, etc. On n'y comprend rien. C'est du chinois. « L'accélération de la décroissance du PNB augmente lentement », ça vous dit quelque chose ? Moi non plus. Eh bien, au diable les statistiques ! Pour comprendre quelque chose à la santé économique de nos pays, il nous faut surveiller les délibérations des conseils municipaux, à Casablanca, Tunis, Alger, Ouagadougou, Dakar ou Yaoundé. Le jour où ils s'inquiéteront du nombre de chaises dans l'espace public, on saura alors, sans l'ombre d'un doute, que tout va bien.

L'Allemagne en est là. La fin de l'Histoire que Fukuyama annonçait est désormais un fait. Coupez ! Il est temps de s'asseoir.

[22-10-2017]

Le Baudet de Cliteur

Drôle de titre, me direz-vous. Certes. Il s'agit des noms de famille de deux Néerlandais jouissant dans leur pays d'une certaine notoriété. S'ils sonnent « français », ces deux noms, c'est que les Pays-Bas constituèrent autrefois un refuge pour les protestants fuyant sous Louis XIV les persécutions dont ils faisaient l'objet dans leur patrie. Il y a ici de nombreuses familles complètement « assimilées », c'est-à-dire aussi hollandaises que le gouda, la tulipe ou le patin à glace mais qui n'en portent pas moins des noms très français.

Ce point de détail étant éclairci, nous pouvons continuer.

Il y a une vingtaine d'années, je croisais souvent le philosophe et juriste Paul Cliteur dans des débats à la radio, à la télévision ou dans un amphithéâtre d'université. L'homme était affable, courtois et modéré dans ses propos. Même si on n'était pas forcément d'accord avec lui, on ne pouvait lui dénier un trait important de son caractère : il s'efforçait en toute circonstance à l'objectivité. Ainsi, lorsque le sujet était l'islam ou l'islamisme, Cliteur ne manquait jamais de souligner que toutes les religions, et pas seulement celle-là, sont porteuses d'une violence intrinsèque. On peut ne pas être d'accord avec cette affirmation mais, au moins, elle n'accable pas une des trois religions abrahamiques en épargnant les deux autres, alors que toutes trois sortent du même moule.

Thierry Henri Philippe Baudet, né en 1983, fit des études d'histoire et de droit dans ma bonne université d'Amsterdam (il assista à un ou deux de mes cours), puis alla à Leyde écrire sa thèse, consacrée à la question de l'État-nation, sous la direction de Paul Cliteur. Il se lança ensuite en politique, fonda son propre parti (« Forum voor Democratie » – inutile de traduire, n'est-ce pas ?) et prit part aux dernières élections législatives. Il vient d'entrer au Parlement. On lui prédit une belle carrière.

Là où je voulais en venir, c'est qu'à la différence de son mentor Paul Cliteur, Thierry Baudet a choisi – car c'est bien d'un choix qu'il s'agit – de restreindre sa critique des religions au seul islam. Dans l'absolu, il a le droit de le faire : nous sommes en démocratie et chacun peut bien dire ce qu'il veut, dans les limites de la Constitution et des lois. Mais le cas Cliteur/Baudet démontre la chose suivante : même quand ils savent ce qu'est la réalité des choses, même quand ils ont les moyens intellectuels de la comprendre et de l'expliquer aux électeurs, certains hommes politiques européens font désormais le choix cynique de leur mentir. C'est l'essence même du populisme : la vérité, ou la recherche de la vérité, ne sont plus des valeurs en soi. L'important, c'est d'être élu et si cela passe par le mensonge, eh bien, mentons allègrement !

Autant il m'était possible, autrefois, de débattre avec Paul Cliteur parce que nous étions tous deux animés par la recherche de la vérité, une ambition qui est au cœur de la philosophie depuis Platon, autant il m'est impossible de croiser – intellectuellement – le fer avec Thierry Baudet puisque la vérité ne l'intéresse pas. Mais il y a une autre raison pour laquelle ce débat n'aura jamais lieu. Il y a quelques années, l'universitaire arabisant Hans Jansen avait proposé au sinistre Geert Wilders, le parrain du populisme xénophobe néerlandais, une discussion – en privé, si besoin était – avec moi. Wilders avait écarté d'un revers de la main l'idée en grommelant : « Je ne parle qu'à ceux de ma race. »

Je ne dis pas que Baudet, plus raffiné et plus intelligent que Wilders, choisirait les mêmes termes mais, au fond, il dirait la même chose.

On en est là. On a envie de crier : « Europe, réveille-toi, tes hommes politiques et tes "intellectuels" sont devenus fous ! »

Heureusement qu'il y a des Edgar Morin ou des Peter Sloterdijk (dans *La Folie de Dieu* [2008], celui-ci dénonçait les excès des trois monothéismes) pour sauver l'honneur et nous permettre de continuer d'espérer…

[1-11-2017]

Un hommage insolite pour la police marocaine

Je n'achète jamais *De Telegraaf*. Pourquoi subventionnerais-je, fût-ce de quelques euros, le porte-parole du populisme néerlandais, l'organe des poujadistes sauce gouda, la feuille de chou des suppôts de l'horrible Wilders ? Mais il m'arrive de le lire dans les cafés, quand il traîne sur le comptoir ou sur une table. En se bouchant le nez et en relevant les pans de son pardessus pour ne pas être reconnu par ses copains de gauche, on peut parcourir d'un œil outré la chose. Il faut savoir ce que pense l'adversaire, pour mieux le combattre, même quand il pense peu.

En général, quand il y a le mot « marocain » quelque part dans un article du *Telegraaf*, je saute ledit article de peur de m'énerver. Qu'ils écrivent des bêtises sur la guerre civile syrienne ou la politique de l'Égypte est déjà assez irritant mais quand ils se mêlent de parler de nous, alors là l'apoplexie menace. Il y a des limites à ce qu'un homme peut supporter.

Et pourtant… Et pourtant, lundi dernier, j'ai failli tomber de ma chaise en lisant un article du *Telegraaf*, en page 3. Il s'agissait d'un long texte consacré à la fusillade qui a endeuillé Marrakech la semaine dernière. Tout y était, les détails, les noms, les erreurs commises par le commando, la mort d'un innocent et les blessures subies par la jeune fille qui l'accompagnait. Et puis, dans le dernier paragraphe, totalement inattendu, un hymne à l'efficacité de la police marocaine. Selon l'auteur de l'article, jamais les poulets néerlandais n'auraient été capables de débusquer aussi vite les vilains et surtout, surtout, jamais ils n'auraient pu les obliger à révéler aussi vite (en quelques heures) le nom de leur commanditaire, un caïd de la drogue.

Amis lecteurs, je ne sais pas si vous réalisez l'étendue du miracle. Un quotidien populiste néerlandais, d'habitude pétri de préjugés et ranci de morgue chauvine, s'incline bien bas devant nos valeureux *boulissis*. J'en étais tout moite de fierté dans mon café usuel d'Amsterdam.

Oh bien sûr, le journaliste suggéra, à demi-mot, que les interrogatoires dans les commissariats marocains n'ont que de lointains rapports avec le thé pris à cinq heures chez madame la comtesse. À dire vrai, ajouta-t-il, on y pose les questions de façon lourdement insistante et les échanges y sont sans doute virils. Parfois un poing s'égare sur un nez qui passe par là. Mais quoi ? N'est-ce pas pour la bonne cause ? Les criminels méritent-ils qu'on les chatouille et qu'on leur serve du porto et des biscuits, comme dans les commissariats hollandais ?

Tout cela est bel et bon, mais ceux qui comme moi sont affligés d'une bonne mémoire se souviennent quand même que depuis des lustres la presse du pays de Rembrandt ne manque jamais une occasion de taper sur le Maroc et, en particulier, sur ses agents d'autorité. Pourquoi alors cette soudaine déclaration d'amour ? Est-ce parce que ce sont des Marocains qui s'occupent « virilement » d'autres Marocains, ces derniers vivant parmi les Néerlandais ? Est-ce l'expression d'un désir caché, celui de les traiter de la même façon – pif, paf, boum ! – si seulement cela était permis par la loi ?

Allez, assez de psychologie de comptoir. Pour une fois qu'on nous encense, profitons-en et promenons-nous le long des canaux, l'œil vif, la tête haute, fiers de nos valeureux poulets *beldi*.

[8-11-2017]

Farabi et nos hommes politiques

Vous me dites : « Farabi ? Et nos hommes politiques ? Tu es sûr ? Qu'est-ce que ce grand philosophe, qui a vécu il y a plus de mille ans, a à voir avec nos *zou'ama*, nos démons et nos crocodiles ? Tu ne serais pas en train de divaguer, l'ami ? Tout se mélange dans ton ciboulot ? »

Pas du tout. On ne lit pas assez ce génie. (C'est d'ailleurs le cas de tous les grands hommes de notre passé, les Ibn Sina, Ibn Roshd, Ibn Khaldoun, plus souvent admirés de loin que réellement étudiés, mais bon, ça, c'est une autre histoire.)

Dans sa *Risala fi l'-'aql* (Épître sur l'intellect), Farabi entreprend de distinguer, en politique, entre le rusé et l'intelligent. Bien entendu, il se base sur la pensée du Maître, Aristote, pour établir ceci :

L'intelligent est celui qui utilise la raison, l'intellect *('aql)* pour distinguer entre le bien et le mal dans l'administration de la chose publique – la « gouvernance » pour utiliser un mot à la mode.

Ce faisant, l'intelligent parvient au *ta'aqqul*, la *phronesis* aristotélicienne, qu'on peut traduire par « sagacité », « sagesse pratique ». (On traduisait autrefois par « prudence ».) C'est, bien évidemment, l'homme politique idéal.

Le rusé est celui qui n'a pas pour objectif le bien (l'intérêt général, dirait Rousseau) mais son propre intérêt, ou celui de sa faction, de sa tribu, de son parti. Pour y parvenir, il est prêt à choisir le mal si cela l'arrange et, surtout, il est capable de changer de position ou de discours au gré des circonstances.

Farabi prend comme exemple Mu'awiyya, le premier calife omeyyade (602-680). La masse hanbalite (les ancêtres de nos wahhabites) voyait en Mu'awiyya un homme intelligent et vertueux qui avait fait prévaloir les intérêts de l'islam. Pas du tout, laisse entendre Farabi, Mu'awiyya était un rusé qui n'avait comme objectif que les intérêts de son clan, les Banû 'Umayya. N'a-t-il pas fondé une dynastie alors que jusqu'à lui le calife était élu ? Il serait intéressant de demander à ceux qui, chez nous, se réclament de l'islam politique ce qu'ils pensent de Mu'awiyya. Ce serait instructif.

En regardant certains d'entre eux prononcer des discours démagogiques avant les élections (ils promettent la Lune comme s'ils en détenaient le titre de propriété), je me demande parfois s'ils n'ont pas lu Farabi à l'envers, comme une version arabe du *Prince*, plusieurs siècles avant Machiavel. Notre philosophe voulait dénoncer le rusé, eux prennent son analyse comme une exaltation dudit rusé…

En tout cas, merci Farabi, nous avons désormais un instrument conceptuel pour juger nos hommes politiques. En les regardant pérorer, posons-nous cette simple question : « Sont-ils intelligents ou seulement rusés ? »

[22-11-2017]

Polyamour et polygamie

C'est un étudiant qui a levé le lièvre.

« Monsieur, me demanda-t-il hier pendant un cours sur le Maghreb, pourquoi la polygamie est-elle vue comme une marque d'arriération alors que le polyamour est considéré comme quelque chose de chic, de moderne, de "tendance" ? »

Pardon ? Je n'avais rien compris à sa question. Il me l'expliqua posément. Il y a actuellement une nouvelle revendication dans la société néerlandaise, celle de gens qui ne vivent pas en couple mais en « trouple » : un homme et deux femmes, une femme et deux hommes, trois femmes, trois hommes (« … dans un bateau », me dis-je *in petto* en me souvenant du merveilleux petit roman de Jerome K. Jerome).

Je cachai difficilement ma stupéfaction (un professeur a souvent tendance à feindre qu'il sait tout…). Puis je me souvins que l'écrivain Arthur Japin, mon voisin, vivait en trouple. Mais je croyais que c'était une aberration, un hapax, comme le loup blanc ou le lion végétarien.

« Pas du tout, affirma l'étudiant, les trouples se multiplient, s'organisent, redoublent de férocité. Ils commencent leur lobbying auprès des partis politiques et des médias.

— Mais que réclament-ils ?

— Eh bien, par exemple, si l'un des trois tombe enceinte…

— Espérons que c'est une femme.

— … alors les trois éléments du trouple…

— Joli pléonasme.

— … veulent être considérés comme parents. »

Je crois être assez ouvert d'esprit, tolérant, pour la paix des ménages fussent-ils troubles ou même trouple, mais je dois avouer que j'étais plutôt estomaqué. Car mes lointaines études de maths m'ont appris au moins une chose, c'est que l'arithmétique est irréfutable : après 3 vient 4 puis 5, etc. Si on accorde à chacun des trois membres d'un trouple le beau titre de parent, comment le refuser aux quatre pôles du « quadrouple », au club des cinq, au clan des sept, etc. ?

« Il faut tout un village pour élever un enfant », dit le proverbe africain. Ici, ce sera bientôt : « Il faut toute une ville pour faire un bébé. »

L'étudiant continua : « Ils justifient leur revendication au nom du polyamour.

— Quel polymère ?

— Non, le poly*amour*, le droit d'aimer plus d'une personne à la fois. »

La discussion s'emballa. Les étudiants étant en général de doux rêveurs qui fonctionnent sur le mode du « et alors ? », « et pourquoi pas ? », la plupart furent d'avis que, ma foi, vive les trouples, vive le polyamour et accordez-leur ce qu'ils veulent.

Cependant l'étudiant qui avait lancé l'affaire n'en démordait pas : pourquoi cette nouvelle lubie était-elle « *in* », « chic », moderne et aérodynamique, alors que la polygamie, bah, pouah, fi, c'est un truc de musulmans, de Noirs, d'Arabes, une aberration à interdire d'urgence ?

Je vais vous faire un aveu, amis lecteurs : je n'ai pas la réponse. Et vous ?

[29-11-2017]

Aujourd'hui, rien

Le 18 avril 1930, il se passa quelque chose de remarquable à Londres. Le bulletin d'information de la BBC se composa exactement de ces trois mots : *Today, no news.*

Étonnant, non ? « Aujourd'hui, aucune nouvelle », en d'autres termes : « Rien ne s'est passé dans le vaste monde », c'est ce qu'énonça le présentateur radio de sa belle voix de baryton. (Du moins peut-on imaginer qu'il avait un bel organe car, je vous le demande, pourquoi la BBC embaucherait-elle un gus qui aurait une voix de crécelle ou de grenouille contrariée ?)

Donc, *no news*. Le rédacteur en chef avait reçu des câbles de ses correspondants et de ses reporters d'Angleterre et du reste du monde, et aucun d'eux, *aucun*, n'avait jugé qu'il s'était passé quelque chose d'intéressant ce jour-là.

Heureuse époque !

Hommes de valeur et de grande sagesse, comme on n'en fait plus !

Peut-on imaginer aujourd'hui, en 2017, un bulletin d'information qui s'en tiendrait à *No news* ? Bien sûr que non. Il y a trop de choses essentielles qui se passent tout le temps.

Par exemple :

1. Comment vont les fesses de Kim Kardashian ?

2. Kevin et Vanessa se sont-ils rabibochés ? (« Kevin » et « Vanessa » étant littéralement n'importe qui puisque depuis l'invention de cette calamité qu'est la téléréalité, on ne cesse de nous parler de gens qui n'ont aucun intérêt, qui ne représentent rien et qui n'ont jamais rien fait d'autre que de montrer leur binette de demeurés à la télé.)

3. Un match de foot vient de s'achever, par exemple Toulouse-Lautrec 3-0, Toulouse trop fort pour le petit Lautrec, et il est urgent d'annoncer *urbi et orbi* la nouvelle.

4. Balourd Trump vient de tweeter, comme d'autres font sous eux, il le fait de façon compulsive et il faut, bien entendu, répercuter. Répercutons !

5. Le président du Gondwana a envoyé un message au roi du Bas-Honduras concernant la situation.

6. La production mondiale de scoubidous a légèrement fléchi, de 0,0005 % exactement.

Soyons clair : je suis autant accro aux *news* que toi, lecteur, mon semblable, mon frère, mais devant le déluge qui nous engloutit chaque jour, avec notre consentement, et pour garder quand même une certaine distance par rapport aux événements, pour mieux apprécier la relativité des choses, il nous faut de temps en temps nous souvenir qu'il y eut un jour en 1930, un jour miraculeux, où un bulletin d'information osa annoncer ceci : *Today, no news.*

[10-12-2017]

Exclusif : la vérité sur le bitcoin !

Ayant soutenu un jour une thèse d'économie à Paris, on me demande parfois ce que je pense du bitcoin. Voici, en gros, ma réponse.

Supposez que vous achetiez un bitcoin. Quelle est sa valeur ? Vous me dites : « Attends, je regarde le cours du jour… »

Non, ne regardez pas le cours du jour. Ce que je demande, c'est : quelle est sa valeur *intrinsèque* ? L'or, par exemple, est un métal précieux, relativement rare, qui a une certaine valeur intrinsèque, une certaine « désirabilité », en dehors de son emploi en tant que « monnaie ». Même si plus personne ne l'utilisait en tant que monnaie (donc sous forme de pièces d'or), il conserverait quand même une certaine valeur – pour ne pas dire une valeur certaine… Cette valeur repose sur le métal lui-même, l'or donc.

Mais le bitcoin ? Sur quoi repose sa valeur ? Eh bien, camarades, *sur rien*. Voilà la vérité toute nue. Vous avez déjà touché un bitcoin, vous l'avez humé, léchouillé, mordu ? Non, car il n'existe pas, en fait. Le cours qu'on affiche tous les jours est totalement virtuel. Il repose non pas sur une valeur mais sur une *croyance*. Nous *croyons* qu'il vaut vraiment, disons 3 000 dollars. Et nous croirons demain qu'il en vaut 5 000 ou 3 675 ou n'importe quoi. Tant qu'il y a assez de gens qui partagent cette croyance, pas de problème : ils pourront continuer à commercer en bitcoins et sa « valeur » continuera de croître ou de décroître, et d'être affichée sur les panneaux idoines.

Mais si un jour la croyance s'effiloche ou se perd, si plus personne ne veut être payé en bitcoins, eh bien ce jour-là sa valeur s'effondrera et finira à exactement zéro. Tant pis pour tous ceux qui posséderont encore des bitcoins, achetés avec de vrais dollars, euros ou dirhams. Ils n'auront plus que leurs yeux pour pleurer.

Perspicace comme je te connais, cher lecteur, tu m'objectes : « Mais n'est-ce pas le cas de toutes les monnaies ? Elles ne "fonctionnent" que parce que nous y croyons ! Sinon, un billet de banque, ce n'est qu'un bout de papier ! »

Pas tout à fait, camarade, pas tout à fait. Reprenons le raisonnement. Au départ, la valeur de l'argent était toujours fondée sur un métal, l'or ou l'argent, qui avait donc une certaine valeur intrinsèque. Par exemple, un billet d'un dollar (regardez bien ce qui était écrit en toutes lettres sur les vieux billets !), ce n'était qu'une *promesse* écrite faite par la banque de donner l'équivalent en or d'un dollar sur simple présentation dudit billet à l'un de ses guichets.

(Avant la création de la FED en 1913, qui centralisa et unifia la création de billets, certaines banques avaient leur guichet unique au milieu d'un marécage infesté de crocodiles pour éviter qu'un mauvais coucheur ne vînt effectivement changer en or les billets qu'elles avaient émis...)

Vint alors le président Richard Nixon qui décida, un beau jour de 1971 (très exactement le 15 août 1971), de suspendre la convertibilité en or du dollar pour éviter que tous les zigotos qui détenaient des dollars de par le vaste monde ne vinssent exiger du bel or contre le papier ricain. (Les States n'avaient tout simplement plus assez d'or, ayant imprimé trop de dollars pour financer la guerre du Vietnam.)

Donc, suivant le raisonnement esquissé plus haut, si ce jour-là la croyance universelle dans le dollar s'était effondrée, sa valeur aurait chuté jusqu'à zéro. Mais cela ne se passa pas ainsi. Pourquoi ? Parce que chaque dollar avait *cours légal* aux États-Unis. Concrètement, El Haj Tartempion, qui avait cent billets de dix dollars en 1971 lorsque Nixon prit son extraordinaire décision, ne pouvait plus les échanger contre de l'or au guichet d'une banque américaine... mais rien ne l'empêchait d'aller aux États-Unis acheter des hamburgers, des jeans ou l'œuvre complète de Faulkner (car El Haj était un grand amateur de littérature).

Tout cela parce que le dollar continuait d'avoir *cours légal et forcé* partout aux États-Unis, dans tous les magasins, les cinémas, les piscines, bref partout, quoi. Et si El Haj n'avait pas envie de prendre l'avion pour aller dépenser là-bas ses dollars, il se trouvait toujours quelqu'un pour les lui changer contre des dirhams ou des francs ou des pesetas, quelqu'un qui avait, lui, besoin ou envie d'acheter des biens vendus aux States.

Maintenant, amis lecteurs, je vous pose une question, une seule : « Dans quel pays le bitcoin a-t-il *cours légal et forcé* ? »

(Une indication : « cours légal et forcé » suppose un État dont c'est la monnaie officielle, un État donc une police, une armée, une justice. Si un marchand refuse de prendre vos dirhams ou vos euros pour payer la belle chemise que vous venez de décrocher du présentoir, vous pouvez toujours aller quérir un policier pour obliger ledit marchand à accepter votre bel argent. C'est ça, le cours *forcé*.)

Alors je repose ma question : « Dans quel pays le bitcoin a-t-il *cours légal et forcé* ? »

Oui, miss Daouia, qui êtes assise au premier rang, « nulle part » ! C'est la bonne réponse. Donc si la croyance en la valeur du bitcoin s'effondre, elle ira directement à zéro. Ai-je besoin d'ajouter ne serait-ce qu'un gazouillis ?

[13-12-2017]

Nos fondamentalistes et leurs fachos

L'extrême droite autrichienne est donc au pouvoir au sein d'une coalition menée par celui que les médias n'ont cessé de présenter comme « le plus jeune chef d'État du monde ». Il est vrai que ce Sebastian Kurz, le nouveau chancelier, a une tête d'ado et que, né en 1986, il est plus jeune que certains étudiants attardés de nos facs…

Cependant les idées de ses nouveaux partenaires sont loin d'avoir la fraîcheur de la jeunesse. En écoutant les déclarations de cette extrême droite autrichienne, on est atterré par leur caractère niais et vieillot.

Par exemple, il leur semble urgent de revenir sur l'interdiction de fumer dans les restaurants. Et ces clowns nous ressortent l'antienne des « droits » du fumeur. Il a bien « le droit » de pétuner là où ça lui chante ! L'idée que les non-fumeurs ont également le droit de déguster leur sole meunière en respirant de l'air pur ne semble pas les effleurer. On voit ce que c'est, l'extrême droite aujourd'hui : des pépés râleurs qui ne voient pas plus loin que le bout de leur clope.

On est loin du surhomme de Nietzsche ou des héros de Wagner.

« Ah non, rétorqueraient-ils, nous ne sommes pas que des petits pépés scrongneugneu, nous avons aussi une pensée géostratégique ! »

Parlons-en. Leur grande idée est d'emboîter le pas à Balourd Trump et de reconnaître Jérusalem « unifiée » comme capitale de l'État d'Israël. Et voilà comment on s'achète une conduite à peu de frais... « Vous voyez bien qu'on aime les juifs, nous, monsieur ! Rien à voir avec Hitler ! »

Pathétiques fachos... C'est facile d'être les meilleurs amis des juifs après avoir au préalable tué tous ceux qui vivaient parmi eux. Ça me rappelle ce que me disait un ami viennois en riant (jaune) : « Notre plus grande réussite, c'est d'avoir convaincu le monde que Mozart était autrichien et Hitler allemand... »

Le programme du FPÖ contient aussi cette clause ahurissante : « Autoriser les journées de travail de douze heures. » Pourquoi ne pas carrément réintroduire l'esclavage ? C'est d'ailleurs contradictoire. Qui accepterait de travailler douze heures par jour sinon des immigrés ? Ces immigrés dont le FPÖ ne veut pas...

Remarquez que l'extrême droite des pays voisins n'est pas plus brillante. Le patron des fachos de Tchéquie incite ses compatriotes à « aller se promener avec leur cochon aux abords des mosquées ». C'est bien connu, tout citoyen tchèque qui se respecte possède un petit goret domestique... Et les réfugiés syriens ont oublié de s'en procurer un sur leur chemin d'exil (« Ali, j'étais sûr qu'on avait oublié quelque chose ! »).

Qui dira le désarroi du MRE (votre serviteur, par exemple) pris en tenailles entre deux rangées de débiles profonds : « ses » fondamentalistes et « leurs » fachos…

[20-12-2017]

Le frère du commissaire

Quand j'étais petit (comme c'est loin, tout ça...), il y avait dans ma bonne ville d'El Jadida un commissaire de police qui faisait la pluie et le beau temps – plutôt le beau temps, d'ailleurs, car il ne pleuvait pas souvent dans la capitale des Doukkala. Il était redouté de tous, ce zigoto. Je crois qu'il s'appelait Tar... mais, pour préserver son anonymat et pour ne pas m'attirer des ennuis, je l'appellerai Abdelmoula dans la suite de ce billet.

Donc, le commissaire Abdelmoula.

Ce n'était pas lui, le problème. Qui sait ? Il était peut-être honnête et faisait son boulot convenablement. Il y a des braves gens partout, comme le chantait mon ami Rachid Bahri, même dans la force publique. Non, le problème, ce n'était pas lui, c'était son frère.

Ledit frère était un raté de la plus belle eau, un *nobody*, un crétin spectaculaire comme on en voyait peu à l'époque, même à El Jadida. Oui, mais c'était le frère du commissaire Tar..., pardon, du commissaire Abdelmoula.

C'était son seul titre de gloire, sa seule qualification, son seul diplôme.

Tout le monde ne peut pas être fils d'archevêque, père de la bombe H ou neveu de Rameau.

Mais, *madre de Dios*, combien cela lui conférait de privilèges, combien de portes (et de portemonnaie) cela lui ouvrait !

L'une des activités favorites du frère d'Abdelmoula consistait à aller boire dans un bar pas loin du cinéma Marhaba puis, une fois soûl comme un cochon, à déclencher une bagarre générale à propos de rien – « Qu'est-ce t'as à m'regarder, tu veux ma photo ? » La flicaille arrivait rapidement et arrêtait tout le monde – sauf lui : il était le frère du commissaire Abdelmoula. Il s'en allait alors tranquillement, sans payer. Il ne payait jamais rien, d'ailleurs.

Un jour je le vis, de mes yeux d'enfant, prendre trois ou quatre beignets au sucre sur le plateau d'un vendeur ambulant, sur la plage de Sidi Bouzid, et payer le tout d'une injure bien sentie. L'autre fila, ayant reconnu monsieur Frère. Comme je me trouvais à côté de lui et que je le regardais, ahuri, il me mit une gifle. Comme ça, pour rien. J'avais dix ans.

Vous me dites : « Tes souvenirs d'enfance sont attendrissants – et d'ailleurs, nous avons tous connu des types comme celui que tu nous campes si bien – mais pourquoi tu nous en parles aujourd'hui, en ces premières semaines de janvier consacrées généralement à l'échange de vœux et à la dégoulinade des bons sentiments ? »

Parce que, amis lecteurs, je lis la presse comme vous et j'apprends comme vous qu'une flopée d'agents d'autorité viennent d'être suspendus par le ministre de l'Intérieur. Ils attendent de passer devant une commission de discipline. En attendant, ils sont présumés innocents et j'espère que la plupart le sont. Mais en pensant au frère du commissaire Abdelmoula, je me sens un peu vengé. Elle ne brûle plus autant, ma joue, la beigne de ce butor. Espérons que ces temps sont révolus…

[10-1-2018]

L'année du méchant bouddhiste

Que restera-t-il de 2017 ? L'arrivée au pouvoir de Balourd Trump, le pire roi du monde que le monde ait jamais vu ? La mort de Johnny d'Ormesson ? Le 19e congrès du Parti communiste chinois, qui a vu Xi expliquer posément comment l'empire du Milieu entendait devenir la première puissance mondiale en moins d'une génération ?

Oui, bien sûr, il restera tout cela. Et bien d'autres choses. En fait, chacun ne retiendra de l'année que ce qui l'intéresse, et c'est normal.

J'ai un jour rencontré un haut fonctionnaire maghrébin (restons flou…) qui connaissait tous les casinos d'Europe. Vous lui parliez de Venise, Lisbonne ou Amsterdam, il vous décrivait leur casino en détail, comme s'il l'avait lui-même construit. Mais il ne fallait pas lui parler musées, cathédrales, livres ou politique. Je pense à lui parfois. Si on lui demandait : « Qu'est-ce qui t'a le plus frappé en 2017 ? », il répondrait sans doute : « La réouverture du casino de Budapest. »

Chacun ses lubies. Puisque vous me posez très aimablement la question, je vous répondrai, après mûre réflexion (vous me laissez cinq minutes ?) que ce qui m'a le plus marqué en 2017, c'est une image. Peut-être l'avez-vous vue ? Elle montre un moine bouddhiste, le crâne rasé, vêtu de cette robe si caractéristique de couleur rougeâtre et chaussé de sandales. Mais il ne s'agissait pas de l'image qu'on voit d'habitude, genre Matthieu Ricard ou le dalaï-lama, un bonze souriant, serein, respirant la bonté.

Ce zigoto-là était muni d'une longue matraque, une sorte de bâton noueux, qu'il brandissait au-dessus d'un petit groupe de femmes et d'enfants épouvantés qui essayaient de s'enfuir tant bien que mal. La photo avait été prise en Birmanie. Le bonze tapait sur des musulmans Rohingya comme une sorte de version asiatique de frère Jean des Entommeures, ce moine sorti de l'imagination de Rabelais qui « ès uns écrabouillait la cervelle, ès autres rompait bras et jambes, ès autres délochait les spondyles du col, ès autres démoulait les reins, avalait le nez, pochait les yeux », etc. En 2017, j'ai enfin vu le vrai Jean des Entommeures, c'était un Birman et ce n'était pas bien beau…

« Et c'est ça, ce qui t'a le plus marqué en 2017 ? Pourquoi ? »

Parce que, amis lecteurs, on me bassine depuis l'adolescence (et cela commence à en faire, des années…) avec l'idée que tout le malheur du monde vient des monothéismes, qui sont par nature intolérants, violents, totalitaires. Et tous les Finkielkraut et les Zemmour de rencontre me soûlent depuis deux décennies avec l'idée que c'est en particulier l'islam, ce pelé, ce galeux parmi les trois grands monothéismes, qui porte en lui la violence comme une nuée dormante porte l'orage… « Voyez par contraste le bouddhisme, couinent-ils, comme il est bon, comme il est humble, comme il est altruiste… »

Tu parles. L'image de ce bonze m'a dessillé les yeux. Tous les fanatismes se valent, dans l'horreur. La violence et l'intolérance, c'est au plus profond d'*Homo sapiens* qu'elles gisent et n'importe quel sectarisme, n'importe quelle superstition, n'importe quel dogme les font promptement remonter à la surface. Amère leçon mais si nécessaire pour ne pas se tromper de combat…

[14-1-2018]

« Le maire de Rotterdam est un djihadiste… »

Le maire de Rotterdam, dont je m'honore d'être l'ami, a beaucoup de qualités : c'est un travailleur acharné, il a le sens du contact humain et il est intelligent ; mais même un homme intelligent peut parfois faire preuve de naïveté. On en a eu une preuve la semaine dernière.

Au cours d'une émission de radio, Ahmed Aboutaleb a voulu faire preuve de didactisme. Pour mieux expliquer aux auditeurs que les mots « salafiste » et « djihadiste » sont ambigus, « polysémiques » comme disent les universitaires et délicats à manier, il a dit deux choses qui sont tout à fait sensées mais dangereuses :

1. Tout musulman est quelque part « un peu » salafiste.

2. Moi, Ahmed Aboutaleb, je suis « djihadiste » si on définit correctement le mot.

Et voici son explication :

Si on prend « salafisme » au sens étymologique, le mot exprime seulement une nostalgie pour un Âge d'or (peut-être imaginaire) où les hommes étaient pieux, honnêtes, solidaires, courageux, etc. Tout musulman ressent cette nostalgie quand il regarde le monde actuel, dans lequel les hommes ont plutôt tendance à être corrompus, fourbes, égoïstes, etc. En ce sens, tout musulman, lorsqu'il regrette cet Âge d'or des premières générations de l'islam, est « salafiste ».

Si on prend le mot « djihad » dans son sens le plus général, il signifie simplement « faire de son mieux », consacrer tous ses efforts à faire le bien, à s'améliorer personnellement, etc. « Je me lève chaque matin avec la ferme intention de faire de mon mieux pour ma ville de Rotterdam et pour mes administrés. En ce sens, je suis un djihadiste. »

On peut discuter l'exégèse historique et étymologique d'Aboutaleb, mais il ne fait aucun doute qu'il s'agit d'un honnête homme qui dit des choses raisonnables.

Hélas, nous vivons dans une époque marquée par le mensonge, le populisme et les *fake news* (que je propose d'appeler désormais les *faux faits*. Aussitôt l'interview diffusée sur les ondes, tout ce que le pays compte de populistes, de racistes anti-Marocains et de débiles quasi analphabètes se dressèrent comme un seul crétin et se mirent à pousser des cris d'orfraie : « Horreur et damnation, le maire de Rotterdam, le plus grand port du monde, notre fierté nationale et notre machine à *cash*, est un djihadiste ! »

Le sinistre Geert Wilders, le parrain des populistes, des xénophobes et des ânes, exigea immédiatement la démission d'Aboutaleb. C'est tout juste s'il ne demanda pas qu'on envoyât d'urgence à Guantanamo ce suppôt de Ben Laden.

Bien entendu, Wilders, qui est une crapule mais n'est pas complètement stupide, sait très bien ce que Aboutaleb a vraiment dit, mais le populisme est consubstantiellement lié au mensonge. C'est même l'exact contraire de la recherche de la vérité.

C'est pourquoi il faut méditer la mésaventure d'Aboutaleb. La conclusion est attristante mais elle s'impose : pour contrer le populisme et la bêtise humaine, il ne faut pas essayer de faire preuve de finesse ou d'intelligence. La lutte contre le populisme, c'est, pour reprendre une formule des années 30, « front contre front ». Le combat sera long et dur…

[17-1-2018]

Nos sorcières contre leurs vampires

Jusqu'à la dernière minute, je croyais rester sans voisin dans le train. Dans ce cas, on s'étale, on occupe le siège voisin, on rabat la tablette et on y dépose son Opinel et son saucisson, c'est tout juste si on ne f… pas le feu à son samovar pour se faire quelques litres de thé et en abreuver tout le wagon en clamant des poèmes pleins de mélancolie.

Franchement, je ne sais pas pourquoi je commence ainsi ce billet, on se croirait dans un roman russe d'il y a cent ans, il ne manque plus qu'un air de balalaïka et une Natacha de qui s'amouracher en rêvant d'une isba dans la taïga – alors que c'est du Malawi que je voulais vous parler.

Mais oui, du Malawi.

Reprenons. Lundi dernier, dans le Thalys en partance de Paris vers Amsterdam à 10 h 25, je me croyais sans voisin quand surgit, au dernier moment, une géante blonde (j'apprendrai plus tard qu'elle mesure 1,86 mètre sous la toise) qui jette négligemment son sac à dos dans le porte-bagages au-dessus de nos têtes.

Après quelques minutes, et à l'occasion d'un cahot plus vif que d'autres, la conversation s'engage et il apparaît que l'aimable géante est une étudiante en médecine qui vient de faire un stage de médecine tropicale dans ce pays lointain et exotique qui a pour nom « Malawi ».

C'est là que je dresse l'oreille. Il me revient que notre beau pays cherche par tous les moyens à faire ami-ami avec le Malawi pour que ce dernier revienne sur sa reconnaissance inconsidérée de l'évanescente République sahraouie.

Que fait chaque Marocain qui se respecte lorsqu'il rencontre à l'étranger de l'indigène, fût-il blond ? Eh bien, il fait de la diplomatie parallèle. J'apprends donc à l'étudiante que le Malawi m'intéresse pour les raisons sus-indiquées et j'en profite pour lui dire quelques vérités en ce qui concerne ce stupide conflit qui empêche, hélas, le Maghreb de se faire. Et voilà qu'elle me révèle quelque chose de très intéressant : le grand problème, en ce moment, au Malawi, ce sont les vampires.

Vous avez bien lu : les vampires. Le peuple est saisi de frayeur, il voit des vampires partout, des lynchages s'ensuivent, la police est dépassée.

Et soudain je vois comment nous pourrions nous attirer les bonnes grâces du Malawi. Ils ont des vampires, nous avons des *seharates*, des sorcières, des jeteuses de sort. Je propose donc ici, dans ces colonnes, que nos ministres de l'Intérieur et des Affaires étrangères unissent leurs efforts pour rafler toutes nos sorcières, de Tanger à Lagouira, de Settat à Zagora, les entasser dans des biplans de l'armée et aller les larguer sur le Malawi avec, tatouée sur leurs fesses, cette fière proclamation : « DON DU PEUPLE MAROCAIN AU PEUPLE MALAWI ».

Je ne donne pas cher de la peau (fripée) de leurs vampires face à la fureur de nos *seharates*. Débarrassé de cette plaie (et nous de la nôtre), le gouvernement de ce valeureux pays deviendra notre plus fidèle allié en Afrique australe.

Au suivant !

[24-1-2018]

Des robots humains à Casablanca !

Ma sœur, ulcérée, m'écrit ceci : « Tu veux un exemple de la déshumanisation en marche ? En voici un, et même trois puisque ça m'est arrivé trois fois dans des supérettes différentes, à Casablanca, le mois dernier. Le gars à la caisse est totalement absorbé par le visionnage d'une vidéo sur son smartphone. J'arrive devant lui. Il ne lève même pas les yeux. Je pose les articles, il les passe un à un à la caisse, le montant s'affiche, je lui tends un billet, il me rend la monnaie tout en continuant de regarder sa vidéo. Ni bonjour, ni merci, ni au revoir. Pas un regard, pas un sourire. Où est le facteur humain, l'accueil, la chaleur ? Autant avoir des robots. »

Si c'est arrivé trois fois en un mois à une seule personne, c'est que la pratique doit être répandue. Vous devez aussi être victimes de cette déshumanisation, amis lecteurs. Comment en sommes-nous arrivés là ? Il y a une génération, nous étions loin d'avoir le niveau de développement de l'Allemagne ou du Japon mais, au moins, nous étions fiers de n'avoir pas perdu le sens du contact humain.

Je me souviens d'une petite scène qui m'avait ouvert les yeux, au début des années 80. Je devais prendre le bus à la CTM de Casa pour aller prendre l'avion à Nouasseur. Je demandai un billet au guichetier, un homme d'un certain âge. Il me regarda d'un air peiné puis me dit : « Et tu ne sais pas dire bonjour ? Tu vas à l'étranger pour quoi ?

— Pour passer des concours à Paris, lui répondis-je, interloqué.

— Tu vas étudier en France ? *Mabrouk.* Mais n'oublie pas que tu seras l'ambassadeur de ton pays là-bas. Montre-leur notre meilleur visage. Nous sommes des *oulad nass*, des gens bien élevés. Quand on arrive à un guichet, il faut sourire, dire bonjour et ensuite seulement formuler sa demande. »

Je n'ai jamais oublié cette leçon. Mais aujourd'hui (à Casa seulement ou partout au Maroc ?), les rôles semblent s'être inversés, à en croire ce que me raconte ma sœur. Elle a raison d'exiger quelques mots, un sourire… Si les êtres humains ne sont plus à la hauteur, il sera facile de construire un robot avenant. Vous me direz que son sourire sera factice. Et alors ? Vaut-il mieux avoir une absence totale de sourire ?

Vous me dites : « Le robot n'a pas de conscience. » Parce que celui qui nie complètement son humanité et la nôtre en a une ?

Vous me dites : « Le gars est mal payé. » C'est un argument, ça ? Il faudrait lui donner une « prime de regard » et une « prime de sourire » pour qu'il daigne lever les yeux sur le client ?

Faut-il que nous prenions toujours le pire du progrès technique et jamais le meilleur ? Quand le téléphone portable fit son apparition, il y a vingt ans, les règles du savoir-vivre qui régissent son usage n'étaient pas encore fixées. Il fallut quelques années pour que s'établisse une sorte de *modus vivendi*. Au tout début, en Italie, les gens le laissaient sonner en pleine messe et répondaient à haute voix pendant le service… Il fallut une fatwa du pape pour qu'on en modère l'usage. Je me souviens que dans les boulangeries d'Amsterdam avait fleuri, à l'époque, ce post-it : « Je serai ravi de vous servir quand vous aurez fini de téléphoner. » Les gens comprirent, à la longue.

Revenons au Maroc. Que nous réserve l'avenir dans ce domaine ? À vrai dire, l'avenir sera ce que nous en ferons. Soit nous acceptons passivement la « grossièreté technologique » (tiens ! un nouveau concept…) et nous deviendrons tous de plus en plus malpolis et c'en sera fini du raffinement qui étonna Jan Potocki quand il visita l'Empire chérifien en 1791 ; soit nous nous éduquons les uns les autres et nous resterons civilisés. À nous de choisir.

[31-1-2018]

« Je n'avais pas vu que vous étiez noire »

La scène – dont je vous garantis l'authenticité – s'est passée il y a quelques jours dans une librairie de Bordeaux. Je la tiens d'un témoin digne de confiance. Une jeune femme élégante entre en début d'après-midi dans ladite librairie, flâne entre les rayons, feuillette un livre, un autre, un autre encore (vous savez ce que c'est...), hésite, puis finit par jeter son dévolu sur *Le Chat du rabbin* de Joann Sfar. Cette bande dessinée de qualité, hilarante et émouvante, lui semble être le cadeau idéal à offrir à son ami David dont c'est bientôt l'anniversaire. *Happy birthday to yououou...*

Au moment de régler l'achat, la miss a une idée, peut-être saugrenue, peut-être pas. Elle demande au vendeur s'il a la version en hébreu de la même bande dessinée. Il se trouve que l'ami David a émigré en Israël et qu'il lui est peut-être plus facile de lire les bulles dans la langue qui est devenue la sienne. Et ce dialogue absurde s'ensuit : « En hébreu ?

— Oui. »

Un temps.

« Vous voulez dire "en musulman" ? »

Léger étonnement de la cliente. Elle finit par répliquer : « Mais "musulman" n'est pas une langue. Vous voulez dire "en arabe" ?

— Oui.

— Oui, quoi ?

— Vous la voulez en arabe ?

— Non, je la veux en hébreu. »

Pour comprendre cette scène, il faut savoir que la jeune femme en question (appelons-la Maryse) est d'origine rwandaise mais qu'elle a la peau très claire. On la prend donc souvent pour une Maghrébine.

Entre-temps sa mère est venue la rejoindre dans la librairie.

« Bonjour, Maryse.

— Bonjour, maman. Je n'en ai plus pour longtemps, juste le temps de régler mon achat. »

La génitrice a, elle, la peau noire. Ce détail plonge le vendeur dans un état proche de l'ahurissement. Ses yeux vont de l'une à l'autre des deux dames qui lui font face. « Maman » ? Son cerveau fait des heures sup'. Il finit par sortir de son hébétude pour asséner à la cliente cette phrase d'anthologie : « Ah, excusez-moi, *je n'avais pas vu que vous étiez noire.* »

Maryse et sa maman n'en reviennent pas. Comme la jeune femme est très taquine, elle réplique avec un sourire enjôleur : « Vous ne l'aviez pas vu, mais peut-être l'aviez-vous entendu ? »

Et l'autre grand échalas, ne comprenant rien à l'ironie, de répondre niaisement : « Non, non, *vous parlez très bien.* »

Arrêtons là. La suite n'a pas trop d'importance. Maintenant, jouons un peu, amie lectrice, ami lecteur. D'après vous, combien de préjugés cette saynète contient-elle ? Deux, trois, six ?

Question subsidiaire : est-il normal qu'en 2018 une telle scène ait lieu ?

Envoyez-moi vos réponses avant la prochaine lune, le cachou du vaguemestre faisant foi. Les gagnants auront droit à un abonnement d'un an à *Jeune Afrique*.

[4-2-2018]

Faut-il vraiment enfermer les Marocains ?

Dimanche dernier, j'ai regardé la finale du CHAN à la télévision : bien obligé, puisque je me trouvais à plus de trois mille kilomètres du stade. Ceux qui étaient sur place ont eu de la chance, malgré la pluie (mais la pluie, chez nous, est une bénédiction). Quel beau match ! Un vrai régal. D'une façon générale, la soirée a été parfaite. Certes, le beau feu d'artifice aurait pu être plus coloré mais bon, il ne faut pas bouder notre plaisir.

Eh bien, si, désolé, nous allons bouder notre plaisir. Le lendemain, mon frère (qui était, lui, dans le stade) m'envoya un message inquiétant. En fait, il m'a envoyé deux messages à propos du CHAN. Le premier, c'était il y a deux semaines :

« J'ai assisté au match d'ouverture. L'organisation était bonne, mais j'ai vécu quelques moments d'angoisse. Pour remplir le stade, on avait fait appel aux services de nos valeureux *m'qaddem* pour distribuer des billets gratuits. Des bus ont été mobilisés pour ramener les gens de tous les quartiers. Les billets étaient revendus au marché noir devant le stade. C'était des billets avec puce électronique, impossible de rentrer sans. Bravo, on est à la page. Mais une fois dans le stade et vu ma claustrophobie, je remarque immédiatement que les portes de sortie sont fermées... avec des cadenas ! Je demande à un stadier par où on sort en cas d'urgence. Il me répond qu'il y a "un type" qui a les clés.

"Et il est où, ce type ?

— Ben, il n'est pas là."

J'explique au stadier que je ne suis pas à l'aise, que je commence à paniquer. Il hoche la tête puis me conseille de réciter quelques versets du Coran, par exemple *ayat l-koursi*, ça me calmera.

J'assiste au spectacle d'ouverture mais rien à faire : après quinze minutes, je ne suis toujours pas à l'aise. C'est une aberration ! Il suffit d'un mouvement de panique, les portes étant fermées à clé, les gens s'écraseraient dessus, ce sont des centaines de morts assurées.

Je laisse tomber le match et je pars à la recherche du gars qui a les clés (*moul souaret*). Chaque stadier a sa réponse. *Moul souaret ?*

"Il est en train de manger un sandwich chez Mustapha, *moul l'hanout*.

— Il est allé acheter des cigarettes chez *moul détail*.

— Il vient de rentrer aux toilettes (*moul l'kabina* ?)."

En fait, *moul souaret* était en train de regarder le match tranquillement, assis très loin des cadenas dont il était responsable. En cas de panique, il aurait été impossible à l'illustre Garde des Cadenas de se frayer un chemin dans la foule affolée pour ouvrir tout seul toutes les portes de cette zone.

Qui a pris cette décision absurde de fermer les portes de sortie avec des cadenas ? Est-ce pour assurer la sécurité du prince ? Dans ce cas, pourquoi ne pas mettre des militaires devant les portes sans les fermer à double tour ? Ou est-ce pour éviter qu'on utilise ces portes de sortie pour faire entrer des gens ? On ne fait donc pas confiance aux stadiers et aux policiers ? »

Et voici son deuxième message, dimanche dernier :

« Malgré ma mésaventure, et vu le beau parcours de l'équipe nationale, je n'ai pas pu résister au désir d'aller au stade Mohammed-V. Belle ambiance… mais je te confirme que les portes de sortie étaient de nouveau cadenassées. »

Le Maroc, candidat à l'organisation de la Coupe du monde 2026, fait de son mieux pour se donner une bonne image, pour démontrer qu'il est capable d'organiser un événement aussi important. Il a certainement marqué des points au cours de ce superbe CHAN 2018. Mais il y a encore des progrès à faire. Le plus urgent, me semble-t-il, est de se défaire de ces *moul ceci*, *moul cela* ignares et inconscients qui donnent une image déplorable de notre pays.

Évidemment, on pourrait aussi garder toutes ces moules et appliquer notre éternel plan B : faire psalmodier *ayat l-koursi* par les supporters brésiliens (sur un air de samba ?) ou les hooligans anglais, une cannette de bière à la main. Mais le résultat n'est pas assuré…

[7-2-3018]

Fermé avant même d'avoir été inauguré…

Aujourd'hui, je voudrais parler du centre culturel marocain à Amsterdam, ce qui pose tout de suite un problème philosophique : peut-on parler de quelque chose qui n'existe pas ? La mère Thatcher prétendait que la sociologie ne fait pas autre chose (*There is no such thing as society*), mais bon, on aura cette discussion un autre jour. Aristote s'est posé une question similaire : peut-on dire quelque chose de sensé à propos de ce qui n'existe pas encore ? C'est ce qu'il appelle « le problème des futurs contingents ». Mais n'allons pas trop loin dans nos élucubrations, réfléchissons ensemble sur cette question du centre culturel marocain à Amsterdam. Une ténébreuse affaire !

Or donc, il y a quelques années, un consul bien avisé eut l'idée de monter un centre culturel dans la capitale des Pays-Bas. Pourquoi ? Parce que les Marocains étaient en butte à un tir de barrage quotidien de la part de l'extrême droite néerlandaise. Aussi bien le sinistre Geert Wilders que la presse de caniveau genre le *Telegraaf* ne perdaient aucune occasion pour dépeindre les Marocains comme des sauvages sans culture, des hommes des cavernes n'ayant pas encore découvert l'écriture, comme à peine supérieurs au bonobo qui déambule nonchalamment au zoo.

Bien sûr, le problème ici est celui de l'ignorance crasse de ces fachos et de ces politicards populistes dont la plupart n'ont jamais lu un livre. On pourrait hausser les épaules et passer son chemin. Pourquoi répondre à un imbécile, à un *ignoramus* ? Certes – mais le problème est que ce discours, faute de contrepoids, était en train de se propager dans la population. Et c'est pourquoi le consul dont je parle, qui est aujourd'hui à la retraite à Rabat, eut l'idée de monter un centre culturel pour montrer qu'il y a bel et bien une culture marocaine vivante, inventive et surtout très diverse. Il s'agissait de projeter des films, d'inviter des écrivains et des universitaires, de monter des expositions d'art moderne, et aussi d'exhiber d'autres formes de cultures : la gastronomie, le vêtement (avec les fameux défilés de caftans – pourquoi pas ?), la musique sous toutes ses formes : andalouse, *chaâbi*, *'ayta*, grandes traditions de danses : *ahwash* et *ahidus*.

Notre ami réussit à convaincre qui de droit, on établit un budget, on acheta même un superbe immeuble, juste en face du zoo (bonjour, le bonobo) – et à cinq minutes de chez moi, si je puis me permettre cette digression personnelle. Des artisans venus du Maroc le décorèrent superbement.

Et puis patatras ! Le consul fut nommé ailleurs, un nouveau gouvernement fut installé à Rabat, avec un nouveau ministre de tutelle… et l'affaire du centre culturel marocain à Amsterdam commença à entrer dans un long hiver. Pour tout dire, j'ai l'impression que la chose est gelée. Je passe parfois à côté de l'immeuble : pas une souris ne bouge, comme dirait le chat qu'expire. La (très belle) porte reste hermétiquement close. Il paraît qu'on dépense chaque mois une fortune en gardiennage. Et la bibliothèque, à laquelle j'ai offert quelques centaines de livres entre-temps moisis, n'a pour clients que des fantômes. Cela fait cinq ans que ça dure !

Pendant ce temps, les fachos et les populistes n'ont pas cessé de nous insulter et de nous traiter de barbares sans culture. C'est pourquoi je pousse ce cri de détresse : ohé, du côté de Rabat, y a-t-il quelqu'un pour relancer ce projet ? J'en ai assez de me faire traiter quotidiennement de sauvage sans pouvoir prouver le contraire…

[14-2-2018]

Trois p’tits cochons

C’est un type qui entre dans un hôpital, à Leerdam, et qui se plaint.

Vous me dites : « Il se plaint de quoi ? Des soins ? De la nourriture ? De la propreté ? Du chewing-gum que mâche la réceptionniste ? »

Non : il proteste contre trois petits tableaux accrochés dans les couloirs de l’hôpital.

Vous soupirez : « Ah, cette histoire se déroule bien en Europe, pas au fin fond de la Numidie. Ces gens-là ont des problèmes de luxe. Nous, on n’a même pas une seringue propre ni un cachet d’aspirine et ces enfants gâtés se plaignent du décor… »

Ben ouais. Bon. Donc le gus râle et exige qu’on décroche trois tableautins qui le débectent.

Maintenant, vous aimeriez bien savoir le pourquoi de la chose, non ? Hein ? Sont-ce des croûtes obscènes, des panoramas apocalyptiques, de la fresque fluorescente ?

Pas du tout. Il s’agit de portraits, si l’on ose dire ; de portraits représentant trois petits cochons. On les entendrait presque grouiner « oiiiiiiink ».

Bonne fille, la direction accepte d'enlever les toiles et de les remplacer par ces fameuses biches se désaltérant au bord d'un ru qui signalent dans le monde entier le triomphe définitif du mauvais goût petit-bourgeois. Affaire classée ? Que non : la droite populiste et l'extrême droite érigent illico des barricades (c'est une image), se répandent dans la presse et dans le caniveau, hurlent que les musulmans ont pris le pouvoir et qu'ils martyrisent nos pauv' p'tits cochons. Où va-t-on, madame, je vous le demande. C'est la fin du monde, monsieur.

Quand la poussière est retombée, après émotion légitime de millions de Bataves qui s'inquiètent de l'avenir de leur bacon et de leur saucisson (va-t-on désormais devoir manger de la chèvre *halal* ? de la viande d'otage ?), on s'aperçoit avec stupeur que le bonhomme qui a déclenché toute l'histoire est à peu près aussi musulman que Voltaire ou Houellebecq : en fait, c'est un Hollandais pur fromage, blanc et protestant.

« Mais alors ? Mais que… ? » vous étouffez-vous.

Eh bien, figurez-vous que le mauvais coucheur a protesté contre les trois petits cochons parce qu'il s'inquiétait pour la sensibilité de ses concitoyens musulmans. Il l'a fait par *altruisme*. Là, vous êtes KO, non ?

Interrogé par la presse, un porte-parole de l'Union des Marocains des Pays-Bas a affirmé qu'il ne connaissait pas un seul musulman qui aurait pris ombrage du triptyque cochonou. Tous les Maghrébins et Indonésiens interrogés dans la rue ont éclaté de rire ou haussé les épaules : franchement, quand on est à l'hôpital, on a autre chose à faire qu'à s'indigner oiseusement.

Comme disait le maréchal de Villars : « Mon Dieu, protégez-moi de mes amis… »

[21-2-2018]

Une première victime des *fake news*

Dites-moi franchement (on est entre nous), s'il vous avait fallu parier sur le nom du premier homme politique obligé de démissionner pour cause de dissémination de *fake news*, vous auriez misé sur qui ? Trump, dites-vous ? Oui, ça se conçoit. Poutine ? On peut rêver. Erdogan ? Tu parles, il ne partira que les pieds devant.

On peut continuer longtemps ce petit jeu. En fait, celui qui vient de s'en aller, la tête basse, après avoir remis sa démission, c'est le ministre des Affaires étrangères des Pays-Bas, Halbe Zijlstra, et cela pour avoir inventé une *news* assez croquignolette. En 2016, lors d'un congrès de son parti, ledit Halbe, voulant se rendre intéressant, affirma avoir assisté dix ans plus tôt à une rencontre privée dans la datcha de Vladimir Poutine, lequel Poutine avait tenu des propos qui valent leur pesant de cornichons marinés – je me demande si cette image est la bonne, c'est peut-être les Polonais qui raffolent de ce condiment, et pas les Russes, mais bon, on n'a pas le temps de vérifier.

Donc Poutine. Et le jeune Halbe Zijlstra, qui travaillait alors pour la Shell. Que diable faisait-il dans la datcha du tsar nouveau ? « J'accompagnais, affirma-t-il avec aplomb, mon patron, le DG de la Shell. » Ah ouais, d'accord. Et il continua : « J'ai entendu Poutine dire qu'il voulait un retour à la Grande Russie, c'est-à-dire la Russie, la Biélorussie, l'Ukraine et les pays baltes. Et que ce serait bien aussi d'avoir un bout du Kazakhstan. »

Ces propos sont extrêmement dangereux. Si Poutine inclut les pays baltes dans ses objectifs stratégiques, cela justifie que l'OTAN, dont ils sont membres (en violation de promesses américaines faites aux Russes dans les années 90), y maintienne une forte présence militaire. S'il veut « récupérer » l'Ukraine, alors tous les accords signés avec ce pays ne sont que des chiffons de papier. Quant au Kazakhstan, la simple mention de ce pays en majorité musulman et où 70 % de la population n'est pas russe indique une volonté colonialiste évidente.

Sauf que... Il suffit de réfléchir un instant pour se rendre compte que l'anecdote est invraisemblable. Pourquoi Poutine, qui est un homme intelligent, calculateur et maître de ses nerfs, irait-il dévoiler son jeu devant un vague cadre de la Shell ? L'ancien espion Poutine ne doit même pas faire confiance à son reflet dans le miroir – alors un jeune Hollandais au nom imprononçable... En fin de compte, Halbe Zijlstra a avoué avoir menti et il a donc démissionné, le 13 février dernier. « C'est la plus grande erreur que j'aie jamais commise », a-t-il déclaré, contrit.

Les Russes ont eu beau jeu de faire remarquer qu'on les accuse de tous les maux alors que ce sont les autres qui mentent… L'ambassade de Russie à La Haye publia un communiqué quasiment jubilatoire dans lequel elle dénonçait la désinformation constante qu'elle subirait de la part de la classe politique et des médias néerlandais, etc.

On peut s'arrêter là. Il est temps de réfléchir ensemble à la morale de cette histoire. J'en discutais l'autre jour avec un homme politique aujourd'hui à la retraite mais qui eut son heure de gloire dans la diplomatie, sous Mitterrand. Son analyse était aussi simple que cynique. « Il faut toujours dire la vérité » n'est absolument pas la bonne réponse, selon lui. Ce qu'il faut, c'est fabriquer des *fake news* qui aient l'apparence de la vérité. Comme disait Cocteau : « Ce qu'il y a de plus important en politique, c'est la franchise et l'honnêteté. Quiconque arrive à bien simuler ces deux qualités est sûr de réussir. »

Finalement, la faute de l'ami Zijlstra n'est pas d'avoir menti, mais de n'avoir pas assez bien menti…

[25-2-2018]

Allô ? C'est Minou !

On apprend avec stupeur que des chercheurs japonais travaillent à la mise au point d'un téléphone portable pour les chiens et pour les chats. L'idée est simple : le matou vagabond, ainsi équipé, pourra recevoir en temps voulu le *psss psss* ! de son maître (ou de sa maîtresse) et revenir dare-dare dévorer sa pâtée. On peut bien sûr imaginer d'autres applications. Les souris traquées par GPS et signalées au chat ? Celui-ci à son tour mouchardé électroniquement au chien ? Tom et Jerry pendus au téléphone ? Une appli « chater avec le chat » ?

(Remarquez que la phrase précédente, qui semble être du français correct, aurait été rigoureusement incompréhensible il y a moins de vingt ans. La technique s'emballe, les langues évoluent, tant pis pour celles qui ne le peuvent pas…)

On ne sait pas encore s'il est prévu que l'animal puisse réagir. Espérons que ce sera le cas. Des milliards de dollars investis dans les mâts, les fibres optiques et les satellites pour transporter quelques miaulements, ce serait une belle fin pour la science moderne. Adieu à la raison d'Ibn Roshd, de Descartes et de Newton ! On entre de pleine patte dans le millénaire des quadrupèdes. Le prochain sera peut-être celui des millepattes. On aura oublié depuis longtemps le bipède qui ne sut pas préserver sa planète.

Tout cela constitue bien sûr un scandale de premier ordre. Nous vivons déjà sous la tyrannie des « chérie, je suis dans le train » intempestifs qui ont supprimé la douce rêverie d'antan rythmée par le bruit des traverses et le sifflet mélancolique de la locomotive. Faudra-t-il bientôt faire face à des « psss, minou-minou » surgissant de sous la banquette ou du porte-bagages ? Plus moyen d'échapper à la rumeur du monde. Du monde animal.

On aurait tort de prendre tout cela à la légère. Il s'agit en fait d'une cruelle leçon d'économie. Tout le monde étant équipé de tout, il faut sans cesse créer de nouveaux marchés. Ce qui prouve que l'Occident, ou du moins sa partie solvable, est désormais trop riche. On en est à imaginer les innovations les plus aberrantes. Sony produit déjà un chien-robot. Le chat virtuel, son téléphone portable, son collier fantôme arrivent. La combinaison étanche pour le poisson rouge, les freins de sécurité pour la tortue, pourquoi pas ? Le ridicule ne tue que s'il ne rapporte rien. L'important, c'est que l'argent circule.

Bien sûr, on ferait mieux de le faire circuler du côté d'hommes bien réels qui en ont plus besoin que nos amies les bêtes ou nos ennemis les robots. Mais le libéralisme économique est sans pitié. Entre Minou et le Mali, le choix est simple. Qui a le pouvoir d'achat ? Le chat !

[28-2-2018]

Nos climats et nos langues

Au cours des dernières semaines, on a beaucoup parlé climat et intempéries dans les trois pays chers à mon cœur et entre lesquels je partage mon temps. Mon frère m'a envoyé des photos de la plage d'El Jadida sous la pluie, ce qui lui donne un tout autre aspect que celui qu'elle a d'habitude en été, quand nous y jouons au football. Et à propos de football, l'idée même qu'on puisse reporter un match de mon club « natal », le *Difaa Hassani Jadidi*, pour cause de pelouse détrempée, m'a plongé dans la stupéfaction. Vraiment, la météo se détraque. À Amsterdam, les canaux ont gelé, ce qui a permis à quelques intrépides de se prendre pour Jésus en marchant sur l'eau. À Paris, le froid a également sévi, ce qui m'a obligé à m'habiller comme un explorateur polaire pour sortir dans la rue.

Bref, il est temps de parler sérieusement du climat. Non pas sous l'angle des phénomènes physiques, du changement climatique ou de l'effet papillon de Lorenz, mais sous l'angle de l'étymologie. Eh oui. On ne se refait pas.

Dans son livre *À mots découverts*, Alain Rey écrit, page 131 : « On dit encore, de manière un peu affectée, *climat* pour *région* ou *pays.* » Vous saviez cela, vous ? Moi non plus. Peut-être le distingué linguiste veut-il simplement dire que « changer de climat » est une métaphore pour « aller vivre ailleurs » ?

Dommage que Rey, ce fin connaisseur du français, ne pratique pas les langues sémitiques. En arabe, *iqlim*, qui signifie « région », provient du grec *klima*, dérivé de *klinein*, qui a donné « climat » en français. Il n'y a là aucune affectation : n'importe quel Arabe vous confirmera que le premier sens de *iqlim* est région. Le deuxième sens de *iqlim*, beaucoup plus rare, est... climat. Peu d'Arabes ou d'arabisants le savent. Pour dire « climat », ils utilisent plutôt le mot *taqs* qui vient du grec *taxis* qui signifie « arrangement, ordre ». Quant à *ta'aqlum*, dérivé de *iqlim*, il signifie aussi bien « acclimatation » que le fait de s'installer dans une région donnée (« changer de climat... »).

Conclusion : pour dire « climat » dans le sens de « région » ou de « pays », comme le fait Rey, il faut être ou très snob... ou un peu arabe. Autrement dit : si vous êtes un virtuose de la langue française, vous n'êtes pas loin de l'être aussi en arabe.

Vous vous demandez peut-être quel est le rapport entre ce feu d'artifice de cuistrerie et le fait qu'il a fait froid en même temps à El Jadida, Amsterdam et Paris la semaine dernière. Vous pensez peut-être que j'abuse du lait fermenté ou que je perds la boule.

Pas du tout. Le rapport, le voici : que l'on prenne la nature (le climat) ou la culture (les langues), il y a bien plus de choses qui nous rapprochent, nous autres humains, qu'il n'y en a qui nous séparent…

[7-3-2018]

Hans et le tapis d'Abdelmoula

Ça s'est passé la semaine dernière. C'est un type (appelons-le Hans) qui se promène dans un quartier tranquille d'Amsterdam. L'après-midi tire à sa fin. Il fait un peu froid, mais le soleil brille. Hans est donc de bonne humeur. Les mains dans les poches, il sifflote.

C'est un autre type (nommons-le Abdelmoula) qui profite du rayon de soleil pour faire le ménage chez lui. Plus précisément, il a sorti sur le balcon un tapis, qu'il entreprend d'épousseter en lui flanquant de grands coups avec une sorte de batte de base-ball. (On se demande bien pourquoi un Rifain a ce genre d'accessoire chez lui, mais bon, la vie est pleine de mystères.)

Dans la rue, Hans sifflote ; au troisième étage, Abdelmoula ahane et le tapis gémit. Une journée ordinaire dans un quartier où les ethnies cohabitent sans heurts, en général. Mais voilà que Hans lève les yeux. Avisant un « Arabe » (Hans ne fait aucune différence entre Rifains, Yéménites et Kurdes d'Irak : tous des Arabes) qui secoue son tapis, il lui vient à l'esprit une petite blague et le voilà qu'il lance : « Ho, Mohammed ? C'est quoi, le problème ? Il ne veut pas démarrer ? »

Faisons maintenant, chers étudiants qui lisez avec profit le 360.ma, une étude de cette « blague » en termes de « communication interculturelle postcoloniale ».

1. Hans pense aux dessins animés genre *Aladin* qu'il a vus dans son enfance.

2. Il se souvient alors que « les Arabes » se déplacent d'ordinaire en tapis volant – ou du moins qu'ils le faisaient dans un passé assez récent pour en garder un net souvenir.

3. Il lance sa blague en néerlandais. Or les blagues voyagent mal d'une langue à une autre – même en tapis volant...

4. Abdelmoula ne comprend donc rien à la blague de Hans. Mais comme celui-ci se marre comme un bossu, juste en dessous, Abdelmoula en déduit qu'on se moque de lui. Son sang ne fait qu'un tour, il dévale les escaliers quatre à quatre et saisit l'ami Hans par le collet. « Qu'est-ce t'as à t'fout' d'ma gu... ? »

C'est là que mon ami Talal intervient. (C'est d'ailleurs lui qui m'a raconté cette histoire. Merci, Talal.) Ce jeune homme de deuxième génération a suivi toute la scène vu qu'il lavait sa voiture dans la rue. Étant aussi à l'aise en néerlandais qu'en *darija* et en *tarifit*, il a compris le malentendu qui avait méchamment pris corps sous le soleil froid d'Amsterdam. Il s'interpose prestement entre les deux hommes, explique à l'un et à l'autre de quoi il retourne et l'affaire est réglée. Abdelmoula s'en retourne chez lui en grommelant : « Elle est pas marrante, sa blague. » Pendant que Hans peste : « Si on ne peut plus plaisanter… »

Fin de l'incident. Circulez, y a plus rien à voir.

Maintenant, je pose la question. Si Talal n'avait pas été là au bon moment, comment se serait terminée cette histoire ? Par un pugilat généralisé, les amis de Hans venant à la rescousse, ceux d'Abdelmoula dévalant des montagnes ? Il y aurait eu des morts et des blessés, le truc aurait fait le tour du monde sous le titre « Drame de l'immigration, tensions ethniques », etc. Combien de ces faits divers qui encombrent la presse n'ont pour cause que des blagues mal comprises ?

[14-3-2018]

Les robots sont racistes !

C'est un scoop. Ouvrez l'œil, le bon, tendez l'oreille, celle qui entend : *Jeune Afrique* est en mesure de révéler, en exclusivité mondiale, et même – n'ayons pas peur – des mots intergalactique, une vérité aussi dérangeante qu'inattendue : les robots sont racistes !

On croit avoir tout vu, tout entendu… et puis, boum ! Encore un truc qu'on n'avait jamais envisagé. Des robots racistes, *madre mía*, qu'est-ce qu'il reste pour certifier définitivement cette planète dingue de chez dingue ? Des poissons efféminés ? Des vaches nudistes ? Un pou narcissique ?

Et pourtant, l'information est vraie. C'est mon collègue Pieter, spécialiste de l'intelligence artificielle, qui a levé le lièvre. Il a collationné toutes sortes de rapports sur des pannes de robots, des mauvais fonctionnements de machines automatiques, des plantages spectaculaires de capteurs – et c'est là qu'il a vu le point commun : l'aspect ethnique de la personne que tous ces bidules ont en face d'eux.

Prenons, par exemple, les robots qui utilisent la reconnaissance faciale. Quand ils scannent une tronche de Blanc, fût-il laid comme un pou (narcissique), ils le reconnaissent à tous les coups. « C'est Benoît Tartempion, ouvrons-lui la porte. » Mais dès que la peau de l'impétrant s'assombrit, la situation se complique. « Il ressemble vaguement à Ahmadou, mais je n'en suis sûr qu'à 77 % ; dans le doute, gardons cette porte hermétiquement fermée. »

Mon ami Pieter est un scientifique. Devant un phénomène aussi dérangeant, il ne s'émeut pas, il ne s'énerve pas, il ne sort pas dans la rue manifester avec la CGT ou Touche pas à mon pote, non : il cherche à comprendre. Selon lui, il y a plusieurs pistes de réflexion.

La première a à voir avec l'explosion démographique africaine. Ledit Ahmadou a tellement de cousins que les robots ne s'en sortent plus. Tartempion, lui, est vraiment unique, tout au plus ressemble-t-il à son grand-père mais celui-ci a la peau si fripée qu'il est impossible de prendre l'aïeul pour le pitchoune.

Autre explication, selon Pieter : les algorithmes de reconnaissance faciale, mis au point en Europe ou aux États-Unis, sont conçus en fonction d'une population blanche. Les paramètres dont ils tiennent compte ne sont pas adaptés à des peaux noires. Celles-ci sont en général beaucoup moins ridées, la vision du robot n'a plus rien à quoi s'accrocher, ça glisse, ça bogue et ça plante. Piiiip-piiiip, couic ! La machine s'affole.

J'en parlais hier avec mon ami Hamidou, Peul d'élite doté d'un solide sens de l'humour. Il se mit à rire. « Les robots n'arrivent pas à différencier entre deux Noirs ? Eh bien, moi, je ne peux pas distinguer entre deux robots. Ils se ressemblent tous... Match nul, quoi. »

Un autre de mes amis prit la chose de façon plus grinçante : « Lorsque les robots remplaceront les videurs de boîtes de nuit, il n'y aura aucun ajustement à faire. Ce seront toujours les mêmes qu'on ne laissera pas entrer. »

Dans certaines situations extrêmes, m'apprit Pieter, les robots ne « voient » tout simplement pas les Noirs. C'est un peu comme ces gens qui, lorsqu'ils entrent dans un McDo ou un service administratif retranché derrière plusieurs guichets, se dirigent automatiquement vers la personne à la peau la plus claire (c'est prouvé par plusieurs expériences d'éthologie humaine). Qu'un assemblage de boulons mû par un algorithme se comporte comme un bipède perclus de préjugés est quand même consternant !

Aux États-Unis, où des chercheurs ont également remarqué le problème « racial » des robots, un comique Afro-Américain a relevé le côté positif de l'affaire : « Puisque tout se robotise petit à petit, un jour les policiers aussi seront des robots. S'ils ne nous voient pas, ils ne pourront pas nous tuer. Nous sommes sauvés ! »

On se console comme on peut...

[18-3-2018]

La petite fille qui dessinait Dieu

C'est un ami qui m'a raconté cette histoire. Un instit' avait donné à sa classe, à l'école, des crayons et du papier et demandé aux enfants de dessiner ce qui leur passait par la tête. Toutes les chères petites têtes brunes s'étaient penchées sur les feuilles de papier et allez donc, ça crayonnait dans tous les sens, chacun sérieux comme un pape miniature.

L'instituteur passait discrètement dans les rangs pour jeter un coup d'œil sur l'état d'avancement des travaux.

« Je voyais bien, raconte-t-il, que tous ces petits moutards s'efforçaient de dessiner une face humaine. Et il était évident qu'il s'agissait soit de papa – la barbe est irréfutable –, soit de maman – longue chevelure qu'aucun shampooing n'avait réussi à dompter. Tout cela était attendrissant. Cependant, une petite fille, Miriam, m'intrigua. Elle semblait faire de grands gribouillis qui ne ressemblaient à rien. Je finis par lui demander ce qu'elle dessinait. “Je dessine Dieu”, me répondit-elle avec le plus grand sérieux.

Étonné, je continuai ma ronde. Au bout de quelques instants, mes pas me ramenèrent vers la petite Miriam. Toujours ces étranges gribouillis. Je ne dis rien. Au bout de mon troisième passage, je finis par lui dire : "Mais, ma petite Miriam, ne devrais-tu pas choisir un autre sujet ? Personne ne sait à quoi ressemble Dieu."

L'enfant leva vers moi ses grands yeux clairs et d'une voix fluette mais décidée m'asséna : "Si vous ne m'interrompiez pas tout le temps, j'aurais déjà fini mon dessin et tout le monde saurait à quoi Dieu ressemble !"

Estomaqué, je passai mon chemin puis je fus pris d'une sorte de fou rire intérieur que j'eus du mal à réprimer.

Le soir venu, alors que j'étais affalé dans mon sofa, à la maison, à regarder un reportage sur les guerres du Proche-Orient, je me fis soudain la réflexion suivante : la petite Miriam était adorable dans sa naïveté d'enfant mais au fond, tous les malheurs du monde, toutes ces guerres de religion, tous ces massacres, tout cela n'est-il pas le résultat navrant de la même ambition portée cette fois par des adultes ? Chacun prétend montrer aux autres à quoi Dieu ressemble, ce qu'il est, ce qu'il veut. Qu'en sait-il, au fond ? Et il est prêt à les tuer s'ils restent sceptiques en regardant ses gribouillis... »

Méditons ensemble, amis lecteurs, cette profonde réflexion et votons une bise unanime à la petite Miriam.

[28-3-2018]

Du boulot pour nos voyantes

Il en est encore tout retourné. Il secoue la tête, lève les yeux au ciel, tapote d'énervement sur ce guéridon qui nous sépare, au Cannibale Café de la rue Jean-Pierre-Timbaud, à Paris. Lui, c'est Hamid, jeune Franco-Marocain d'élite, bardé de diplômes, cadre sup dans une grande boîte de la place. (C'est fou ce qu'on enfile comme lieux communs quand on se laisse entraîner par le langage en oubliant son esprit critique au vestiaire. « Bardé de diplômes », « cadre sup », « grande boîte »... Il faudra un jour en parler, parce qu'eux aussi méritent de vivre, des « autodidactes », « cadres inférieurs » dans de « toutes petites boîtes », quasiment des boîtes d'allumettes. Mais ce sera pour une autre fois. Revenons à nos moutons, au Cannibale.)

Donc Hamid s'énerve : « C'est bien la peine d'avoir eu Newton, Darwin et Einstein ! »

(Ce genre de phrases m'étonnera toujours. Pourquoi ne dit-on pas : « C'est bien la peine d'avoir eu Al-Haytham, Jâbir Ibn Hayyan et Thâbit Ibn Qurra » ? C'était aussi des génies. Nous sommes encore un petit peu colonisés dans nos têtes. Mais revenons à nos chèvres.)

« Qu'est-ce que t'as à évoquer les mânes des grands hommes de la science ? Qu'est-ce qui s'est passé ? »

Il boit une gorgée de son verre de lait du Haut-Médoc.

« Le grand patron de la boîte où je bosse vient de s'adjoindre une sorte de médium qui doit l'aider dans le recrutement des futurs cadres supérieurs. Le charlatan scrute l'écriture des candidats, étudie leur signe astral, calcule l'hypoténuse de leur triangle nasal et en déduit s'il faut les embaucher ou non ! C'est scandaleux, non ? Nous sommes quand même en 2018, pas au Moyen Âge ! »

Nous nous regardons, partagés entre l'indignation et l'abasourdissement. Ému, je me souviens de mon oncle, s'indignant devant moi, il y a déjà plusieurs décennies, qu'on dise des Français, en général, qu'ils sont « cartésiens ».

« Au moins 40 % des Français ne sont pas cartésiens puisqu'ils croient en l'horoscope, cette foutaise ! » tonnait l'illustre historien.

Nous sirotons nos breuvages, rêveurs. Puis une petite lueur s'allume dans nos yeux. Je crois que nous avons eu l'idée en même temps.

« Tu penses à ce que je pense ? »

Mais oui. Du boulot pour nos *chouafates*, nos braves voyantes, dont l'art se transmet, de pythonisse en chiromancienne, depuis le Déluge ! Ce sont les meilleures du monde. S'il y avait des olympiades de la voyance, nous aurions des médailles d'or en veux-tu en voilà ! Les Nobel des devins, ils seraient pour nous.

Hamid et moi, nous lançons ici, dans ces augustes colonnes, un solennel appel : que les Instituts français du Maroc, et d'abord mon préféré, celui d'El Jadida, instituent des cours accélérés de français à l'usage de nos *chouafates*. On les dispatcherait ensuite dans des centres d'appel à Sidi Bennour, Settat ou Khénifra. Tout patron français ou belge ou suisse, bref : francophone, pourrait les consulter par téléphone avant d'embaucher Benoît, Gudule ou Tartempion. Ce serait tout bénéf pour tout le monde. Et quel boost pour l'amitié franco-marocaine, qui est l'axe majeur et stratégique de notre diplomatie ! Merci qui ? Merci, les *chouafates* !

[4-4-2018]

Poutine n'est pas belge

Excédé, Dimitri secoue la tête et lève les yeux au ciel. C'est dans un français parfait qu'il s'exclame : « Mais enfin, il n'est pas belge ! »

Nous sommes dans un café de la rue Jean-Pierre-Timbaud, à Paris. La Ville Lumière est décidément cosmopolite puisqu'il y a autant de nationalités que d'individus autour de la table – un groupe hétéroclite qui s'est formé à l'occasion d'un séminaire d'économie. Il y a là un Marocain (votre serviteur), une Française, un Russe, une Danoise et un Belge, qui vient de dire pis que pendre du tsar de toutes les Russies (moins l'Ukraine). C'en est trop pour Dimitri, qui entreprend d'expliquer au Belge de quoi il retourne : « Poutine défend les intérêts russes, pas ceux des compatriotes de Tintin. Il n'a pas à vous faire plaisir. Vous ne pouvez pas le juger en fonction de votre vision du monde. Trump braille *America first !* à longueur de journée, Macron veut moderniser la France pour qu'elle tienne son rang dans le monde, Merkel entonne sans complexes l'hymne national allemand qui commence, je vous le rappelle, par : *Deutschland, Deutschland über alles, über alles in der Welt !*, c'est-à-dire : "L'Allemagne, l'Allemagne par-dessus tout, au-dessus de tout au monde !" On trouve cela normal, Trump, Macron et Merkel sont des dirigeants à poigne, bravo. Mais que Poutine défende les intérêts de son peuple et de son pays, c'est haro sur le baudet ! »

Notre amie danoise s'énerve : « Mais ils ne font pas assassiner leurs ennemis comme Poutine l'a fait avec l'espion russe, là, au nom imprononçable, en Angleterre ! »

Dimitri avale une gorgée de brouilly et demande : « Vous avez regardé Arte hier ? Ils ont passé un documentaire très charpenté qui suggère fortement que Ronald Reagan, son vice-président George Bush *senior* et le patron de la CIA, William Casey, ont fait assassiner Olof Palme, le Premier ministre suédois, en 1986, parce qu'il s'opposait à leur politique agressive envers l'Union soviétique. Il s'agit quand même du Premier ministre démocratiquement élu d'un grand pays européen. Quelqu'un s'est-il ému de ces révélations ? Personne. Mais quand un ancien espion sans importance est empoisonné dans un restau minable, dans une petite ville anglaise assoupie, c'est le crime du siècle et Poutine, c'est le diable !

— Mais la Crimée…, hasarde notre collègue française.

— Quoi, la Crimée ? C'était un territoire russe jusqu'en 1954 et il a été rattaché pour des raisons purement administratives à l'Ukraine par Khrouchtchev. Et voilà que l'OTAN commençait à lorgner dessus en faisant des avances grossières à l'Ukraine. Vous imaginez la VIIe flotte américaine mouillant à Sébastopol ? Vous accepteriez la flotte chinoise s'installant à Brest avec ses armes nucléaires pointées sur Paris ? »

Un ange passe, très déplumé, dans ce café parisien. Il n'y a pas à dire, les arguments de Dimitri font mouche. Mais alors, pourquoi avons-nous ce préjugé défavorable envers Poutine ? Est-ce parce que toutes les télés, toutes les radios, malgré leur apparente diversité, ont en toile de fond un seul récit du monde, celui de l'Occident ? Et si nous regardions plus souvent les télés russes, chinoises, turques ou arabes ? N'aurions-nous pas une vue plus équilibrée, plus juste, de ce qui se passe dans le monde, ce monde que nous avons tort de ne regarder au journal de 20 heures qu'avec les yeux d'un présentateur briard, british ou… belge.

[8-4-2018]

Le Maroc a sauvé ma peau

Je me trouvais l'autre jour à Bordeaux pour y donner une conférence. Comme chaque fois que je me trouve dans une ville française, je ne tardai pas à tomber sur une brochette de compatriotes plus diplômés les uns que les autres (pas moins de trois agrégés de mathématiques cette fois-ci, plus un normalien) mais qui ont préféré faire carrière au pays de Poincaré plutôt que sur la rive du Bou Regreg. Bon, on reviendra sur ce sujet une autre fois.

Non, ce qui m'a étonné cette fois-ci, ou plutôt enchanté, c'est cette dame au port de comtesse, très classe, qui m'a considéré d'un œil bienveillant après la conférence, lors du pot traditionnel. Une flûte de champagne à la main, jouant négligemment avec son triple rang de perles, elle m'a confié d'une voix un peu éthérée : « Je n'ai pas compris grand-chose à votre propos, mon bon, surtout quand vous avez évoqué les mânes d'hommes de science du temps jadis (qui était ce Gödel dont vous fîtes grand cas ?), mais je tiens tout de même à vous dire ceci : votre pays natal a sauvé ma peau. »

Je crus avoir mal compris.

« Le Maroc vous a sauvé la vie, madame ? »

Elle haussa ses épaules dignes d'un Winterhalter.

« Ne soyez pas vulgaire. Je parle de ma peau, ce n'est pas une image, il est vraiment question de mon épiderme. »

Pensant déjà au billet que je ne manquerais pas de tirer de cette anecdote, je sussurai : « Vraiment ? Et comment cela, chère madame ? »

Elle posa sa flûte de champagne et joignit délicatement les mains.

« Il y a trois ans déjà (mon Dieu, comme le temps passe...), je décidai soudain de mener une vie plus saine, tant sur le plan spirituel – je redécouvris Dieu que j'avais un peu négligé jusque-là – que sur le plan matériel. J'embauchai un coach, c'était dans l'air du temps. Il vint, il vit, il s'évanouit – ou presque. Tout clochait dans ma routine matinale : mon shampooing et mon gel douche aux senteurs magiques, mes crèmes censées m'apporter la jeunesse éternelle, mon envoûtant parfum, mon maquillage, tout cela était l'abomination de la désolation. »

Elle poussa un soupir à fendre l'âme.

« Le coach me fit la liste : mes parfums de synthèse étaient acides et plus chers que si les ingrédients avaient été authentiques. Tout, absolument tout, contenait de la glycérine. Or la glycérine assoiffe la peau et les cheveux, ce qui oblige à utiliser toujours plus de produit (plus de profit pour les firmes !). La plupart des ingrédients de mes pommades perturbaient mon système endocrinien. Les emballages représentaient 60 % du produit et surchargeaient donc inutilement ma poubelle de déchets. »

Elle secoua la tête, encore indignée par ce scandale, puis reprit : « J'ai alors décidé de tout changer. Je voulais donner le meilleur à ma peau : des huiles végétales couplées à des huiles essentielles pour le visage et le corps, de l'huile essentielle en guise de déodorant, de l'argile pour purifier le tout. Le coach me procura huile d'argan, huile de noyaux d'abricot, huile de pépin de figue de barbarie (*sic*), huile d'amande, eau de rose, eau de fleur d'oranger, *rhassoul* (j'appris ce mot exotique), savon noir, *aker fassi* (*whatever that means*), huiles essentielles de menthe, de Néroli, de thym et tant d'autres, épilation au sucre…

— Au sucre ?

— Absolulu. Et voilà l'étrange fait : sans le chercher, sans y prêter attention, toutes les régions du Maroc finirent par se retrouver dans ma salle de bains ! Tout de même, moi dont les ancêtres ont fait les croisades, voilà que ma peau et mon corps se nourrissent quotidiennement de produits barbaresques. Je m'en porte très bien ! Bravo, le Maroc ! Vous saluerez Bourguiba de ma part.

— Je n'y manquerai pas. »

Elle leva sa flûte de champagne : « Reconnaissance éternelle aux trésors du Maroc, qui sauvent la peau des gens et probablement leur vie, en court-circuitant l'industrie des produits chimiques qui les empoisonnent à petit feu ! »

Après avoir bu, elle soupira, l'air songeur : « Tout de même… Moi qui descends de Saint Louis, j'ai la peau 100 % marocaine ! Qui l'eût cru ? »

[11-4-2018]

Pourquoi Fatima et Brahim ont-ils disparu ?

Quand ma sœur m'a appris l'existence d'un « Salon du livre usagé » à Casablanca, je dois avouer que j'ai éprouvé des sentiments mitigés. D'un côté, je suis tout à fait d'accord pour que les Marocains qui n'ont pas les moyens d'acheter des livres neufs puissent en acquérir à prix réduit (à partir de deux dirhams, semble-t-il). De l'autre, je me demande comment on pourrait encourager les jeunes auteurs si leurs livres ne se vendent pas, chacun préférant se fournir en livres d'occasion. Dilemme…

Mais bon, dans le doute, il faut sans doute approuver l'Association des bouquinistes de Casablanca qui organise cette manifestation avec le soutien du ministère de la Culture. S'il y a bien une association qui mérite qu'on l'encourage, c'est celle-là. Vive les bouquinistes, monsieur !… et les libraires également. La lecture est, de loin, l'activité humaine la plus noble – du moins quand il s'agit de se cultiver ou d'élever son âme, et pas d'ânonner des niaiseries.

Cela dit, voilà ce que m'écrit ma sœur à propos de ce salon : « Je me suis cantonnée à trois stands parce que j'avais déjà acheté plusieurs livres et dépensé ainsi tout l'argent que j'avais sur moi. J'ai acquis pour le plaisir deux manuels *Tous à l'école* de 1953 – “du temps des Français”, comme on dit. Ces manuels, très bien faits, étaient destinés aux élèves du CP et du cours élémentaire des écoles dites “musulmanes”. Les deux premières pages donnaient les directions pédagogiques et puis il y avait des dessins en couleur, des thèmes comme “la ferme”, “le souk”, “la culture des olives”, “le départ pour La Mecque”, “Jeha”, “les feux et le passage clouté” (voilà quelque chose que les adultes d'aujourd'hui devraient méditer)… »

Et elle ajoute : « Ce qui m'a agréablement surprise, c'est que tous les prénoms de ces livres d'apprentissage de la lecture sont marocains : Fatima, Brahim, Bachir, etc., à l'exception d'une histoire où, à côté de Brahim, il y a “son ami Paul, le fils du colon” (*sic* !). »

Et voici le problème : « Je me souviens que dans les livres de lecture des années 70, il y avait René, Rémi, Jean, etc. Quelqu'un peut-il m'expliquer pourquoi Fatima et Brahim, qui accompagnaient les petits “musulmans” dans l'apprentissage de la lecture sous le Protectorat, ont cédé la place à René et Rémi dans le Maroc indépendant ? Fatima et Brahim auraient-ils émigré en France pour être remplacés par des enfants de coopérants (par ailleurs très sympathiques) aux prénoms chrétiens ? Y a-t-il un message dans cette affaire ? Mais lequel ? »

Amie lectrice, ami lecteur, je me suis creusé les méninges pendant une heure pour trouver la réponse – en vain. Si vous la connaissez, envoyez-la au 360.ma.

[18-4-2018]

L'islam en tant que complot

Je me méfie profondément de toutes les théories du complot. Je pense, pour ne prendre qu'un exemple, qu'il faut être un benêt fini pour croire qu'Armstrong n'a jamais posé le pied sur la Lune, que tout cela n'était qu'une mise en scène de la NASA. Et pourtant, la semaine dernière, à Bruxelles, j'ai eu un doute. Pour une fois, je me suis moi-même construit ma propre théorie du complot. Jugez-en.

Dans un petit troquet de la place du Marché-aux-Grains, mon ami Eddy, journaliste de son état, me montra le programme officiel d'un parti belge créé en 2012 et qui s'appelle « Islam » – tout simplement. C'est un tout petit parti, un *hizbicule* comme on dit au Maroc, mais qui n'a pas froid aux yeux puisqu'il exige l'application intégrale de la *chari'a* en Belgique, ainsi que le rétablissement de la peine de mort, la criminalisation de l'avortement, l'interdiction de l'euthanasie, etc. En d'autres termes, il veut défaire tout ce qui a été fait au cours du siècle écoulé en termes de libéralisation des mœurs. Levons une chope de lait fermenté à la santé (mentale) de ceux qui osent tout.

Eddy pointa un index nerveux sur ma petite personne. « Toi qui es marocain, dis-moi : y a-t-il des partis de ce genre chez toi ?

— Mon cher Eddy, notre belle Constitution de 2011 dispose que les partis "ne peuvent être fondés sur une base religieuse, linguistique, ethnique ou régionale". Un parti portant le nom "Islam" est tout simplement inconcevable au Maroc. »

Eddy avala une gorgée de son jus de houblon.

« Mais z-alors ? »

Et c'est là que j'ai eu une illumination. Non, il ne peut pas y avoir de Belge musulman assez stupide pour réclamer l'instauration de la *chari'a.* Qu'il demande la distribution de repas halal dans les cantines, l'autorisation du port du foulard à l'école, l'officialisation de jours de congés confessionnels (Aid el-K'bir, par exemple), pourquoi pas ? On peut ne pas être d'accord, mais ça reste dans les limites du raisonnable. Mais la *chari'a* ? Couper la main du voleur, permettre la polygamie ?

Je ne vois qu'une explication. Cette revendication, qui n'a aucune chance de se réaliser, n'a qu'un seul effet : braquer encore plus les Belges contre l'islam. Ce ridicule *hizbicule*, on dirait qu'il a été imaginé par les ennemis les plus farouches de l'islam. Et si c'était vraiment le cas ? Si ses dirigeants étaient manipulés en sous-main par l'extrême droite ou par les services secrets ? Oui, c'est une théorie du complot, impossible à prouver… mais celle-ci est vraiment crédible.

Le meilleur indice de sa véracité, à mon avis, gît dans ce détail : ledit parti a été créé par des chiites mais il est animé par des Marocains, qui sont sunnites. Les musulmans ne confondent pas sunnites et chiites ; mais aux yeux d'une brute d'extrême droite, tout ça c'est la même *harira*...

[25-4-2018]

Le droit de se convertir

L'autre jour, dans le train Amsterdam-Paris, mon voisin engage la conversation. D'habitude, je fais semblant d'être sourd ou de ne parler que le tagalog, mais l'homme m'a vu converser avec le contrôleur. Je ne peux donc pas prétexter une surdité aussi profonde que soudaine, ni prétendre que je suis devenu monolingue (en tagalog) à la suite d'un cahot soudain du train.

Donc l'homme, qui vient de lire son horoscope, me prend à témoin d'un scandale auquel personne, même pas toi, lecteur, mon semblable, mon frère, n'avait pensé : pourquoi n'a-t-on pas le droit de changer de signe astrologique ?

Le train traverse les champs de tulipes et ma mâchoire choit d'étonnement. Pardon ?

Le fada explique posément. Chacun a le droit de changer de religion, de nom, de nationalité, alors pourquoi pas de signe astrologique ? Est-ce qu'on est obligé, dans un monde en mouvement, de rester Verseau à vie ? La Vierge éternelle, ce n'est plus de notre temps, non ?

Là, je me révolte un peu, il y a des limites à l'insanité ferroviaire : « Mais enfin, ce n'est pas la même chose ! Vous êtes né un jour donné, vous êtes donc Lion ou Taureau et c'est ainsi, vous n'y pouvez rien ! »

Le dingo me regarde en plissant les yeux et en éloignant légèrement son visage, comme si c'était moi qu'il s'agissait d'interner d'urgence.

« Ah ouais ? Et les types qui naissent hommes et qui, très légalement, deviennent femmes à trente ans, n'est-ce pas encore plus bizarre que de changer de signe astrologique ? Et pourtant, on voit ça tous les jours. »

Ce qui est décourageant, dans la bêtise humaine, c'est que ses raisonnements sont parfois irréfutables… Je baisse la tête et me tais. Et notre homme d'enfoncer le clou : « Je suis né Gémeaux mais je me sens plutôt Verseau. Je rêve d'un tribunal qui écouterait mes arguments, qui ferait défiler mes amis – lesquels attesteraient que j'ai tout d'un Verseau – et qui trancherait : Tartempion (c'est moi) est Verseau ! »

Excédé, je ne peux m'empêcher de sortir de mon silence.

« Mais enfin, monsieur, quel est l'intérêt d'une telle procédure ? Tout le monde s'en fout, que vous soyez Verseau ou Gémeaux ou Licorne barbue ! »

Il me regarde, étonné.

« Vous, peut-être. Mais rester Gémeaux peut me porter préjudice dans le monde professionnel : les voyantes font votre thème astral pour le compte du PDG et c'est plus important que le CV. »

Et ce fut là, sur cette dernière remarque, que je me rendis compte que ce que disait cet étrange voyageur n'était pas dépourvu de bon sens. Dans un monde absurde, c'est le fou qui tire son épingle du jeu. Moi qui suis Lion, je me demande si je ne devrais pas me convertir et me faire Poissons ou Capricorne…

[2-5-2018]

Le français au risque du football

C'est un collègue atterré, sociologue de son état, qui m'a appris ce fait consternant : il y a trois générations, quand on demandait aux lycéens quels métiers ils admiraient le plus, le professeur et le médecin se disputaient la première place. Aujourd'hui le professeur a disparu du classement, le médecin s'accroche comme il peut et c'est le footballeur (un type qui tape dans un ballon) et le DJ (un type qui met des disques) qu'on trouve aux premiers rangs. C'est la fin de la civilisation, pas moins. Le premier signe de cet effondrement est la détérioration du langage par la jactance des footeux, ces héros de notre temps. Voici quelques exemples – on se limitera au français, qui fut la langue de Voltaire et de Hugo et qui devient aujourd'hui l'idiome du commentateur sportif, appelons-le « mon cher Jean-Pierre ».

« Qu'avez-vous pensé de la prestation de Gustavo, mon cher Jean-Pierre ?

— Il a été *monstrueux*. »

N'allez pas compulser votre manuel de tératologie, chers lecteurs. Gustavo a livré un bon match, voilà tout. Il y a une variante : « Tartempion a été *énorme.* » Il s'est dilaté en plein match ? Non, il a bien joué. « Tartempion a été absolument énorme sur ce coup » signifie : Tartempion, le gardien de but, a arrêté la balle – ce qu'il est d'ailleurs payé pour faire. Au total, « il a fait un *gros* match ». Depuis quand « gros » est-il synonyme de « bon » ?

Le commentateur sportif, tout à son entreprise d'annihilation de la langue française, a décidé que les verbes étaient tous transitifs. Pourquoi se compliquer la vie ? C'est ainsi que Moncherjeanpierre annonce que le PSG va « jouer » le Real. Un instant de flottement… S'agirait-il d'une troupe de théâtre montant une pièce intitulée *Le Real* ? Que non : les uns vont jouer *contre* les autres. Dans une vie précédente, ledit Jean-Pierre commentait le Tour de France et disait d'un cycliste particulièrement rapide : « Vandebou est très *vite* aujourd'hui. »

Un adverbe pour un adjectif, un mot pour un autre, la chienlit croît silencieusement. Notons par ailleurs que si le PSG « joue le Real », c'est parce qu'il s'est qualifié aux dépens de Trifouilly. Comment ? En étant plus « réaliste ». Avant de déterrer vos manuels de philo pour réviser le grand thème du réalisme (Aristote, Marx…) contre l'idéalisme (Platon, Hegel…), sachez que pour un commentateur sportif, vous êtes plus réaliste que votre adversaire si vous marquez plus de buts que lui, *et c'est tout.* Rabougrissement implacable de la pensée…

Autre scandale, le désormais inévitable et horripilant usage erroné du verbe « supporter ». Rappelons qu'il signifie « tolérer quelqu'un » ou « servir de support à quelque chose ». Pas pour le footeux qui lui a donné un autre sens, comme ça, sans crier gare. D'où ce genre de phrases absurdes, mais hélas véridiques car lues vraiment, d'un œil désolé, par votre serviteur : « Le pape François supporte le FC Barcelone. » Première image qui vient à l'esprit : les joueurs catalans ont l'habitude de faire la bamboula sous les fenêtres du souverain pontife, mais ce dernier supporte l'affront (et le bruit) car tout empli de charité chrétienne. Puis je finis par comprendre : l'ami Bergoglio est un « supporter » du FC Barcelone, notamment parce qu'y joue Messi – à une lettre près, c'est le Messie – qui revient tous les dimanches enchanter par ses dribbles et ses coups francs bottés avec grâce.

Autre calamité : la métaphore ou l'image usée jusqu'à la corde. Dès qu'un joueur revient d'une longue absence, il lui faut « retrouver ses sensations », ce qui veut dire : savoir de nouveau toucher un ballon. Pour ce faire, il doit « mouiller le maillot ». Qu'ès aco ? Il doit se faire pipi dessus ? Que non, que non. Il s'agit de s'entraîner dur, voilà tout.

Vous me dites : « Tu t'énerves pour rien. » Pas d'accord. Un pays où l'on respecte plus le botteur de ballon (et celui qui commente ses exploits) que le professeur est un pays en danger. Quand une langue s'appauvrit, c'est l'intelligence de tous ses locuteurs qui s'amoindrit. Aujourd'hui, c'est pour la sauvegarde de la langue française que nous devons mouiller le maillot…

[6-5-2018]

La Barbade menace Washington

On apprend avec intérêt que le gouvernement des îles Fidji a décidé d'interdire à la France de mettre en œuvre sa loi de programmation militaire 2019-2025. L'amiral Ratu Josaia Voreqe Bainimarama, plus connu sous le nom de Frank Bainimarama et qui s'y connaît forcément en affaires militaires, estime que la France ne doit pas porter ses dépenses à 2 % du PIB, comme elle en a l'intention, mais rester plutôt aux environs de 1 %.

« Cela suffit largement », a décrété l'ami Ratu lors d'une récente conférence de presse tenue en sa capitale de Suva.

D'autre part, il n'est pas question de laisser Paris moderniser ses Rafale. Ceux qui volent aujourd'hui peuvent « tenir le coup », selon la mâle expression de l'amiral, jusqu'aux fameuses calendes grecques, qu'Athènes a fixées au 1er janvier 2070.

De son côté, le Botswana vient d'émettre un mandat d'arrêt visant le ministre des Affaires étrangères du Royaume-Uni, Boris Johnson. Contrairement aux premières informations émanant de

Gaborone, il ne s'agit pas d'un délit de sale gueule (voir photo) mais du rôle trouble joué par l'hirsute Johnson dans le référendum qui a mené au Brexit. Les Botswanais estiment que dans cette affaire ledit Boris (étrange prénom pour un sujet de Sa Gracieuse Majesté, *by the way* – serait-il une taupe de l'ex-KGB ?)… que ledit Boris, donc, n'est pas blanc-bleu. Rose peut-être, un peu rougeaud par temps chaud, mais pas blanc-bleu.

Les événements se précipitent. L'organisation Amnésie internationale, qui a son siège à Sidi Bennour, dans le Doukkala marocain, a annoncé hier avoir envoyé des observateurs dans tous les pays d'Europe, ainsi qu'au Japon et chez les Yankees, pour y surveiller les élections locales. Il est notoire qu'on ne peut devenir maire ou conseiller municipal à Kasugai, Aranjuez ou Corpus Christi (Texas) sans distribuer des bonbons dans les crèches ou flatter la croupe de femelles environnantes.

« Ce scandale doit cesser ! » a tonné Abdelmoula Boudou, *rais* général d'Amnésie internationale.

Et de se plaindre que certains de ses militants sont refoulés aux frontières européennes ou nippones sous le prétexte vulgaire, et manifestement controuvé, qu'ils ne disposent pas de visa valable. La rouerie et le cynisme de ces pays ne connaissent pas de limites.

On apprend enfin, à l'issue de cette semaine ébouriffante, que le Premier ministre de la Barbade, l'honorable Freundel Stuart, a mis son armée en état d'alerte. Les trois hommes ont reçu l'ordre de ne pas se séparer de leur tromblon. Dans la foulée, *mister*

Stuart a lancé un ultimatum aux États-Unis d'Amérique : soit leur tweetteur en chef Balourd Trump abandonne son projet de mur anti-Mexicains, soit l'armée barbadienne interviendra. Non mais !

Je vais vous faire un aveu, amis lecteurs trop crédules : tout ce qui précède est faux. Je l'ai inventé. Mille excuses…

Comment ? Vous n'y avez pas cru un seul instant ? Vous me dites que c'est grotesque, ridicule, invraisemblable ?

D'accord.

Et pourtant nous admettons sans ciller que Macron interdise à l'Iran d'avoir un programme nucléaire, que la CPI émette des mandats d'arrêt visant des métèques mais jamais un Netanyahou ou un George Bush, et que des armées européennes, sous la conduite des Américains, se trouvent en Syrie sans l'autorisation du gouvernement légal de ce pays. Tout cela nous semble « normal ».

Pourquoi ?

[20-5-2018]

Le ramadan, jadis et ailleurs

Allez les gars, faisons un peu d'anthropologie diachronique… et comparée. Cela nous fera passer le temps. Puisque nous venons d'entrer en ramadan, il est peut-être amusant et instructif d'examiner la question sur la durée. Comment ça se passait il y a un siècle ?

Nous disposons, entre autres, du témoignage de Jeanne Puech (1861-1940) qui était mariée à un médecin égyptien. Elle observa pendant près de quarante ans les compatriotes de son mari. Et voilà ce qu'elle dit à propos du ramadan (nous sommes en 1906) :

« La cigarette même, cette volupté indispensable à l'existence des Orientaux des deux sexes, est formellement interdite. » Tiens, les femmes fumaient en Égypte, au début du siècle dernier ?

« Les mahométans, très rigoristes, vont jusqu'à proscrire les parfums des mets, l'odorat pouvant être considéré comme une des satisfactions préliminaires du repas. J'ai vu des femmes s'interdire la visite des cuisines où se préparait l'*iftar.* » Vous y croyez, vous ? Et chez nous, ça se fait ? Si ce n'est pas le cas, chut ! ne donnons pas d'idées à ceux qui veulent toujours être plus pieux que les autres…

« Le mois sacré ramène les coutumes ancestrales, et tel indigène qui fera volontiers son ordinaire de vin de Champagne s'abstiendra de boisson fermentée durant tout le temps du ramadan. » Hé hé… Sans commentaire.

« Mais que l'on ne croie pas que le mois de ramadan soit un mois de pénitence. Il n'est véritablement triste que pour le fellah. Le repas de quatre heures du matin, qui permet aux riches de jeûner sans peine jusqu'au soir suivant, le fellah préfère ne pas l'attendre. Pour son être harassé, le sommeil vaut toutes les nourritures. » Quelqu'un peut-il nous renseigner sur ce point ? Il n'y a pas de *s'hour* dans nos campagnes ?

Les villes, en tout cas, ressemblent aux nôtres, malgré la distance dans le temps et dans l'espace. « Les boutiques s'ouvrent tard et ferment tôt. Presque partout, la sieste est autorisée. Dans les grandes administrations et les ministères, le ramadan supprime presque toutes fonctions. C'est la douce paresse admise en haut lieu et dont on profite béatement. » Sommes-nous égyptiens, sur ce point ? Dites-moi.

« Dans les familles aisées, le mois de jeûne se transforme en une époque de réjouissances […]. Les riches se lèvent sur le coup de midi, font traîner leur toilette le plus longtemps possible, bain, massage, épilage, etc., puis, de nouveau, un repos d'une ou deux heures sur les nombreux divans qui encombrent chaque pièce. Une promenade, quelques affaires, et l'heure de l'*iftar* a déjà sonné. »

« Les femmes plus encore que les hommes ont le culte du ramadan. Dès le premier coup de canon elles sont prêtes. Vêtues de robes éclatantes, elles attendent, dans leurs demeures parées comme aux jours de fête, les amies qui arrivent par groupes. Tout le logis est illuminé. À chaque instant circulent des plateaux de friandises, gâteaux aux amandes, nougats, dragées, pistaches, fruits secs de toutes sortes, verres de sirop et tasses de moka. » Mmmm. C'est censé être un mois de méditation, de retour sur soi…

Et puis le mois passe, et c'est bientôt l'Aid. « Aux jours de fête, en Égypte, au Maroc, en Tunisie, il y a du bonheur dans tous les yeux et des sourires sur toutes les lèvres. Car c'est là le beau côté de cette religion et de ces pays où il semble que le soleil en brûlant les fronts réchauffe les cœurs. La fête est générale et le peuple, si misérable soit-il, a sa part de toutes les joies. » Mmm. C'est une belle conclusion. Mais est-elle encore d'actualité ?

[23-5-2018]

Convertis et pseudo-convertis

Est-il besoin de commencer par préciser que je suis favorable à toutes les conversions, dans tous les sens, ici et ailleurs, pourvu qu'elles soient le résultat d'une démarche personnelle, paisible et mûrement réfléchie ? La liberté de conscience, c'est cela. Chaque individu a le droit de croire ce qu'il veut, ou de ne croire en rien. Qui sommes-nous pour le lui interdire ? Et d'abord, peut-on interdire à quelqu'un de penser, de croire, de rêver ?

Pour ce qui est des conversions à l'islam, puisque c'est celles-là qui agitent le monde en ce moment, en voici quelques cas hautement respectables :

Vincent Monteil (1913-2005), saint-cyrien, arabisant, « orientaliste » (dans le bon sens du terme), participa à la campagne de Tunisie avec les goums marocains en 1943. En 1945, il regagna le Maroc au terme d'une longue convalescence. Cet humaniste était lié par une profonde amitié à Louis Massignon (sans aucun doute le meilleur connaisseur de la mystique musulmane). Bref, lorsqu'il se convertit à l'islam, à l'âge de soixante-quatre ans, Monteil connaissait son sujet mieux que quiconque. On peut donc parler de vraie conversion.

C'est également le cas d'Eva de Vitray (1909-1999). Cette dame d'une haute spiritualité fut docteur en islamologie et chercheuse au CNRS. Elle a publié une bonne quarantaine d'ouvrages. Elle fut aussi une disciple attentive du maître soufi marocain Sidi Hamza al-Qâdiri al-Boutchichi (qu'elle rencontra par l'intermédiaire de l'ami Faouzi Skali). Eva de Vitray était née dans une famille catholique. Elle aussi était une amie de Louis Massignon. Elle découvrit l'islam en lisant le livre d'Iqbal intitulé *Reconstruire la pensée religieuse de l'islam*, mais ce fut surtout sa découverte du soufisme à travers le grand mystique musulman Jalâl ad-Dîn Rûmî qui provoqua sa conversion. De 1969 à 1973, elle fut détachée au Caire en tant qu'enseignante à Al-Azhar. Elle est enterrée à Konya, face au mausolée de Rûmî. Elle écrivit un jour : « J'ai essayé de faire connaître ce que je crois être le vrai visage de l'islam. Les principes de l'islam font appel à l'amour, à la tendresse et à l'universalisme. »

On pourrait continuer longtemps, évoquer Maurice Béjart, converti à l'islam en 1973 après une longue réflexion (même s'il déclara un jour : « Le verbe se convertir ne me convient pas ») ; Michel Chodkiewicz (né en 1929), philosophe, grand connaisseur du soufisme et qui dirigea les éditions du Seuil à Paris pendant plusieurs années. À l'École des hautes études en sciences sociales, il anima des séminaires sur la pensée d'Ibn Arabî. (Sa fille Claude Addas poursuit avec brio ses recherches sur le grand soufi andalou.) La conversion à l'islam de Chodkiewicz fut l'aboutissement d'une recherche personnelle, intense, nourrie de lectures et de réflexions.

Et puis… et puis, il y a les autres.

Il y a les pseudo-convertis, genre gamine bretonne ou flamande, d'intelligence médiocre, presque illettrée, soi-disant « convertie » pour les beaux yeux d'un Rachid ou d'un Kamel, et qui va se faire exploser quelque part – « se faire exploser quelque part » étant, comme chacun sait, un des piliers de l'islam, entre le jeûne et l'aumône.

Il y a des Kevin qui veulent emm… er au maximum leurs parents – et quoi de plus effrayant que de mettre un *kamis* (comme Oscar le fantôme), se laisser pousser une barbe jaune sale et venir éructer dans le salon familial, à Trifouilly-les-Oies : « Ho, les vieux, chuis devenu musulman ! »

Il y a ce repris de justice, l'air niais et la vue basse, qui assassine au hasard des gens dans les rues de Liège en braillant *Allahou akbar !* Il paraît qu'il se serait « converti » en quinze jours… Quinze jours ! Si on disait aux commentateurs qui hantent les plateaux de radio et de télé qu'un adolescent avait grandi de 30 cm en quinze jours, ils hausseraient les épaules : « Impossible ! » Mais « se convertir » en deux semaines, là, ils ne voient pas l'impossibilité.

Bref, il s'agit d'une opération de salubrité publique : distinguons désormais clairement les vrais convertis du genre Monteil ou Eva de Vitray, dont l'acte spirituel fut longuement mûri et précédé d'une étude rigoureuse des religions, et les pseudo-convertis cocotte-minute qui polluent le débat.

Soyons tous vigilants et « réactifs », comme on dit. Quand on nous dira : « Cet attentat a été commis par un converti... », coupons immédiatement la parole au Finkielkraut de service : « Non, monsieur, ce n'est pas un converti. C'est un pseudo-converti. Autrement dit, ce n'est pas un converti mais un c... – tout court. »

[30-5-2018]

Trois anecdotes ramadanesques

C'est une collègue française, K. S., qui m'a raconté cette anecdote. Elle se trouvait la semaine dernière à Hébron, en Palestine, dans le cadre de son travail de recherche. Alors qu'elle faisait des courses dans un petit magasin, une femme s'approcha d'elle et la pinça légèrement ; puis s'en alla, sans dire un mot. K. n'y aurait pas prêté attention si elle n'avait pas été victime, la veille, du même étrange comportement : une autre femme l'avait discrètement pincée. Elle s'en ouvrit à un de ses amis, un anthropologue palestinien, qui éclata de rire : « Elles veulent vérifier si tu fais le ramadan. Si c'est le cas, ta peau doit être un peu dure, pas élastique, quoi. C'est du moins ce qu'elles pensent. »

K., interloquée, demanda : « Qu'est-ce que ça peut leur faire ? Je ne suis pas d'ici, je suis française.

— Elles ne le savent pas. Tu as les cheveux noirs, tu parles arabe… Et puis, tu as l'air trop "réveillé". Ça les intrigue. »

Autre anecdote : hier, je me suis retrouvé dans un Uber, à Paris, option *pool* – des gens qui ne se connaissent pas partagent la course. Le chauffeur, d'évidence un Français d'origine maghrébine, conduisait de façon assez baroque. De temps en temps, il passait la tête par la portière (la vitre baissée, bien sûr) et conduisait ainsi. On aurait dit qu'un décapité de frais avait pris le volant. D'accord, il était minuit passé et les rues étaient vides, mais quand même. Et justement, parce que les rues étaient vides, il roulait à tombeau ouvert – ce qui était assez logique, pour un homme sans tête. Comme je fus le dernier à descendre, nous nous trouvâmes seuls pendant quelques minutes. J'en profitai pour lui demander pourquoi il conduisait de cette étrange façon.

« T'as pas senti, mon frère ? La meuf à côté, sur le siège avant ? Je crois qu'elle avait bu, ma parole ! Et c'est ramadan ! Tu crois que mon jeûne n'est plus valable ? C'est pourquoi j'avais la tête dehors, pour ne pas respirer l'alcool. Et en plus, elle était court vêtue. Tfou ! J'aurais dû refuser la course.

— Vous en avez le droit ?

— C'est ma voiture, non ? »

Troisième anecdote (qui se passe en Algérie) : une jeune fille voilée fait son footing une heure avant la rupture du jeûne. Un homme l'aborde, l'insulte puis la frappe, carrément. Pourquoi ? Parce que le butor estime que c'est *haram*, pour une femme, de courir pendant la journée. Nous avons tous vu la vidéo : la jeune femme est très touchante dans son désarroi compréhensible.

Maintenant, qu'est-ce que ces trois histoires ont en commun ? Un finkielkraut ou un ericzemmour, ces deux variétés de haine islamophobe, en tireraient la conclusion que l'islam est un problème que le ramadan exacerbe. Nous pourrions en tirer une autre conclusion : dans ces trois anecdotes, quelqu'un n'a pas compris la règle numéro un du ramadan : on le fait pour soi, pas pour les autres. Le vrai croyant s'occupe de lui-même, pas des autres. Fichons-nous les uns les autres la paix !

[6-6-2018]

Méfions-nous de l'article « les » !

J'ai appris la semaine dernière qu'en tant que Marocain j'étais en bisbille avec nos lointains cousins d'Arabie saoudite. Ce fut aussi soudain que violent. La raison de cette discorde est bien connue : le patron saoudien du foot, un gus dont j'ai la flemme d'aller chercher le nom sur le Net, appelons-le Abdelmoula Ibn Saoud, avait annoncé *urbi et orbi* qu'il allait voter pour les States, donc contre notre beau Maroc, lors de la désignation du pays qui aura l'honneur et l'avantage de se ruiner à organiser la Coupe du monde 2026. Pire, ledit Abdelmoula… attendez, je me rappelle son nom : Turki Ibn Kek-chose… donc Turki non seulement soutenait l'empire de Balourd Trump mais il mena, paraît-il, une campagne active pour lui.

OK, ledit Turki mérite une bonne fessée. Mais depuis quand « un » Saoudien devient-il « les » Saoudiens ?

Le royaume saoudien compte quelque chose comme 35 millions de sujets (sans compter les sujets de mécontentement). Admettons que Turki ne soit pas une aberration, qu'il y ait d'autres ballots dans son genre à Ryad et dans les environs. Admettons même qu'il jouisse au plus haut niveau de soutien ou au moins d'une approbation tacite. Cela fait combien d'andouilles (halal) au total ? Une dizaine ? Une trentaine ? Cent ? Dans tous les cas, nous parlons de 0,0035 % de la population.

Depuis quand 0,0035 % de la population deviennent-ils les Saoudiens ?

Si 0,0035 % de la population marocaine, pour des raisons qui les regardent, se mettent à insulter les Albanais, cela signifie-t-il que les Marocains détestent l'Albanie ? Il faudrait d'abord pouvoir la trouver sur la mappemonde.

Grammaticalement, logiquement, tout ce qu'on peut déduire des viles actions de Turki Al-Sheikh (ça y est, son nom m'est revenu), de ses comparses, de ceux qui le soutiennent, c'est que « des » Saoudiens nous ont fait une mauvaise manière. Est-ce une raison pour tous les mettre dans le même sac ? Même s'il ne se trouvait qu'un seul membre de la maison Saoud à préférer l'Empire chérifien à l'Empire du hot-dog, nous n'aurions pas le droit d'utiliser l'article « les ». Il faudrait utiliser le partitif « des ».

Cela fait plusieurs années que cette question de grammaire m'irrite. J'ai envie de hurler quand je lis : « Les internautes choqués (ou ravis) par le dernier clip de Shakira / la déclaration de Tartempion / le pot d'échappement de la Jaguar XJ12… » Les internautes ? Ils sont des milliards ! La plupart n'ont aucune notion du clip de Shakira ou de ce que Tartempion a dit. L'affaire Turki Truc me donne l'occasion d'exprimer enfin cette irritation.

Cessons, une bonne fois pour toutes, d'utiliser cet article si trompeur.

Cela nous évitera de nous brouiller périodiquement avec des peuples entiers, faits de millions d'individus qui méritent chacun qu'on l'entende, qu'on le connaisse dans toute sa complexité et qu'on le respecte. Nous avons de vrais ennemis, ils sont même tapis tout près de nous et ne perdent aucune occasion de nous mettre des bâtons dans les roues. Avons-nous besoin de nous créer des ennemis imaginaires pour une simple faute de français ?

[20-6-2018]

Pitié pour les Arabes !

Dans le *Timée* de Platon, Socrate demande à plusieurs interlocuteurs de lui décrire la cité et les citoyens de la cité vertueuse. Il en profite pour critiquer les sophistes, trop *nomades* pour comprendre quoi que ce soit à cette histoire de cité.

Vous vous demandez peut-être pourquoi je commence ce billet par un déferlement de cuistrerie. Je vous prie de m'en excuser car j'ai une bonne raison.

Je me trouvais l'autre jour dans la belle bibliothèque municipale de la ville d'Amsterdam, l'OBA, pour un débat avec un écrivain algérien célèbre avec qui j'ai des relations amicales. Il a un vrai talent d'écriture et de fortes convictions. Pourtant, cette soirée m'a laissé des sentiments mitigés.

Au cours de la discussion, notre ami (appelons-le X) se montra d'une grande agressivité envers *les* Arabes – en général. J'ai déjà eu l'occasion d'écrire, dans ces colonnes, que l'emploi de l'article « les » est toujours problématique. Cet article généralise, il essentialise, il trompe. Mais X n'avait cure de tout cela : ce n'était qu'assertions insultantes et méprisantes, en gros et en détail, sur « les Arabes ». Le public, étonné, semblait se demander ce qui justifiait une telle haine. Même un Geert Wilders n'allait pas jusque-là. Alors pourquoi X, qui habite dans un pays dit « arabe » et dont la langue officielle est l'arabe, éprouvait-il le besoin de se livrer à une telle exhibition ? Qu'il se définisse comme kabyle, d'accord, il en a bien le droit, mais cela implique-t-il nécessairement une détestation de l'Autre ?

Lorsque ce fut mon tour de prendre la parole, je fis remarquer à X qu'il y avait une erreur fâcheuse dans le livre qu'il venait de publier et dont il faisait la promotion ce soir-là. En effet, il était farci de citations d'Ibn Khaldoun qui semblait dire le plus grand mal des Arabes. « Ils ne savent pas gérer un État », « ils ont des mœurs frustes », etc. Or Ibn Khaldoun utilisait le mot « Arabes » dans le sens de « nomades ». Il ne s'agissait pas d'Arabes en tant qu'ethnie mais en tant que mode de vie de certains d'entre eux. C'est là qu'on retrouve le *Timée* de Platon que je cite plus haut. Ibn Khaldoun, qui connaissait très bien la pensée des Grecs antiques, ne faisait que paraphraser Socrate et les autres : les nomades ne sont pas, par définition, adaptés à la vie en cité. Les nomades ont des problèmes avec la civilisation parce que celle-ci, étymologiquement, désigne la vie urbaine (*civitas*). D'ailleurs, si on y réfléchit un instant, comment Ibn Khaldoun aurait-il pu dénigrer les Arabes en tant que peuple, en tant qu'ethnie, alors qu'il se glorifiait lui-même d'être d'ascendance yéménite arabe ?

Je croyais avoir rectifié quelque chose d'important, que X allait en prendre acte et que la soirée allait prendre une autre tournure.

Eh bien, pas du tout. Il persista dans son attitude, fit une plaisanterie déplacée sur « les rats des villes et les rats des champs » et se fâcha tout net quand je lui dis que son discours anti-Arabes aurait pu être tenu par un Netanyahou pour refuser tout accord avec les Palestiniens.

Finalement, cette soirée m'a laissé une impression désagréable. Que Le Pen ou Wilders tiennent un discours raciste, ça peut encore se concevoir, mais des intellectuels, nos amis, nos voisins ?

[27-6-2018]

La nouvelle arme anti-métèques

La scène de cinéma la plus authentiquement raciste que je connaisse ne contenait aucune injure, aucune moquerie déplacée, aucun défilé du Ku Klux Klan avec cagoules blanches et torches enflammées. Mieux : elle n'était sans doute pas raciste dans l'esprit du scénariste, du réalisateur et de l'acteur principal. Ils auraient été bien étonnés si on le leur avait démontré.

Cela se passait dans un *Indiana Jones*, je ne me souviens plus duquel. Le héros éponyme, interprété par Harrison Ford, se trouve dans un souk, quelque part dans le vaste monde arabo-islamique qui ne forme qu'un seul ensemble indifférencié pour Hollywood. Soudain surgit un escogriffe armé d'un grand sabre, qui improvise une sorte de danse menaçante. Les jours d'Indiana Jones sont comptés.

Mais ce dernier ne semble pas inquiet. Après avoir considéré d'un air las et méprisant les gesticulations du rastaquouère, Indiana Jones l'abat d'un seul coup de pistolet. Puis il passe à autre chose. Si cette scène est profondément raciste, c'est parce qu'elle déshumanise l'adversaire de l'homme blanc. Il est réduit à sa danse ridicule et à son sabre inutile, il est tué en une seconde et on l'oublie aussitôt. Ni fleurs ni couronnes.

Et surtout, le « héros » ne semble avoir aucun scrupule à utiliser une arme moderne – son pistolet – contre un vieux sabre. Et c'est là où je voulais en venir : pour ceux qui ont conçu ce film, il est tout à fait normal que la technique serve à tuer le bougnoule. Elle a même été conçue pour cela. Hollywood, qui se targue d'être moral dans toutes sortes de questions qui n'intéressent que l'Amérique, est profondément immoral dès qu'il franchit la frontière.

Et maintenant, parlons football. La grande innovation de la Coupe du monde qui se déroule en ce moment en Russie est la VAR – l'assistance vidéo de l'arbitrage. C'est la nouvelle « arme » technique. On allait voir ce qu'on allait voir.

Eh bien, on a vu. Comme c'est le cas depuis des siècles, la technique sert d'abord à tuer le métèque. C'en est caricatural. Cette VAR n'a été utilisée qu'à l'avantage des pays européens. Jamais elle n'a été utilisée à l'avantage des Tunisiens, des Sénégalais ou des Marocains. Le match Maroc-Espagne a constitué un exemple tellement flagrant qu'il faudra l'utiliser dans les cours de postcolonialisme. Gerard Piqué contrôle la balle de la main dans sa surface de réparation : c'est un penalty évident. Cinq joueurs marocains qui l'entourent lèvent aussitôt le bras pour le signaler – ils n'ont quand même pas eu le temps de se concerter ? D'ailleurs, tout le stade hurle et le défenseur espagnol lui-même a l'air coupable, comme le chat qui vient de faire pipi sur la moquette. Que fait l'arbitre ? Rien. La VAR n'existe pas.

En revanche, quand un Espagnol marque à la dernière seconde mais que l'arbitre de touche signale qu'il est hors jeu, l'arbitre de champ découvre soudain la VAR, montre sur l'écran l'orteil (je n'exagère pas) d'un joueur marocain qui semble dédouaner l'attaquant espagnol – et il décide de valider le but. Il méritera bien le surnom de *matamoros* – « tueur de Maures ».

Bon d'accord, il n'y a pas eu mort d'homme. Mais trente millions de Marocains avaient la mort dans l'âme, ce soir-là. Leur belle équipe avait battu à la régulière les champions du monde. Et puis Indiana Jones est arrivé avec son pistolet…

[1-7-2018]

Avant de me traiter de barbare…

C'était à El Jadida, dans mon enfance. Un type bavardait avec mon oncle à la terrasse d'un café aujourd'hui disparu, en face de Deauville Plage, un endroit chic dont il ne reste que le souvenir devant l'hermétiquement fermé hôtel des Doukkala… (Décidément, cette chronique tourne à la nécrologie. On dirait que tout a disparu. Et encore, je ne parle pas de l'hôtel Marhaba qui se trouvait à proximité et qui était tellement réputé dans les années 70 que l'épouse de Jacques Chaban-Delmas, l'ancien Premier ministre français, venait parfois s'y reposer et jouir de son somptueux jardin – somptueux, mais aujourd'hui tout aussi défunt que le reste. Pourquoi tous ces hauts lieux du tourisme j'didi ont-ils disparu ?)

Mais je m'égare. Donc, mon oncle, le type (un écrivain espagnol, si je me souviens bien) et moi, haut comme trois pommes, ou plutôt comme trois tomes, la lecture étant alors ma seule passion. Les deux hommes devisent paisiblement.

C'est alors que passe devant nous une carriole qui emporte des pastèques vers le marché. Le Doukkali qui la mène (la carriole), et qui estime sans doute que tout cela ne va pas assez vite, se met soudain à taper violemment sur le petit âne qui la tire (la carriole). Puis il enfonce carrément le bout de son bâton dans une petite plaie au flanc du petit animal pour l'éperonner. C'en est trop pour l'hidalgo qui bondit de son siège et va agiter le poing devant le visage ébahi du paysan en lui hurlant d'arrêter son manège. Puis il revient s'asseoir en s'excusant : « Désolé, je n'ai pu me retenir… Mais vous comprenez, une telle barbarie… »

Une ombre passe sur le visage de mon oncle. L'autre, sentant qu'il a prononcé une parole malheureuse (c'est très connoté, « barbarie »…) essaie de la rattraper : « Vous autres Marocains qui avez une culture si riche, si raffinée, comment pouvez-vous tolérer qu'on torture ainsi de pauvres bêtes sans défense ? »

Je ne me souviens plus de ce que mon oncle avait répondu. Peut-être avait-il affirmé qu'à titre personnel, il n'avait jamais fait de mal à une mouche. Quant à moi, dont le meilleur ami était un chat, inutile de préciser que le sort du petit âne et de ses congénères me fendait le cœur.

Mais décidément, ce mot ne passait pas : « barbarie ».

Quelques décennies plus tard, hier en fait, me voici dans une ville ensoleillée du sud-ouest de la France. Sur la place du marché, un couple sympathique, genre baba-cool mais sans la fumette ni les tatouages, me tend une brochure. On y lit les détails de ce que subit un taureau lors d'une corrida. La pique, d'abord : monté sur un cheval protégé par un caparaçon, le picador enfonce ladite pique pour blesser, parfois très profondément, le taureau. Puis ce sont les banderilles, six au total, qu'on plante deux par deux dans le dos de l'animal. Chacun de ses mouvements le fera désormais souffrir et saigner abondamment. Enfin, c'est la mise à mort. Le *matador* (littéralement : « le tueur ») s'amuse à épuiser le taureau avec sa *muleta* puis il lui transperce la cage thoracique avec une, deux ou trois épées. Et si la mort ne vient pas assez vite, il l'achève avec un *verdugo* planté dans la nuque. C'est un massacre qui clôt une séance sanglante de torture.

Bouleversé, je signe l'appel à l'abolition de la corrida que me tendent les deux activistes – ils méritent leur place au paradis des créatures du Père éternel. Et je m'éloigne les larmes aux yeux.

Et soudain me revient en mémoire la saynète que j'ai relatée en ouverture de ce billet.

Montaigne disait : « Chacun appelle barbare ce qui n'est pas conforme à ses usages » (*Essais*, livre I, chapitre 31). Il faudrait peut-être y réfléchir et être moins prompt à la condamnation. En tout cas, je dénie désormais à quiconque, Languedocien, Basque ou Castillan, le droit de me regarder de haut tant qu'il n'aura pas signé un appel à l'abolition de la corrida.

Je veux bien être traité de barbare – mais pas par pire barbare que moi…

[18-7-2018]

La leçon anglaise

Dans ce petit café de Russell Square, à Londres, mon ami Jimmy ne décolère pas.

« *Bloody* Brexit ! Cela fait maintenant deux ans que ce feuilleton dure. Tu sais combien il a fallu de séminaires gouvernementaux à Theresa May pour arriver à une position claire ? Plus de soixante ! Et pour quel résultat ? Nous voulons maintenant un Brexit doux, c'est-à-dire que dans les faits on resterait dans l'Union mais sans droit de vote. Bravo !

— Cher Jimmy, c'est le choix du peuple. Et toi, en tant que démocrate… »

Mon ancien collègue de Cambridge m'interrompt avec véhémence : « Mais je ne suis plus du tout démocrate ! Si la démocratie consiste à donner le pouvoir à Ma'âme Michu la concierge, je préfère de loin avoir un despote éclairé.

— Tu exagères, *old boy*.

— À peine, *my friend*, à peine… Regarde ce sondage (il me montre un journal plié en deux qui gît sur la table) : la plupart des Anglais qui ont voté pour le Brexit l'ont fait par détestation des étrangers.

Et juste à côté du sondage, *look*, il y a une sorte de palmarès des étrangers que Ma'âme Michu n'aime pas : les Pakistanais rôdent en tête, suivis de près par les Nigérians. Or ni les uns ni les autres ne sont concernés par le Brexit ! Mieux : si les Européens ne peuvent plus venir travailler ici, ce sont autant de jobs qui iront tôt ou tard à des non-Européens puisqu'on trouve davantage de Soudanais que de Belges cachés sous les camions qui débarquent à Douvres. En d'autres termes, Ma'âme Michu et ses congénères qui ont provoqué la rupture avec l'Europe vont avoir en fin de compte moins de Polonais, des Blancs chrétiens comme elles… et plus de Pakistanais ! C'est ce qui s'appelle se tirer une balle dans le pied – ou même une giclée de chevrotines.

— Tu n'es quand même pas raciste, Jimmy ?

— Moi non, tu me connais ; ce que je dis, c'est que la plupart des gens qui ont voté en 2016 pour le Brexit n'y comprenaient rien. Voilà les limites de la démocratie : ne devraient pouvoir prendre part à un référendum que ceux qui peuvent prouver, devant un jury genre Sciences Po, qu'ils comprennent la question.

— Il ne resterait pas grand monde. Balourd Trump serait recalé. »

Jimmy lève les bras au ciel.

« Ah, ne le mentionne pas, lui ! Tu sais quel conseil cet analphabète nous a donné ? "Au lieu de négocier avec les Européens, attaquez-les en justice." Tel que ! Cet abruti orange – il ressemble à une boule d'uranium radioactif – prône ouvertement la disparition de l'Union européenne. C'est notre allié, ça ?

— On n'est pas aidés… »

Jimmy pointe un index envieux sur ma petite personne : « Tu as bien de la chance d'avoir un roi, toi ! »

La stupéfaction se peint en tons irisés sur ma face.

« Mais enfin, Jimmy, tu vis toi aussi dans un royaume !

— Oui, mais notre monarque se tient à l'écart de la politique. Si on avait eu un roi comme le vôtre, qui peut taper sur la table et pousser une gueulante, jamais il n'aurait laissé Cameron organiser un référendum aussi calamiteux ! »

Jimmy avale une gorgée de son *latte* puis il murmure : « On annonce tous les jours qu'une nouvelle entreprise veut délocaliser en Europe, à cause du Brexit. Pour punir Ma'âme Michu, c'est la reine qu'il faudrait délocaliser. Élisabeth, impératrice d'Europe, installée à Versailles avec le duc d'Édimbourg et le prince de Galles, ça aurait de la gu…, non ?

— Les Français seraient ravis. Mais qui serait alors le chef d'État de l'Angleterre ?

— Je vois bien Sadiq Khan, le maire de Londres.

— Mais n'est-il pas pakistanais ?

— Justement ! La tronche de Ma'âme Michu… »

[22-7-2018]

Ignorons les provocateurs !

Nous avons tous connu, dans notre jeunesse, l'idiot du village. (Le mot est à prendre ici dans son sens étymologique, *idios* signifiant « particulier », « à part » en grec ancien.) Parfois, il y en avait toute une flopée : la femme qui marmonnait, perdue dans un rêve intérieur, en arpentant les ruelles ; le gardien de cimetière dont on pouvait déclencher la fureur, dans une conversation anodine, en disant tel ou tel mot… (Je connaissais une famille, à Casablanca, dont la servante tombait en léthargie si on prononçait le mot « miel » devant elle – c'est au Maroc que le docteur Freud aurait dû exercer.)

À El Jadida, dans mon enfance, il y avait un gaillard du nom de Leb… ou Lab… qui exerçait la noble profession de « calligraphieur de banderoles ». Par exemple, si le conseil municipal avait décidé d'installer des banderoles célébrant la fête du Trône sur l'avenue qui bordait la plage, eh bien c'était à Leb… (j'ignore d'ailleurs comment on orthographie son nom ; c'était peut-être Lebb…), c'était à lui que les édiles s'adressaient. Or ce Leb… Lab…

Lebb... avait une particularité intéressante : il se fichait complètement du monde environnant. Il s'habillait comme l'as de pique, parlait tout seul à voix haute, buvait au goulot d'une bouteilie de Coca en plein ramadan – et personne ne lui faisait la moindre remarque.

Parfois Leb... s'énervait et il se mettait à courir les rues du quartier de Bouchrit en hurlant *'Ya rabb, tayyar l-'rab !* (Ô Dieu, anéantis les Arabes !), ce qui était pour le moins étrange car tout le monde, à El Jadida, était arabe ou se considérait comme tel, à commencer par Leb... lui-même.

Mais le plus intéressant était ailleurs : c'était la réaction des J'didis. En fait, ils ne réagissaient tout simplement pas. À la limite, devant la énième provocation de Leb..., on esquissait un haussement d'épaules puis on passait son chemin. C'était le cas de la plupart des idiots du village. À Azemmour, il y en avait un qui donnait des cours de philosophie aux oiseaux. La population le nourrissait sans lui en tenir rigueur. Un jour, ado en vacances dans la maison de mes aïeux, je tendis l'oreille en passant devant le bonhomme : c'était vraiment des cours, bien argumentés. La gent ailée n'en perdait miette. (Aujourd'hui, au moment même où j'écris ces lignes, je me rends compte que cela correspondait à une époque où l'enseignement de la philo avait été supprimé. Y avait-il un lien de cause à effet ? Affaire à creuser...)

Bref, et c'est là où je voulais en venir, les idiots du village de notre enfance n'avaient aucun impact sur nous. On faisait comme s'ils n'étaient pas là. Ils poursuivaient leurs divagations et nous notre vie. Et c'est ainsi que les moutons étaient bien gardés.

Aujourd'hui, malheureusement, l'idiot du village a un smartphone, un compte Yahoo, il est sur Instagram et sur tout ce qui peut amplifier sa folie. C'est ainsi qu'on voit régulièrement des gamins ou des gamines « enflammer la Toile » par leurs provocations : ils postent un clip de quelques minutes sur eux se dandinant nus dans les dunes, épousant un âne ou insultant nos valeurs sacrées, comme on dit. Et pendant des jours on ne parle que de ça, le Parlement se saisit de l'affaire, les Cassandres annoncent l'effondrement des mœurs et la fin de notre civilisation…

Pendant ce temps, je pense à Leb… S'il y avait eu Internet et les smartphones à l'époque, il aurait été célèbre jusqu'en Laponie et aurait provoqué la chute d'un ou deux ministres à Rabat. Mais rien de tout cela n'eut jamais lieu. N'est-ce pas une leçon pour nous ? Pourquoi ne traitons-nous pas ces gamines provocatrices d'aujourd'hui comme les J'didis traitaient Leb… il y a trente ans : par un silence assourdissant ?

En fin de compte, quelle est la différence essentielle entre son époque et la nôtre ? La technique. D'où la question : est-ce nous qui inventons la technique ou est-ce elle qui nous invente ?

[25-7-2018]

Abdou, Ali et les deux Ramsey

Il y a quelques semaines, je me trouvais à Tanger avec un petit groupe plutôt disparate dans un café que je me garderai bien de nommer – il ne mérite aucune publicité. La conversation vint à rouler sur un certain Abdou, un médecin local, et chacun prit un petit air de respect et de componction en parlant de lui. Pourquoi ? Parce que ledit Abdou est ce qu'on appelle en arabe *moultazim* : il fait ses cinq prières quotidiennes, mène une vie réglée, n'élève jamais la voix, ne consomme aucun aliment prohibé, etc. Très bien.

Cependant, il se trouve que je connais le frère dudit Abdou – appelons-le Ali. Nous étions condisciples au lycée Lyautey. Après avoir fait une grande école parisienne, Ali continua ses études en physique, soutint une thèse remarquée aux États-Unis et c'est maintenant un brillant chercheur en physique des particules. Lorsque j'évoquai Ali devant le petit groupe, on m'écouta avec un intérêt poli, on fit quelques commentaires, mais pas avec le ton respectueux et déférent dont on avait usé à propos de son frère le toubib dévot.

Pourquoi ?

Il y avait de quoi réfléchir. En laissant filer mon regard à travers les fenêtres du café, sur cette place où des canons en bronze semblent menacer l'altière Espagne dont la côte se dessine au loin, je me souvins alors des frères Ramsey. C'est à Cambridge, en Angleterre, où je faisais des recherches en économétrie en 1995-1996, que j'entendis parler pour la première fois de ces deux hommes d'exception.

Le premier, Frank, mathématicien et logicien de génie, naquit en 1903 à Cambridge, où son père était président du vénérable Magdalene College. L'intelligence de Frank, qui fut reçu premier à l'examen final de mathématiques, n'avait d'égale que son érudition. Il voulait tout savoir, il voulait tout lire, il s'intéressait à tout. C'est lui qui traduisit le *Tractatus logico-philosophicus* de Wittgenstein après s'être rendu en Autriche, en 1923, pour en discuter avec l'auteur (il apprit pour cela l'allemand en quelques semaines, dit la légende...). Il rédigea quantité de travaux en logique, en mathématiques et en épistémologie. On lui doit en particulier le « théorème de Ramsey » en combinatoire. Mais souffrant de problèmes de foie chroniques, il contracta la jaunisse après une opération et mourut à l'âge de vingt-six ans. Une vie fauchée si tôt, quelle tristesse...

Son frère Michael Ramsey, né en 1904, suivit un tout autre chemin. Aussi intelligent que l'autre, il était intéressé par les questions de foi et de religion. Il fit de solides études de théologie, fut ordonné prêtre et devint en 1961 le centième archevêque de Cantorbéry.

Pendant que Michael cherchait la vérité dans le Livre révélé, Frank, agnostique impénitent, la cherchait dans les mathématiques, dans la physique, dans le « grand Livre du monde » de Galilée.

Il m'arriva parfois d'avoir des conversations à propos des deux Ramsey, à Cambridge ou ailleurs. Et voici où je voulais en venir : on usait du même ton, admiratif et respectueux, en parlant de Frank et de Michael. Ils avaient choisi des chemins différents et on respectait cela.

Je crois que nous devrions adopter la même attitude. Celui qui a la foi et qui mène une vie exemplaire est digne de respect. Celui qui ne l'a pas mais qui se dévoue à la science avec la conviction qu'elle décrit un univers clair et lumineux dont elle donne une certaine vérité est également digne de respect. La vérité de Frank/Ali et celle de Michael/Abdou ne devraient pas se contredire. Qui disait cela ? Ibn Roshd, grand philosophe et... *qadi* de Cordoue. Quand allons-nous enfin l'entendre ?

[1-8-2018]

Comment caricaturer une caricature ?

Si je ne l'avais pas vu de mes propres yeux, je ne l'aurais pas cru.

C'était il y a deux jours. Sur la place Rembrandt (*Rembrandtplein* en néerlandais), qui est le cœur battant d'Amsterdam, des centaines de touristes flânent, admirent la statue du grand peintre ou s'encanaillent sans grand risque dans les *coffeeshops*. Ces drôles de commerces offrent un menu imprimé dans lequel on a le choix entre « l'afghan », « le marocain » ou « le local » – il s'agit de variétés de cannabis. L'afghan est le plus cher.

Il fait beau, l'atmosphère est bon enfant, les vélos tracent leur sillon, tout va bien.

Devant le café où je me désaltère d'une limonade bien fraîche, j'avise un jeune couple qui m'a tout l'air de venir du Golfe – des *khalijis* donc. L'homme est jeune, basané, vêtu d'un simple jean et d'une chemise de lin. Quant à la femme, son épouse je suppose, eh bien, rien ne prouve que ce soit une femme, en fait : elle se réduit à une burka dont n'émerge même pas un regard : elle porte des lunettes. On ne voit donc rien que le tissu noir de la burka et deux verres unifocaux cerclés de métal. Ça n'ajoute pas grand-chose à la beauté du monde.

Le couple est planté à côté d'un des caricaturistes de la place et le regarde faire le portrait d'un touriste. Il s'agit vraiment de caricature : l'artiste exagère sciemment la protubérance du nez, le fouillis des cheveux ou l'absence de menton, à la plus grande joie de la victime consentante – et de ses amis, le cas échéant. Qu'est-ce qu'on rigole ! Le caricaturé de frais, un Allemand jovial, se lève, paie son écot et s'en va, son image roulée sous le bras. Il la montrera à sa maman à Düsseldorf. Et c'est alors que le couple…

Là, je me dis : « Non, ce n'est pas possible, ils ne vont pas oser… »

Et pourtant, c'est bien ce qui se passe. Le couple s'assoit sans façon devant l'artiste éberlué. Comme il n'y a là qu'un seul petit tabouret, l'homme y dépose une fesse, le drap une autre et c'est cet équipage branlant qui s'offre au caran d'ache du picasso. Le *khaliji* sourit – un rien les amuse – et l'autre, la dame, sourit-elle aussi ? On ne sait pas – ou plutôt si : un léger pli du drap à hauteur de bouche indique quelque allégresse.

Beaucoup de gens ont remarqué la scène, mais les Hollandais sont en général flegmatiques, tolérants ou totalement indifférents à ce que fabrique leur voisin. Personne ne fait la moindre remarque. On n'en pense pas moins, c'est sûr : je le vois dans quelques regards.

L'artiste se lance dans l'aventure. Mais comment caricaturer une burka ? Vous avez une idée, vous ? Il fait de son mieux, beaucoup de gens se penchent sur son épaule, la foule semble l'encourager, mais personne ne lui souffle la moindre suggestion – ô la solitude de l'homme dans l'effort de la création !

Il finit le dessin et le tend au *khaliji* qui le montre, très fier, à sa moitié – c'est très réussi, ma foi : on voit l'homme avec une tronche rigolote et à sa gauche un gros nuage tout noir. C'est très ressemblant. Il s'en va, flanqué de son nuage.

À dire vrai, j'avais un peu honte, derrière ma limonade. On fait des efforts pour montrer un visage moderne et avenant de nos cultures, on donne des conférences, on mobilise Ibn Roshd et la révision de la *moudawana* de 2004 – et puis ça… Bien sûr, toutes les croyances, toutes les religions sont respectables. Mais la burka, ça n'a rien à voir avec la religion, c'en est une caricature. Et comment caricaturer une caricature ? C'était mission impossible, hier, sur la place Rembrandt.

[8-8-2018]

La digue et la démocratie

L'autre jour, me promenant par beau temps sur une des digues qui morcellent joliment le paysage de la Hollande, je suis tombé sur trois hommes qui s'affairaient au ras du sol avec quantité d'instruments de haute technologie. Renseignement pris, il s'agissait d'un *dijkgraaf* et de ses acolytes qui mesuraient les paramètres de l'ouvrage d'art, en particulier son hygrométrie. Si la digue est trop sèche, elle menace de s'effriter puis de s'effondrer, entraînant une inondation potentiellement catastrophique.

Vous me demandez ce qu'est un *dijkgraaf*. Eh bien, c'est le « maître de la digue ». Cette fonction trouve son origine au Moyen Âge. Et voici un détail fascinant que peu de gens connaissent : la démocratie moderne est née à cette époque, autour du *dijkgraaf*.

« Comment ça ? me dites-vous. Ce n'est pas la bande à Rousseau, avec Montesquieu et les autres, qui ont inventé la démocratie ? » Certes, sur le plan théorique, ce sont eux (sans oublier les Anglais) qui en ont établi les fondements ; mais, en pratique, les

Hollandais l'avaient fait depuis longtemps. Depuis le Moyen Âge !

En effet, dans ce pays qui se trouve en grande partie au-dessous du niveau de la mer, il était vital que les digues fussent bien entretenues. Si elles rompaient, tout le monde mourait. On a donc pris très tôt la décision d'*élire* le maître de la digue (voici donc l'invention de la démocratie) et, surtout, on le choisissait sérieux et compétent. On mettait de côté les considérations de rang social, les inimitiés et les rancœurs, on se méfiait des beaux parleurs, etc. Il y a là – c'est fondamental – une double obligation : celui qui vote s'astreint à voter pour le plus compétent, fût-il son pire ennemi. Et celui qui est élu s'oblige à faire son travail correctement, même là où la digue protège des gens qui ne lui sont rien.

C'est ce double mouvement qui fonde véritablement la démocratie. Et c'est le critère essentiel qui nous permet de la distinguer au milieu de tant de simulacres. La démocratie, ce n'est pas un recensement ethnique. Lorsque les Américains crurent l'avoir offerte aux Irakiens – après avoir au préalable détruit leur pays –, ils organisèrent des élections. Les sunnites votèrent sunnite, les chiites chiite, etc., sans se préoccuper de la compétence des candidats.

En France, le débat qui vit le candidat Macron écraser Marine Le Pen fit du second tour une sorte d'élection du maître de la digue. Les Français avaient vu qui était le plus compétent même s'ils ne comprenaient pas son positionnement idéologique.

Aujourd'hui, cette question est devenue cruciale. Pendant des siècles, la démocratie a pu être pervertie sans grand dommage car la Nature, bonne fille, ne menaçait pas l'existence des électeurs. On pouvait se permettre de porter au pouvoir un incapable. Mais avec le changement climatique, nous sommes tous devenus des Hollandais.

On nous dit que Balourd Trump a été élu démocratiquement. On peut en douter. Pour commencer, il a perdu le vote populaire et c'est seulement parce que le système américain est bizarre, avec ses « grands électeurs », qu'il s'est retrouvé à la Maison Blanche. Et puis, il y a cette affaire d'ingérence russe. Mais surtout, si on applique le principe du maître de la digue, Trump n'a aucune légitimité. Loin d'entretenir cette digue symbolique qui pourrait nous protéger contre les ravages du changement climatique, Trump s'acharne à y faire des trous en se retirant de l'Accord de Paris, en autorisant la prospection pétrolière partout (même dans les parcs naturels et les zones sacrées des Indiens), en annulant les lois anti-pollution…

La légitimité, quand la digue menace de s'effondrer, n'est donnée que par la compétence et l'acharnement au travail. Regardons, dans chacun de nos pays, et à chaque niveau de gouvernement, celui qui commande et posons-nous la question : « Aurait-il fait un bon maître de la digue ? »

[12-8-2018]

À qui appartient mon corps ?

Deux histoires d'incinération ont récemment défrayé la chronique dans notre beau pays où il se passe toujours quelque chose. Il y a eu tout d'abord le cas de Hassan, ce Marocain mort en France d'une piqûre de frelon et incinéré à l'initiative de son épouse française – contre les vœux, semble-t-il, de sa famille. La même semaine, une Marocaine a été arrêtée à l'aéroport de Fès en possession d'une jarre contenant les cendres d'un ressortissant marocain : elle les apportait à sa famille. On imagine sans peine la stupéfaction des douaniers confrontés à un cas qu'aucune loi ou aucun règlement ne prévoit.

Disons, pour commencer, que c'est un sujet très sérieux. Pour une fois, l'ironie n'est pas de mise. *Mors, ultima ratio*, disaient les Anciens. D'autre part, rien n'est évident dans cette affaire et quiconque pense s'en tirer avec un « y a qu'à... » se fait des illusions. Essayons de raisonner calmement. Il s'agit ici du corps, plus précisément de ce qu'il en advient après le trépas. Une façon de poser le problème consiste à demander : à qui appartient notre corps ?

Il y a en gros quatre situations possibles :

1. Le servage, l'esclavage, etc. : mon corps ne m'appartient pas.

2. La détention, l'incarcération : mon corps ne m'appartient plus, provisoirement : c'est une punition que l'État m'inflige.

3. La minorité : mon corps m'appartient mais sous supervision de mes parents ou de mon tuteur. (On pourrait parler de copropriété…)

4. L'émancipation et la liberté : mon corps m'appartient.

Une fois ces distinctions faites, le reste coule de source. Un citoyen majeur, dans un pays démocratique où la liberté est une valeur fondamentale, doit pouvoir disposer de son corps comme il l'entend. Il peut donc choisir l'incinération.

Le problème, en ce qui concerne le Maroc, est qu'un tel principe semble contredire l'article 3 de la Constitution : « L'islam est religion d'État. » En islam, on enterre, on n'incinère pas. Très bien. Cependant cette pratique (l'enterrement) ne fait pas partie des cinq piliers de la religion. L'incinération n'est donc pas expressément interdite, elle ne l'est que par le biais de fatwas, par exemple celle de la Commission égyptienne qui se prononça le 29 juillet 1953. Or ce qu'une fatwa a fait, une autre peut le défaire. Il est peut-être possible de trouver un *fqih* en rollers qui nous délivrerait une fatwa autorisant l'incinération. Pourquoi pas ? On a vu plus étonnant.

Un de nos grands intellectuels a écrit il y a quelques années un texte émouvant dans lequel il demandait au nom de quoi il n'aurait pas le droit de reposer, au terme de sa vie, à côté de son épouse – il se trouve qu'elle n'est pas musulmane. Grave question à laquelle il n'y a pas de réponse simple. Mais au fond, la question est la même et chaque citoyen devrait se la poser : à qui appartient mon corps ?

Qu'en pensez-vous ? Si la réponse est : mon corps m'appartient, au nom de quoi vouloir empêcher autrui de disposer du sien comme il l'entend ?

Débat à suivre…

[22-8-2018]

Le prêtre qui ne croyait pas en Dieu

Du temps que j'habitais en Angleterre, la presse publia un jour les résultats d'une enquête remarquable : elle révélait qu'un tiers des prêtres de l'Église anglicane ne croyaient pas en Dieu. Un tiers ! Étonnant, non ?

Ça avait l'air d'une blague. Ce n'en était pas une.

Lorsque je lus le titre de l'article, dans un petit café de Cambridge où j'avais mes habitudes, j'éclatai de rire, un rire sonore de Doukkali à peine dégrossi qui m'attira les regards étonnés ou réprobateurs de la clientèle très BCBG qui communiait dans le rite du brunch dominical. Confus, je piquai du nez dans les pages crissantes du *Daily Mail.*

Toutefois, après lecture attentive de l'article, je ne riais plus. En fait, tout cela m'avait plongé dans un abîme de réflexion. Voici pourquoi : le journal avait interviewé certains de ces prêtres athées et leurs témoignages, loin d'être grotesques ou incohérents, étaient en fait très émouvants. En gros, ils se ramenaient à ceci : « J'ai perdu la foi – ce sont les vicissitudes de la vie –, mais je me sens toujours responsable de ma congrégation. Je continue d'être à leur service. Il s'agit d'accompagner les malades, de consoler ceux qui ont perdu un être cher, de célébrer les mariages, d'enterrer les morts avec dignité. Après tout, la religion, n'est-ce pas, étymologiquement, ce qui *lie* les hommes ? Les prêches et le dogme, c'est accessoire. L'important, c'est l'élément humain. »

Oui, je ne riais plus, dans ce petit café de Cambridge. Cette histoire m'avait ouvert les yeux.

J'y ai souvent pensé par la suite. Aujourd'hui, j'ai plus de respect pour le prêtre qui ne croit pas en Dieu mais accompagne fidèlement ses ouailles, les soutient dans les moments difficiles, leur tient la main, que pour celui qui croit mais ne se sert de cette croyance que pour terroriser les pauvres gens avec le Jugement dernier et les feux de la géhenne.

Et nous ? En islam, il n'y a ni Église ni prêtres. Mais nous avons toutes sortes de gens (qui parfois ne s'autorisent que d'eux-mêmes) pour s'occuper de notre vie religieuse : *fqihs*, imams, prédicateurs, etc. Une enquête du genre que tint le *Daily Mail* autrefois en Angleterre est ici, et pour plusieurs raisons, impensable (ah ! si *Kalima* ou *Nichane* existaient encore…). Nous ne pouvons donc pas savoir ce que tous ces gens ont dans la tête, nous ne pouvons pas éprouver la vigueur de leur foi et leur sincérité. Il ne nous reste alors qu'un seul critère pour les juger : dans leur comportement quotidien, dans leurs rapports avec leurs coreligionnaires, sont-ils de l'espèce pleine d'amour, de bienveillance et de miséricorde

– ou bien de celle, néfaste, qui fulmine des anathèmes, des injures et des menaces dans la fange anonyme de la Toile, sur les écrans de télévision ou du haut d'un *minbar* ?

Les premiers seuls sont dignes de notre respect.

Quant aux autres, loin de parler au nom de Dieu, ils n'expriment que leur propre méchanceté…

[29-8-2018]

Fichez la paix aux hommes !

Me too ! Au début, on a trouvé ce mouvement digne d'être soutenu. Qui ne voudrait se dresser contre les violences faites aux femmes ? Le viol est un crime. Le chantage à l'emploi ou au diplôme doit être puni. On se disait : hommes et femmes civilisés pourront ensemble mettre fin aux abus personnifiés par ce Harry Weinstein qui a vraiment la trogne de l'emploi. L'égalité, le respect, la confiance entre les sexes sont en marche.

Et puis, patatras, les Américains ! Le paradoxe des États-Unis est qu'ils hébergent à la fois les gens les plus intelligents du monde (ils raflent chaque année deux tiers des prix Nobel) et les bipèdes les plus débiles. N'ont-ils pas porté à leur tête un sombre crétin nommé Balourd Trump ? Comment cette abondance d'intelligence et cette débauche de niaiserie peuvent cohabiter sans s'annihiler mutuellement, comme la matière et l'antimatière, c'est une énigme insondable.

« Pourquoi toute cette colère ? » me demandez-vous.

Il y a de quoi ! Il s'agit d'un professeur de sociologie renommé du nom de Michael Kimmel. À soixante-six ans, il a consacré sa vie à la dénonciation de l'hégémonie masculine. Il est le porte-parole de la National Organization for Men against Sexism. Il est donc au-dessus de tout soupçon. Eh bien, non ! Le vent d'idiotie vient à son tour de l'atteindre. On traîne dans la boue le professeur, on ruine sa réputation, on l'achève à coups de talon aiguille. Mais qu'a-t-il donc fait, ce pelé, ce galeux ?

Jugez-en vous-même :

1. Selon le *Chronicle of Higher Education*, une ancienne étudiante a déclaré, sous couvert d'anonymat (!), que « Michael Kimmel lui aurait dit un jour qu'étant très belle, elle devrait toute sa vie travailler dur pour que personne ne puisse insinuer qu'elle aurait fait carrière en couchant ». Et alors ? N'est-ce pas là un conseil de bon sens ? Mais non : cette phrase prononcée (peut-être) il y a des années devient maintenant une proposition malhonnête…

2. Une ex-collègue a couiné, toujours sous couvert d'anonymat, qu'elle aurait entendu, il y a des lustres, « quelqu'un » affirmer que Michael Kimmel aurait fait des avances à « une femme » dont le nom s'est perdu. Tout cela est très vague mais, surtout, en quoi faire des avances est-il un crime ? Aux accusateurs hystériques, on pourrait objecter : « Si ton papa n'avait pas fait des avances à ta maman, sur un air d'Aznavour, tu ne serais même pas là aujourd'hui. »

3. Enfin, cerise sur le gâteau, c'est une certaine Bethany Coston qui porte l'accusation la plus surréaliste. Né(e) femme mais devenu(e), de sa propre volition, « transgenre », c'est-à-dire ni femme ni homme, Bethany exige qu'on n'utilise ni « il » ni « elle » quand on parle d'[elle]. Alors, quoi ? Eh bien, Bethany veut qu'on utilise le pluriel *they*, qui n'est, en anglais, ni masculin ni féminin. On doit dire : « J'ai vu Bethany ce matin, *they* [ils-elles] vous passe(nt) le bonjour. » C'est là que Michael Kimmel commet son crime. Lorsque les étranges Bethany lui expliquèrent comment il fallait désormais s'adresser à *they* (rappelons qu'il s'agit d'une seule et même personne), il répondit OK mais ajouta : « ... grammaticalement ça n'a pas de sens. » Et c'est pour cette phrase que les *me-too* veulent le brûler en place publique : pour « racisme anti-transgenre » (*sic !!*). Sa carrière est déjà ruinée, ça lui fera les pieds, à cet horrible macho.

Alors, trop c'est trop ! Catherine Deneuve a fait preuve de bon sens en initiant un manifeste qui dit, en gros, que ce n'est pas parce qu'un homme vous sourit qu'il faut lui arracher les... yeux. Reste aux Américain(e)s à faire preuve d'autant d'intelligence. Vaste programme.

[2-9-2018]

La corruption est-elle utile à notre pays ?

Du temps que j'étais chercheur en économie, j'avais planché sur une longue enquête menée par un expert allemand sur la corruption en Inde. L'expert (appelons-le Braun) avait écrit un rapport qui se terminait par deux conclusions remarquables :

1. L'Inde est un pays entièrement gangrené par la corruption…

2. … mais il ne faut surtout rien changer : la corruption permet de redistribuer l'argent et elle facilite la bonne marche de l'économie.

Étonnant, non ? Et c'était un Allemand, austère et collet monté, qui disait cela !

La question de la corruption est donc moins simple qu'on ne le croit de prime abord. Au-delà de la condamnation morale sur laquelle tout le monde est d'accord, il reste la question de son utilité sociale et de son efficacité : c'est ce que Braun soulignait dans le cas de l'Inde.

Et nous, où en sommes-nous ? La corruption est-elle utile socialement ? Est-elle efficace ?

C'est à voir.

Deux agents d'une commune côtière de la région Casablanca-Settat ont récemment écopé de trois mois de prison et perdu leur poste pour faits de corruption : ils avaient demandé de l'argent (beaucoup d'argent) à une citoyenne pour lui délivrer une autorisation de construire. Outrée, la dame les piégea avec l'aide du Service anti-corruption. C'est une bonne chose puisqu'il s'agit d'un chantage : « Tu n'auras ton permis que si tu paies. »

Mais qu'en est-il des formes banales, quotidiennes, de la corruption, quand il n'y a pas chantage mais seulement promesse d'aller un peu plus vite ? Il s'agit de cette corruption dont Braun disait qu'elle constituait une redistribution efficace de la richesse dans les pays où la redistribution par les prestations sociales n'existe pas.

Voici ce que m'écrivit ma sœur hier : « L'autre jour, j'ai dû aller chercher un papier au cadastre de B. [petite ville dans les environs de Casablanca]. À l'entrée de B., un habitant du cru m'indique le chemin puis ajoute, comme si c'était la chose la plus normale du monde : *Louhi lihoum 70 dhs bach i-sserbiouk.* [Jette-leur soixante-dix dirhams pour qu'ils te servent vite.]

(Soit dit en passant : n'est-il pas révélateur que le verbe français "servir" soit entré dans notre *darija* dans le sens de "servir vite", comme si la notion de service "normal" n'existait pas ?)

Je me présente au cadastre. Il n'y a pas un chat – ou plutôt, il y a peut-être un chat dans un coin mais en tout cas il n'y a aucun client. Heureux fonctionnaires de B., la belle endormie ! Le gars au guichet m'accueille cordialement. Je lui explique la raison de ma visite, il tape sur le clavier de son ordinateur tout en soupirant "Regarde tous les dossiers que j'ai en instance !" en désignant une pile posée devant lui. Je me retiens de lui dire que c'est assez normal quand on a un job et qu'il devrait s'en réjouir, comme Colbert qui se frottait les mains en apercevant chaque matin la pile des dossiers qui l'attendaient sur son bureau.

Il imprime le papier que je suis venue chercher et couine, sur le ton du reproche : "Ah, tu me fais travailler, toi !"

Il ne s'agit pourtant pas des douze travaux d'Hercule : le gus a juste imprimé un document à partir de son ordinateur – en somme, il a légèrement fait travailler son index droit. Il me donne la chose pour aller la photocopier dans une boutique des environs. (Pourquoi ne peut-on jamais photocopier sur place les documents ? Chronique pour une autre fois…)

Quand je reviens, il reprend le papier puis me le tend… tout en le gardant dans sa main comme s'il avait du mal à s'en défaire. Il me regarde bien en face avec insistance. Je me contente de lui sourire, impassible. Je tire, il tire… Le fonctionnaire finit par me donner l'objet de tous nos désirs en grommelant : "Va payer à la caisse !"

Je vais me délester de cent dix dirhams à la caisse et je reviens. Abdelmoula (je sais que tu vas finir par le nommer ainsi, je prends donc les devants), Abdelmoula, l'air bougon, me lance : "Va au troisième étage faire signer le document !"

Quand je redescends, je trouve Abdelmoula rôdant dans les escaliers. Il me lance un regard significatif. Je suppose qu'il s'est arrangé pour me rencontrer dans les escaliers au cas où je voudrais lui filer discrètement, dans l'ombre, une piécette ou un talbin. Mais pourquoi le ferais-je ? J'ai payé cent dix dirhams, je suis quitte de mes obligations réglementaires. Est-ce que ces gens-là délivrent des documents aux citoyens ou bien en font-ils commerce ?

En quittant le cadastre, j'ai entendu Abdelmoula maugréer dans mon dos. Ça m'a déprimée. Je me suis rendu compte que je me fais mal voir dans mon propre pays parce que je suis honnête : ni corruptrice ni corrompue. Et c'est moi qu'on enguirlande. C'est le monde à l'envers ! »

En lisant le mail de ma sœur, je me suis de nouveau posé la question de Braun : cette corruption endémique est-elle utile socialement ? Est-elle efficace ? Fait-elle tourner l'économie qui, sans elle, se gripperait et s'arrêterait ?

Et si c'est le cas – qu'est-ce que cela dit sur nous ?

[12-9-2018]

La guerre civile pour un gâteau…

Le passage le plus célèbre de la littérature française traite, on le sait, d'une madeleine : le narrateur trempe le petit gâteau dans une tasse de thé et c'est l'émerveillement : « Et tout d'un coup le souvenir m'est apparu. Ce goût, c'était celui du petit morceau de madeleine que le dimanche matin à Combray […], quand j'allais lui dire bonjour dans sa chambre, ma tante Léonie m'offrait après l'avoir trempé dans son infusion de thé ou de tilleul. » De là découlent la définition de la « mémoire involontaire », la distinction entre « moi profond » et « moi social », la littérature définie comme la vraie vie, seule digne d'être vécue, etc. Tout cela grâce à une madeleine… Proust est un génie.

Dans *Twelfth Night*, Shakespeare n'hésite pas à parler de tarte et de bière : *Dost thou think, because thou art virtuous, / there shall be no more cakes and ale ?* Dans *Charlotte à Weimar*, le roman de Thomas Mann, un repas constitue le cœur de l'histoire. Il faut dire que c'est celui que donne Goethe *himself*, monsieur Culture allemande. C'est d'ailleurs en cueillant une framboise que le jeune Goethe osa faire une bise à Lotte, pourtant promise à un autre.

Vous devez maintenant vous demander, rouges d'indignation, à quoi peut bien rimer ce déferlement de cuistrerie (avec, horreur, des passages *in English* non traduits), sous-tendant un cours de littérature comparée auquel vous ne vous saviez pas inscrit(e)s et que vous avez bien l'intention de sécher séance tenante.

Mes excuses les plus plates, amis lecteurs. Si je me suis laissé aller, c'est parce que ce qui s'est passé la semaine dernière au Maroc, où langue, politique, sucreries et religion se sont heurtées de front, défie l'imagination – et suscite la comparaison.

Commençons par le commencement. La cuisine marocaine offre des desserts qui ont pour noms *ghryba*, *briouate*, etc. Dans un nouveau manuel scolaire destiné aux enfants, apparaît quelque part un de ces mots, quelque chose comme : « Mehdi mange une *briouate* ». Un puriste vigilant dénonce le crime. Horreur et damnation ! Scandale ! Le gouvernement est interpellé, le Premier ministre (islamiste) prend ses distances avec l'ignoble *briouate*, les auteurs du manuel entrent dans la clandestinité, un *fqih* fulmine une fatwa contre « les ignorants » qui ont laissé passer la pâtisserie, on annonce des manifs…

Vous me dites : « Mais c'est bien ! C'est moderne ! Ces gens-là se préoccupent de la santé des enfants, le sucre est un poison… »

Mais non ! Ils s'en fichent bien, de la teneur en sucre de ces pâtisseries dont ils se goinfrent eux-mêmes dès que l'occasion se présente. Leur problème, c'est que ces mots n'existent pas en arabe classique (le Prophète ne connaissait ni *ghryba* ni *briouate*), ils appartiennent au dialecte marocain et sont donc interdits de séjour dans un manuel scolaire qui ne saurait contenir que des mots d'arabe classique.

Vu comme ça, Proust aurait dû être pendu haut et court pour avoir introduit la madeleine dans la littérature française. Jésus connaissait Marie Madeleine, de plus d'une façon peut-être, mais la pâtisserie du même nom n'apparaît nulle part dans la Bible. *Idem* pour le *cake* de Shakespeare : il faut virer le vil Will des manuels scolaires.

Un commentateur a parlé d'une « violation de la Constitution » (*sic*) au prétexte que l'arabe classique est la langue officielle du royaume. *La Constitution violée par un petit gâteau*, on demande à voir. Ça aurait fait une belle machine de Salon. Prix de Rome garanti.

Tout cela m'a donné faim, je vais aller faire un tour chez l'Arabe du coin. Et franchement, qu'y a-t-il à ajouter ? Que la bigoterie rend stupide ? Vous en doutiez ?

[23-9-2018]

Où sont les biographes de nos grands hommes ?

Le décès, la semaine dernière, de Mohamed Karim Lamrani a donné lieu à des hommages venant d'un peu partout. Des coups de chapeau, pas de coup de griffe : c'est normal, la décence commande de ne dire que du bien des disparus. *De mortuis nihil nisi bonum*, disaient déjà les Anciens, il y a deux millénaires, et toutes les morales, laïques ou religieuses, ont repris ce sage précepte.

J'ai travaillé sous les ordres de Karim Lamrani à l'OCP quand il en était le grand patron et que je vendais pour son compte du phosphate et de l'acide phosphorique aux Chinois et aux Indiens. Je me souviens de ma première participation à la réunion hebdomadaire de la direction commerciale (en plus d'être le DG, il était également patron du « commercial »). Je m'efforçais de me faire tout petit, mais son regard d'aigle accrocha le nouveau venu. Il me fit signe de son doigt recourbé. Je m'approchai de lui et me penchai. Il m'intima cet ordre dans mon conduit auditif : « Allez me chercher un cigare chez Mme Ch… ! »

Dans le bureau adjacent, Mme Ch…, sa secrétaire personnelle, une dame de grande classe, me remit un Montecristo pour le patron. Il me remercia d'un hochement de tête. J'étais adoubé.

Et voici quelque chose d'extraordinaire : la semaine dernière, je regardais un documentaire sur Arte, en sirotant un verre de *l'ben* hollandais. À un certain moment, le commentateur qualifia le traité de Versailles, signé en 1919, de « vieillerie d'avant le déluge » – j'exagère à peine. Par association d'idées, je me suis alors souvenu que cette année 1919 avait vu la naissance de la KLM, de l'OCP et de… Karim Lamrani. Une rapide consultation d'Internet m'apprit qu'il vivait encore. Je me mis immédiatement à écrire mon billet pour le 360.ma sur le thème : « Pourquoi nos grands hommes n'écrivent-ils pas leurs mémoires ? » et je le prenais, lui, comme exemple.

En effet, des gens du calibre de Karim Lamrani ont traversé le siècle en rencontrant les protagonistes les plus importants. Je ne parle pas seulement de son long compagnonnage avec Hassan II : il y a aussi les centaines de présidents, de rois, de chevaliers d'industrie, d'hommes politiques, d'intellectuels, d'artistes qu'il a connus et côtoyés, il y a les événements auxquels il a assisté. Il a connu le Protectorat, l'Indépendance, les années de plomb, la Marche verte, les premières prémices de l'alternance et de la démocratisation, etc. Bref, une très longue vie, un destin exceptionnel… et il emporterait tout cela dans sa tombe ? Comment pouvons-nous écrire notre Histoire s'ils font tous ainsi ?

Dans la foulée, je me demandai : « Où sont nos grands biographes ? » Bien sûr, *Zamane* et *Tel Quel* (entre autres) font de leur mieux pour ressusciter notre Histoire et interroger les témoins encore vivants. Mais ce n'est pas suffisant. Il nous faut de grandes biographies. Il nous faut de grands biographes.

Mercredi dernier, au petit matin, je décidai d'écrire un autre billet, celui qui fut effectivement publié (*Y a quoi à la télé marocaine, ce soir ?*). En effet, j'avais quelque scrupule à parler de Karim Lamrani, en le citant nommément, même si je ne disais rien de méchant. L'expérience m'a rendu circonspect. Beaucoup de gens n'aiment pas qu'on parle d'eux, point.

C'était mercredi 19 septembre. Le lendemain, jeudi, on apprenait la mort de Karim Lamrani. Imaginez ma stupéfaction quand j'en lus l'annonce, dans la presse. Si mon papier initial avait été publié, la veille donc, des farceurs ou des gus malveillants ou superstitieux auraient fait le lien…

Bon, je l'ai échappé belle mais je reprends le point le plus important de mon article non publié : où sont nos biographes ? Où sont les éditeurs qui commanderaient de vraies et minutieuses biographies ? Que pouvons-nous savoir de notre Histoire récente si tout le monde se tait ? Oh, bien sûr, on a beaucoup publié après 1999, comme si désormais on pouvait tout dire. Mais la plupart de ces ouvrages cachaient l'essentiel. Je me souviens en particulier des mémoires d'un ancien Premier ministre qui accomplit l'exploit de ne rien dire en trois cents pages.

Il est bien dommage que Karim Lamrani soit parti en emportant ses secrets, qui font partie de notre Histoire. Ne laissons pas échapper les autres !

[26-9-2018]

Et si on allait à Gand débattre de la question linguistique ?

Il n'est pas très avisé d'accepter de participer à un débat sans savoir qui sont les autres participants. C'est même une erreur qui peut avoir des conséquences pénibles : imaginez-vous assis à côté d'un butor malodorant ou en face d'une harpie hystérique (ça m'est arrivé en Normandie, jadis). Mais on n'a pas toujours le temps de tout vérifier alors on dit oui et puis…

Samedi dernier, j'avais dans mon agenda un débat à Gand, en Belgique, avec une certaine Mia Doornaert dont le nom ne me disait rien. Il s'agissait de disserter de l'état présent de la France, ladite Mme Doornaert ayant publié en néerlandais un essai intitulé *De ontredderde Republiek* (La République en plein désarroi). Bon, pourquoi pas, m'étais-je dit quand on m'avait approché, le sujet est intéressant et ne devrait pas conduire à un pugilat entre une Belge et un Marocain. On aurait pu aussi bien disserter de la culture du pavot en Alaska. Et c'est pourquoi je n'avais pas prêté attention à l'identité de mon interlocutrice.

Erreur. Dans le train qui mène à Gand, la veille du débat, je tombe sur Margot, une journaliste que je connais depuis au moins trois papes et qui me lance, l'œil pétillant : « Alors, prêt pour la bagarre ? »

Pendant le trajet, elle m'explique la situation. En fait, Mia Doornaert est une célébrité dans le monde littéraire belge. Elle a été récemment au cœur d'une violente polémique qui l'a opposée à des Belges d'origine marocaine, qu'elle a fini par traiter de « marginaux », ce qui semblait leur dénier la pleine citoyenneté. Énorme tollé. La gauche flamande l'attaque, elle répond… et moi, je débarque là-dedans comme une fleur, totalement à l'ouest, innocent des baffes et des coups bas.

Je comprends alors, et la journaliste me le confirme, que les organisateurs m'ont lancé dans les pattes de Mia Doornaert comme on agite un chiffon rouge sous les yeux du taureau. C'est de bonne guerre : ils s'assurent du succès médiatique de la rencontre. Après tout, dans « l'état présent de la France », objet du débat, il y a aussi la question de l'immigration et de l'islam, questions polémiques s'il en fut.

Je passe la soirée à me demander si je dois me prêter à leur jeu. La nuit est douce et Gand sublime (« vaut le voyage », clame le Michelin et je confirme). Je finis par m'endormir rasséréné. On verra bien.

Le lendemain, la salle (il s'agit du Minard-schouwburg, un beau théâtre à l'ancienne) est comble : les organisateurs avaient vu juste. Mia

Doornaert me serre la main un peu froidement, on dirait Foreman toisant Ali avant le match de Kinshasa.

La modératrice donne la parole à Foreman qui se lance dans un laïus passionné. Puis c'est mon tour. La salle retient son souffle. Vais-je y aller d'un uppercut vicieux ou d'une gauche foudroyante ? Vais-je traiter la Doornaert de raciste ou de sombre idiote (ce qu'elle n'est pas) ? Eh bien, pas du tout. La nuit a porté conseil. Ce que je vais faire, c'est montrer à cette dame et au public qu'un Marocain est parfaitement capable de débattre avec courtoisie, en présentant calmement ses arguments, et même, si possible, avec une pointe d'humour. On n'est pas des bœufs, disait l'autre. Ni des barbares, ajouterais-je.

Le ton est donné. À mesure que les minutes passent, tout le monde se détend et le débat devient ce que tout débat devrait être : la confrontation sereine de points de vue, sans agressivité ni attaque *ad hominem*. Et quand je me permets de reprendre Mia Doornaert sur un point précis (elle avait affirmé que la Chine et la France étaient les seuls États au monde qui avaient une Histoire millénaire, je lui apprends que le Maroc appartient aussi à ce club d'élite), elle accepte avec grâce d'être corrigée. Elle semble même contente d'avoir appris quelque chose.

Le lendemain, de retour chez moi, je reçois un message très sympathique de Mme Doornaert qui me dit qu'elle a eu beaucoup de réactions positives après le débat et m'invite à prendre un verre avec elle la prochaine fois que je serai de passage au pays de

Brel. Ce n'est plus Foreman contre Ali, c'est Montaigne tout contre La Boétie.

Après avoir lu le mail de mon interlocutrice d'un soir, je me suis posé cette question : si à Gand un Marocain peut discuter calmement (et même : amicalement) avec une Belge qui n'est pas *a priori* dans le même camp que lui, comment se fait-il que nous éprouvions tant de mal à débattre entre Marocains, alors que nous avons en principe le même objectif, qui est l'intérêt général du pays ?

Nous faudra-t-il aller à Gand pour parler posément, sans haine ni violence, et avec des arguments bien pesés, de la question linguistique qui agite en ce moment notre pays ?

[10-10-2018]

Y a-t-il une grande personne dans la salle ?

Les *Antimémoires* de Malraux s'ouvrent sur un dialogue avec un mystérieux « aumônier du Vercors » ou « abbé des Glières » qui, quand le narrateur lui demande ce qu'il a retenu de son long commerce avec les hommes, répond, désabusé : « Le fond de tout, c'est qu'il n'y a pas de grandes personnes. »

Quand j'étais petit, je croyais, comme tous les petits, que les grandes personnes savaient tout, qu'elles agissaient avec discernement, qu'elles ne se trompaient jamais. Avec le temps, et les contre-exemples se multipliant, cette notion se modifia quelque peu. Oui, certains « grands » se comportaient parfois comme des enfants. Idi Amin Dada fut pour moi la révélation. Ce gros bébé sanguinaire, qui ruina son pays et devint la risée du monde par ses excentricités (ne se proclama-t-il pas roi d'Écosse ?), avait sa place dans la cour de récréation, pas dans les sommets des chefs d'État.

Par la suite, la liste des enfants grimés en adultes s'allongea. Kadhafi avait l'âge mental de ceux qui

« font les malins », en classe de sixième, pour impressionner les petites filles. Même une figure tragique comme Saddam Hussein ne cachait, sous le masque, qu'un sale gosse sans cervelle. J'appris que Mswati III, roi du Swaziland, collectionnait les voitures de luxe comme les petits garçons les modèles réduits (ah ! les Dinky Toys de notre enfance...). Quand il jouait avec sa nombreuse progéniture, la nurse avait sans doute du mal à le distinguer dans la mêlée. Aujourd'hui, le président des Philippines, Rodrigo Duterte, et le crétin illettré qui dirige les États-Unis à coups de tweets me rappellent Hakim et Thierry, les deux brutes miniatures qui nous harcelaient à l'école Charcot d'El Jadida.

Heureusement, il restait l'Angleterre. À Cambridge, à Londres, à York, pendant plusieurs années j'eus sous les yeux de quoi contredire, à première vue, l'abbé des Glières. L'ouverture solennelle du Parlement, la City, les ministres affairés, le Foreign Office et ses arabisants distingués, tout cela m'impressionnait grandement, sur l'air de *Pomp and Circumstance* d'Elgar. C'était des grandes personnes et je redevenais enfant à les regarder de loin, sur le petit écran ou sur le trottoir de Whitehall. Ils auraient offert au Maure fluet des bonbons à Hyde Park, je les aurais pris en bredouillant *thank you*.

Et puis, patatras, le Brexit ! Deux ans à suivre en direct (vive la BBC !) les péripéties de ce mélodrame politique... La conclusion s'impose : l'abbé avait raison. Il n'y a pas de grandes personnes.

Boris Johnson est un garnement qui dit des gros mots en latin. On sait maintenant qu'avant la campagne du référendum, il avait rédigé deux professions de foi, l'une en faveur du Brexit, l'autre contre. Il choisit au dernier moment la première, pour favoriser sa carrière. Aucun sens de l'intérêt général. Le Premier ministre, Theresa May, est une ado apeurée qui « surcompense » en singeant (mal) la maîtresse d'école. En face d'elle, Corbyn joue au pirate chaque mercredi pendant les traditionnelles *Prime minister questions*. Personne, absolument personne, n'avait prévu les conséquences du Brexit. On découvre que le monde n'est pas un conte de fées. Est-on plus adulte ailleurs ?

Pendant ce temps, la planète étouffe, le plastique envahit les océans, la nature se rabougrit. Mais qu'est-ce qu'on s'amuse en classe, qu'est-ce qu'on chahute, qu'est-ce qu'on fait rager le maître ! Mais au fait, il est où, le maître ?

[14-10-2018]

Elle était la meilleure d'entre nous…

Je ne me souviens plus de son nom, sinon qu'il commençait par un T (c'était celui d'une grande famille, genre Tber, Temsamani, Tajmouti…). Quant à son prénom… eh bien, toutes mes excuses, je ne m'en souviens pas non plus, mais il sonnait agréablement à l'oreille et il correspondait parfaitement à son visage et à sa personnalité. Tu imagines, lectrice, lecteur, le prénom de ton choix – mais qu'il puisse être celui d'un ange.

C'était l'année du bac, au lycée Lyautey. Elle – allez, appelons-la Malak – elle était la meilleure d'entre nous, dans les matières scientifiques comme dans les matières littéraires, sans d'ailleurs faire d'effort. Ce qui ne gâtait rien, c'est qu'elle était aussi très jolie, avec des cheveux aux reflets blonds, ce qui est tout de même rare dans nos contrées, une peau tachée d'éphélides pas du tout disgracieuses, une voix… Mais bon, je m'arrête, si après ça le lecteur n'a pas compris que toute la classe de terminale C était amoureuse d'elle, c'est à désespérer des tropes et de la rhétorique.

Mais voici le plus étrange : alors que tous ses condisciples ne cessaient d'évoquer leur avenir – Polytechnique ou les Ponts, médecine ou pharmacie –, Malak, elle, n'en parlait jamais. Parfois, un sourire mélancolique répondait à une question trop précise.

Nous en eûmes l'explication un jour, par une amie trop bavarde. Si Malak ne disait rien de son avenir, c'est qu'il était tout tracé et qu'il ne ressemblait pas au nôtre. À la fin de la première, à seize ans, elle avait été fiancée à son cousin paternel, un jeune entrepreneur riche et jouissant d'un entregent exceptionnel – parfait pour les contrats. Le mariage devait avoir lieu juste après les dix-huit ans de Malak. Ensuite elle devait se consacrer à son mari, lui faire de beaux enfants, une maison accueillante et une vie confortable. Pas question de faire des études supérieures pour l'excellente élève. Elle n'avait obtenu qu'une seule chose : qu'elle pût aller jusqu'au bac. Elle obtint la mention très bien. Puis elle disparut de la circulation.

À l'époque, cette histoire m'avait attristé. Je ne sais pourquoi, elle m'avait fait penser à la chèvre de M. Seguin. Le bac, c'était la résistance acharnée et sans espoir, jusqu'à l'aube. Puis elle s'était laissé manger.

Les années ont passé et j'avais oublié jusqu'au nom de Malak, comme je l'ai dit plus haut. Et puis, cette semaine, en lisant un excellent article sur l'endogamie de mon ami Omar Saghi, je me suis souvenu de la triste histoire de notre condisciple. En fait, c'est de ça, l'endogamie, qu'elle fut victime.

Promise à son cousin paternel, comme tant de jeunes filles autrefois, elle était le symbole de l'ancien monde, où le groupe passait avant l'individu. Omar explique très bien que c'est le déclin de l'endogamie (on est passé de 40 % à 7 % en quelques générations) qui est le marqueur le plus clair du progrès, de l'émancipation des femmes, de la démocratisation du pays.

Trop tard pour la si douée Malak. J'espère au moins que ses filles, si elle en a eu, ont pu poursuivre leurs études supérieures au lieu d'être quasiment forcées d'épouser leur cousin et de rester à la maison. Si jamais le hasard m'en fait rencontrer une, je lui dirai : « Ta mère aurait pu être la première polytechnicienne marocaine. Hélas, elle n'eut que le tort d'être née trop tôt… »

[17-10-2018]

Le sans-gêne des puissants

C'est une coïncidence qui m'a fait réfléchir. La même semaine où l'on apprenait qu'un éminent journaliste saoudien avait été assassiné dans le consulat de son pays à Istanbul, je fus témoin à Paris d'une petite scène édifiante dont le héros, si j'ose dire, était également un sujet des Ibn Saoud. C'était au Louvre, samedi dernier.

Dans l'aile réservée aux arts islamiques, en sous-sol, sont exposées de très belles mosaïques en provenance du Moyen-Orient. J'étais en train d'en admirer une lorsqu'un jeune homme, bien nourri à en juger par sa panse déjà conséquente, me bouscula pour se planter devant le chef-d'œuvre. Il était suivi par deux femmes enniqabées qui n'avaient d'autre fonction, semblait-il, que de l'admirer, lui, ce beau spécimen d'*Homo erectus*. Il se lança dans une logorrhée qui avait peut-être un sens, mais je dois avouer qu'il m'échappa. Je crus comprendre qu'il comparait la mosaïque avec quelque autre qu'il possédait lui-même du côté de Marbella. Possible. En tout cas, ce qui est sûr, parce que son accent l'indiquait clairement, c'était un Saoudien.

Il y a des Saoudiens qui sont de parfaits gentlemen – c'était d'ailleurs une des qualités de feu Jamal Khashoggi. J'en ai rencontré qui étaient courtois, cultivés et faisaient preuve d'une grande humilité. Ce n'était pas le cas de mon Saoudien du Louvre, samedi dernier. M'ayant chassé d'un coup de coude, comme si j'étais son serviteur yéménite, il étalait son absence de culture et son arrogance devant sa suite – qui étaient donc ces deux femmes ? En tout cas, elles ne disaient mot.

Et puis, il y eut le geste. D'un ongle désinvolte, le butor se mit à gratter la mosaïque millénaire. Je crus halluciner. Un gardien bondit sur ses pieds et hurla : « On ne touche pas les œuvres d'art ! »

Peine perdue. Butor Ibn Goujat continuait son petit grattage d'ongulé. Il fallut que le gardien vînt se mettre entre lui et l'objet de ses assauts pour qu'il consentît à s'arrêter. Et encore : ce fut lui qui enguirlanda le pauvre préposé. Il le fit dans un mélange d'arabe et d'anglais que l'autre ne comprit pas. Puis la caravane s'ébranla et alla ailleurs s'en prendre au patrimoine de l'humanité.

Écœuré, j'étais allé du côté de la Perse admirer une porte somptueuse faite de carreaux de faïence verte. Et puis le soir, en regardant le journal télévisé, je fis le rapprochement entre mon Saoudien et ceux de ses pairs qui semblent trouver normal de se débarrasser d'un être humain comme on écrase un moustique. Sans doute sont-ils de la même engeance. Nés dans le luxe, habitués à ce que le moindre de leurs caprices soit immédiatement obéi, ayant une image hypertrophiée de ce qu'ils valent (pas grand-chose, au fond) parce qu'entourés de sycophantes – comment s'étonner qu'ils croient avoir le droit d'abîmer une œuvre d'art ou de prendre une vie, puisque tel est leur bon plaisir ?

Mais ne généralisons pas. Il y a aussi des puissants, des riches, des héritiers qui ont des manières raffinées et font montre en toutes circonstances d'un impeccable savoir-vivre. Par quel miracle ? Eh bien justement, ce n'est pas un miracle : ils sont bien éduqués, voilà tout. Prince ou palefrenier, tout est question d'éducation.

[24-10-2018]

Marocain ? Chameau !

L'autre jour, du côté de Francfort, plus précisément à Aschaffenburg, des lycéens très sympathiques m'ont accueilli avec des chameaux. Vous me demandez (parce que vous êtes forts en géographie) : « Des chameaux en Hesse ? »

En fait, Aschaffenburg se trouve en Bavière – conséquence d'une lubie de Napoléon, m'a-t-on dit sur place – et non en Hesse, le land de Francfort. Mais là on s'égare, littéralement, et vous avez raison de vous étonner : ni en Hesse ni en Bavière on ne trouve de chameau, sauf peut-être au zoo ou chez un collectionneur farfelu. Et la question reste entière. Que diable fichaient là ces placides ongulés ?

On se calme. Il s'agissait d'un dessin. Pour me souhaiter la bienvenue, les deux ou trois classes devant lesquelles je devais donner une conférence sur le dialogue des cultures avaient imaginé de dessiner deux grands chameaux jaunes – en fait, des dromadaires – avec dessus, en lettres grosses comme des vaches, le mot : « MAROC – bienvenue à l'écrivain marocain Fouad Laroui. »

Or je n'ai jamais vu un chameau de ma vie. Et encore moins un dromadaire – ou plutôt, le seul *camelida* que j'aie jamais rencontré devait s'appeler Pieter ou Brechtje vu que c'était celui du zoo d'Amsterdam.

J'ai donc commencé ma conférence en avouant ma totale incompétence en tout ce qui touche à cette grosse bébête que Linné baptisa *Camelus* il y a plus de deux siècles. Et j'avouai, des trémolos dans la voix : *Ich habe nie ein Kamel gesehen !*

Consternation dans la grande salle du lycée d'Aschaffenburg, ornée de portraits de Bach, Schubert et Mozart. Pour enfoncer le clou, je demandai à mon jeune public quel était, selon lui, le principal article d'exportation du Maroc. On me cria, dans la langue de Goethe : « Les dattes ! Les oranges ! Les tapis (volants ?) ! »

La vague déferlée, je rectifiai : « *Nein, nein !* Ce sont les voitures ! »

Un grand silence se fit à Aschaffenburg. C'était maintenant sûr : ce Marocain était un imposteur, un fou, un rêveur. *Das Auto*, c'est la spécialité de l'Allemagne, pas du pays de Schéhérazade.

Un des professeurs prit la parole et, retournant au règne animal, m'asséna : « Mais j'ai vu des chameaux à Agadir, sur la plage ! Je suis même monté dessus ! J'ai les cicatrices ! Vous voulez les voir ? »

Me souvenant d'avoir lu un article du *Matin du Sahara* sur cette question, je lui répondis : « C'est exact. Et vous savez d'où ils viennent ? De Norvège. La Norvège exporte des chameaux et le Maroc des voitures. Il va falloir changer quelques câblages dans nos cerveaux, amis. Nous sommes en 2018. »

Je vis venir le moment où l'on allait appeler l'hôpital psychiatrique d'Aschaffenburg, qu'ils envoient d'urgence une ambulance. Et puis, miracle des temps modernes, un des professeurs fit une rapide recherche sur Internet puis, vibrant d'étonnement, se dressa comme Hercule à Tanger et d'une voix de stentor proclama : « Mais c'est qu'il a raison, le bougre ! »

Le reste de la journée se passa comme un rêve. Dans l'excellent restaurant *Zum Fegerer* (publicité gratuite), les professeurs du lycée portèrent un toast au Maroc et à la Norvège, pour la qualité de leurs voitures et de leurs chameaux – dans cet ordre-là.

[31-10-2018]

Les aventures casablancaises de Zorro l'araignée

Un ami, professeur à la retraite à Casablanca, m'a raconté l'autre jour cette anecdote que je m'empresse de partager avec vous.

« J'ai été témoin, m'a-t-il écrit, d'une drôle de scène dans une agence bancaire du Maarif. J'attendais mon tour derrière une femme – encore que rien ne prouvait que ce fût une femme – déguisée en Zorro l'araignée – ah, ces nanars de ma jeunesse… Bref. Elle était entièrement habillée de noir, drap sombre flottant, gants ébène, avec un petit rideau de la même couleur devant les yeux. Elle prétendait échanger un chèque contre des espèces, de bons vieux dirhams bien de chez nous. Le guichetier lui demande sa carte d'identité. Elle s'exécute, comme un bourreau dépressif. Vient alors la question qui fâche : “Puis-je voir votre visage, s'il vous plaît ?”

Haut-le-cœur indigné du drap de haute lisse : “Nul homme autre que mon mari n'a le droit de voir mon visage !”

Le guichetier se gratte l'occiput, renifle un coup, bien embêté, puis entreprend de faire comprendre à la *woman in black* qu'il ne peut lui remettre l'argent qu'après avoir contrôlé son identité, en comparant sa photo et sa face. Mais la ninja refuse. Pendant ce temps la queue, devant le guichet, s'allonge, s'allonge. Des gens commencent à s'énerver, d'autres donnent raison à Zorro – ou faut-il dire *Zorra* ?

On est dans l'impasse. Brandissant son portable, Z. annonce qu'elle va mander son mari, qu'il vienne à son secours en présentant sa carte nationale à lui. Le guichetier secoue la tête et répète à madame que le chèque étant à son nom, il s'agit de vérifier la concordance de sa tronche à elle avec la photo de sa carte d'identité. Monsieur mari n'a rien à voir dans l'affaire. Grommellements sous le drap. Une autre cliente propose son concours : "Peut-être pourrais-je aller vérifier l'identité de *médème* dans les toilettes ?"

Le guichetier manque s'étrangler d'indignation. Alors comme ça, on se passerait entièrement de lui ? C'est quand même lui, le préposé ! (À quoi, on ne sait plus trop.) Pour débloquer la situation, je propose de faire appel à une policière que j'aperçois de mon œil de lynx : elle assure la circulation non loin de la banque. Si elle venait, elle, vérifier l'identité du corbeau ? Comme je simule un petit air benêt, le guichetier me prend au sérieux et réplique vertement : "Tant qu'à faire, pourquoi ne pas appeler une estafette de police *(stafette dial l'boulisse*, en arabe marocain) pour l'emmener au commissariat et vérifier son identité ?"

Zorra l'ensevelie, qui ne comprend rien, ni à l'humour désabusé ni à l'ironie amère, rétorque que même la force publique n'a pas le droit de mirer son minois mutin – enfin, mutin, je n'en sais rien, c'est peut-être Quasimodo là-dessous. Ou Quasimadame.

"Dans ce cas, reste chez toi, ne sors pas !" interjecte un pékin qui fait la queue et qui commence à la trouver saumâtre.

Remous divers dans la salle. On proteste, on maugrée… Sur ce, j'ai quitté la banque pour aller changer ailleurs mes euros. Merci, m'sieur Abdelwahhab ! Si tes descendants wahhabites s'étaient contentés de se massacrer entre eux, sous leurs tentes ou dans leurs consulats, au lieu de répandre partout ta lugubre doctrine, nos femmes ne se seraient pas transformées en autant de Zohra l'araignée. La beauté du monde s'en serait trouvée accrue. Sans parler de la simplification des démarches administratives… »

[11-11-2018]

« Il avait une tête d'Arabe… »

Dès l'annonce de la fusillade de Thousand Oaks, mercredi dernier, je me suis calé sur CNN et sur Fox News, passant de l'une à l'autre de ces chaînes. (Je ne les mets pas sur le même plan, bien sûr : CNN s'efforce à une certaine objectivité et fait preuve d'un professionnalisme indéniable alors que Fox News est la chaîne de Trump : niaiserie, inculture et mensonges garantis.)

Si j'ai immédiatement regardé les chaînes américaines au lieu de rester sur la vénérable BBC, c'est parce qu'ayant des reporters sur place, elles allaient nécessairement interroger des témoins du drame. Et je savais déjà ce qu'ils allaient dire. Hélas.

« Il avait une tête d'Arabe… »

Eh oui, ça n'a pas manqué. *He looked Middle-Eastern* dans le meilleur des cas, *an Arab* dans le pire. Comme si on pouvait lire sur son visage l'origine ethnique d'une silhouette furtive, vêtue de noir, qui fait irruption dans un bar bondé et se met à tirer dans le tas. Un ectoplasme qu'on n'a aperçu que pendant quelques secondes. Un Arabe ! Quelle perspicacité, quelle acuité visuelle…

Cela m'a rappelé des souvenirs. Le pire attentat de l'histoire des États-Unis (avant le 11 septembre 2001) avait été perpétré par Timothy McVeigh, un Américain pur sang, le 19 avril 1995. Il avait fait 168 victimes et plus de 680 blessés. Je me souviens que dans ce cas aussi, des témoins avaient parlé de « trois hommes de type moyen-oriental ». La police locale et le FBI cherchaient fiévreusement « des Arabes ». Ce fut par hasard qu'elle mit la main sur Timothy McVeigh : l'idiot roulait sans plaque d'immatriculation – pour ne rien payer à l'État, qu'il abhorrait. On trouva dans sa voiture un bon d'achat de bâtons de dynamite. Sans ce coup de chance, la police chercherait encore des Arabes…

Dans ses *Essais*, Montaigne consacre un long chapitre (livre I, chapitre 21) aux pouvoirs de l'imagination. Il met en exergue un dicton philosophique moyenâgeux : *Une imagination forte crée la chose.* Si on *veut* voir une chèvre s'envoler, on finira par voir une chèvre s'envoler.

En fin de compte, le tireur de Thousand Oaks fut identifié comme un certain Ian David Long, qui vivait dans le quartier voisin de Newbury Park. Encore un Américain pur sang. Comme Stephen Paddock qui massacra soixante de ses compatriotes à Las Vegas le 1er octobre 2017 pendant un festival de musique country en plein air.

Timothy McVeigh, Stephen Paddock, Ian David Long… Peu importe. Le prochain meurtrier de masse aura « une tête d'Arabe ».

Ne nous reste plus qu'à changer collectivement de tête pour ne plus être accusés de quoi que ce soit. Avec une petite barbiche et quelques retouches ici et là, je finirai bien par ressembler à Stephen Paddock.

[14-11-2018]

Organisons un référendum en Frise !

C'était la semaine dernière, dans une petite ville du nord des Pays-Bas. N'y allez pas, je l'ai fait pour vous. En arrivant à la minuscule gare (un décor de film *low-cost*), je regrette déjà d'avoir accepté l'invitation. Il fait un froid de canard, des rafales de vent transpercent l'infortuné voyageur et une odeur âcre le saisit à la gorge (il doit y avoir une fabrique de boudin ou de moutarde dans les environs). Que ne suis-je resté dans mes pénates, avec un bon livre et une théière odoriférante… Mais bon, la parole d'un gentleman l'oblige, comme on dit sur les bords de la Tamise.

Au moins, la petite salle de classe est chauffée. Sur l'estrade, une petite table, une carafe d'eau et un verre. Je parle pendant une demi-heure : littérature francophone, spécificité marocaine, question linguistique, etc. Puis la parole est donnée au public. Trois pelés et un tondu, ce qui est quand même un exploit en ces temps échevelés où *salafis* et *hipsters* rivalisent de pilosité. (J'exagère, ils sont plus que quatre, au moins cinquante, mais bon, la mauvaise humeur rend injuste…)

Première question : « Monsieur, pourquoi le Maroc ne veut-il pas organiser un référendum au Sahara ? »

L'homme est long et maigre, le visage inquisiteur du fâcheux international pour qui le monde est un prétoire. Je m'insurge, contrarié : « Qu'est-ce que ça a à voir avec la littérature ? »

Mais le gus, militant d'une ONG mal informée ou bien agent provocateur, s'entête : « Répondez, monsieur, c'est une question importante ! »

Ah là là… On n'est pas aidés. Déjà, ce temps de chien… Le boudin… La moutarde… Et puis cette éternelle question… Tout cela m'épuise. Que ne suis-je resté dans mes pénates, avec un bon livre et une théière odoriférante (*bis*). Et soudain, j'ai une intuition. Si la chose était anatomiquement possible, je m'embrasserais sur les deux joues d'y avoir pensé.

Puisque nous sommes dans une salle de classe, il y a là un tableau et de quoi écrire. Je m'adresse au public.

« Mesdames, messieurs, nous ne sommes pas loin de la Frise, cette région des Pays-Bas qui est parfois agitée de velléités autonomistes. Je vous propose un jeu. Si nous devions organiser un référendum pour l'autodétermination de la Frise, qui aurait le droit de voter ? »

J'écris sur le tableau toutes les options : 1. Les Frisons qui habitent en Frise. 2. Tous les habitants de la Frise, qu'ils soient frisons ou non. 3. Le peuple néerlandais dans son ensemble. 4. Tous les Frisons du monde, fussent-ils résidents de la lointaine Australie ou de la Lune. 5. Les Allemands (qui n'ont rien à voir dans cette histoire, mais bon).

Le grand escogriffe hésite. Une petite dame au regard azur se lance : « Tous les habitants de la Frise ! »

Aussitôt, une espèce de clergyman la contredit : « Mais non, que les Frisons ! »

Un autre interjecte : « Mais comment définir qui l'est et qui ne l'est pas ? »

Et caetera, et caetera... Rassis sur ma chaise, silencieux, je laisse mon regard errer sur les murs qui sont recouverts de portraits de gloires bataves. Au bout de vingt minutes, j'interromps mes hôtes.

« Dites-moi, vous n'avez pas l'air d'accord.

— C'est horriblement compliqué, me rétorque le clergyman, l'œil en colère.

— Eh bien, conclus-je, quand vous aurez réglé la question du référendum de la Frise, je reviendrai vous voir et on réglera l'affaire du Sahara. Quelqu'un pourrait-il me reconduire à la gare ? »

[21-11-2018]

Djinn, levez-vous !

Il devait en faire une drôle de tête, le brave juge batave, confronté pour la première fois de sa carrière à une affaire d'esprit frappeur. Cela s'est passé l'autre jour à Roermond, dans le sud des Pays-Bas. On y jugeait une mère d'origine marocaine coupable d'avoir maltraité pendant des mois son fils au prétexte de chasser de son corps malingre le djinn qui y avait élu demeure.

Avant de chausser les galoches malodorantes de Houellebecq et de couiner que tout cela, ce sont niaiseries de musulmans, ces sectateurs de la religion « la plus c… », oyez une anecdote. Il y a trois ans, alors que je visitais la maison de George Sand à Nohant, le guide – une dame accorte des environs – me révéla, à propos de rien : « Monsieur, c'est que *ça revient*, dans la région. »

Je hochai la tête, l'air d'avoir compris, alors que je n'y avais entravé que pouic. Pendant le déjeuner, un médecin local éclaira ma lanterne. La brave dame me parlait de *revenants*. Elle allait pourtant à la messe tous les dimanches, me dit-il.

« Et ils sont beaucoup à croire que *ça revient*, dans le Berry ? m'étonnai-je.

— Plus qu'on ne le croit, répondit-il, philosophe. À Paris, on se moque des Africains et de leurs sorciers, mais nos braves Berrichons voient des fantômes partout. »

Quant à mes étudiants irlandais, un sur deux croit en l'existence des *leprechauns*, ces farfadets qui passent leur temps à tourmenter les êtres humains. Les Anglais se moquent des Irlandais. Ils savent, eux, que les seuls vrais ectoplasmes sont ceux qui hantent les châteaux des Écossais.

Revenons à nos chimères. Or donc Anouar, neuf ans, est possédé par un djinn. Qui dit cela ? L'imam du coin – imam autoproclamé car s'il y a bien un titre qui n'est décerné par personne, c'est bien celui-là. On se demande pourquoi Amina, trente-neuf ans, divorcée, d'allure moderne (tailleur blanc, chignon impeccable, ni voile ni *niqab*) et qui a grandi dans la banlieue d'Utrecht – pourquoi diable Amina a-t-elle cru aux élucubrations de l'imam. Mais c'est ainsi. Lorsque Anouar a commencé à avoir des crises d'épilepsie, l'imam a recommandé de le désenvoûter. Et comment mieux le désenvoûter, je vous le demande, que de priver l'enfant de nourriture et de sommeil et de lui f… de solides raclées ? L'hôpital est au coin de la rue et les médecins néerlandais sont les meilleurs du monde – mais ce sont des mécréants, non ? Aaaaalors ?

Alors, deux mois de prison ferme pour la mère indigne qui s'efforce aujourd'hui de récupérer son fils avec l'aide d'un avocat – tiens, où est passé l'imam ? J'aurais bien voulu rencontrer Amina et la rééduquer. On peut être musulman et ne pas croire en l'existence réelle des esprits. Les premiers philosophes musulmans avaient correctement interprété le djinn comme simple métaphore de nos instincts, des plus vils aux plus nobles. Eux connaissaient les Grecs antiques et savaient que le *daemon* de Socrate n'était qu'une figure de son pressentiment. L'instinct, l'intuition qui nous fait faire ceci et pas cela, c'est le *daemon*. C'est le djinn.

Cette histoire de djinn à Utrecht, c'est donc, de nouveau, une illustration du malheur historique de l'islam. Il a commencé par être très intelligent (mânes d'Avicenne et d'Averroès !) et puis il a sombré, quelques siècles plus tard, dans la niaiserie et la bigoterie. Au point de se retrouver dans un prétoire hollandais, sous le regard étonné d'un juge prénommé Piet ou Frits…

[2-12-2018]

Qu'avons-nous gagné en remplaçant *moul l'coutchi* par une Golf GTI ?

L'autre jour, à Bruxelles, je rencontre un ancien copain de plage…

Vous m'interrompez : « C'est quoi, un copain de plage ? »

Eh bien, quand j'étais petit, on passait, mes frères et sœurs et moi, nos vacances sur la plage d'El Jadida, en ce sens que nous y allions tôt le matin et que nous y restions toute la journée, déjeunant dans une des cabines que la municipalité louait aux familles. Nous ne rentrions à la maison que tard le soir. Forcément, nous nous faisions des amis sur le sable ou dans l'eau, avec lesquels nous jouions au rami, au football, au volley ou que nous aspergions joyeusement dans l'onde tiède de l'océan. Le plus étonnant, c'est que nous ne rencontrions ces compagnons de jeu qu'à la plage. Nous n'avions aucune notion de ousqu'ils habitaient ni de ce qu'ils faisaient quand ils n'étaient pas ensablés ou aquatiques. C'était ça, les copains de plage.

L'un d'eux fit d'excellentes études secondaires, se vit offrir une bourse d'études par l'ambassade de Belgique, s'envola pour le pays de Brel et deux décennies plus tard, se trouva être devenu un cardiologue de renom dans sa nouvelle patrie.

Donc j'étais la semaine dernière à bavarder avec Driss, mon-copain-de-plage-marocain-devenu-fameux-cardiologue-belge, au pied de l'Amigo, cette ancienne prison reconvertie en hôtel de luxe pas loin de la Grand-Place.

« Tu vois ce portable ? me demanda Driss, désignant l'hypermoderne bidule qui semblait greffé sur sa main droite.

— *Cómo no*, rétorquai-je, *cómo no* ? On ne voit et on n'entend que lui, tant il scintille et il luit et il vrombit et il bippe et il couine.

— Eh bien, soupira Driss, écoute ça. Un dimanche de l'été dernier, j'étais à Ostende, sur la plage, quand je m'aperçus, consterné, que j'avais oublié mon slip de bain.

— Ce sont des choses qui arrivent, l'assurai-je, philosophe.

— *Not to worry*, me dis-je *in petto* et en anglais. J'appelai ma femme Martine sur mon portable. Cinq minutes plus tard, elle arrivait au volant de sa Golf GTI et me tendait la guenille.

— Tout est bien qui finit bien.

— Ouais. Mais affalé sur le sable comme un éléphant de mer, il me souvint que j'avais vécu une aventure similaire au temps de ma jeunesse insouciante, à El Jadida. Un jour, arrivé à la plage, je m'étais rendu compte que mon “maillot”, comme on disait fautivement à l'époque, était resté *at home*, au haut de Bouchrit, ce quartier où j'avais alors mes pénates. Que faire ? comme disait Vladimir. À l'époque, il n'y avait ni portable, ni Martine, ni Golf GTI. Debout sous la hampe d'où ferlait et déferlait fièrement notre drapeau national, j'étais perdu – quand soudain j'aperçus El-Ouaadoudi…

— On dirait un cri, ce nom.

— Tu ne te souviens pas d'El-Ouaadoudi ? C'était un *moul l'coutchi*.

— *Moul l'coutchi* là-bas, moules-frites ici.

— Cet homme disposait d'une sorte de carrosse royal richement décoré, c'était là sa seule propriété, et il s'en servait pour transporter les familles. En particulier, les Marrakchis en villégiature à El Jadida goûtaient ce mode de transport, le *coutchi,* qui faisait concurrence aux taxis.

— *Coutchi*, ce n'est jamais qu'une déformation du mot "coche" – comme dans « La mouche du coche » de La Fontaine.

— C'est possible. Donc j'avise El-Ouaadoudi qui vient de débarquer là une famille nombreuse, joyeuse et jacassante – tu auras reconnu des Marrakchis – et lui crie : "Holà, Ssi El-Ouaadoudi, tu pourrais me rapporter mon maillot lors de ta prochaine course ?" L'homme connaissait bien mon père, un *moul l'hanout* respecté…

— Que des moules, dans cette histoire.

— … un *moul l'hanout* respecté de Bouchrit. Il hocha la tête. "Pas de problème, fils." Il s'en alla au pas de sa rosse, clopin-clopant. Une heure plus tard, je le vis revenir – clop, clop, clop – et pondre une autre couvée de Marrakchis sur la plage. À côté de lui, sur le siège du cocher, un petit paquet. C'était mon maillot, tendrement enveloppé par ma mère dans une *fouta* multicolore, et confié comme une *amana*, un dépôt sacré, aux bons soins de *moul l'coutchi*. Elle y avait joint quelques fruits, deux cornes de gazelle, des dattes et sa bénédiction. El-Ouaadoudi me remit le tout avec la solennité d'un ambassadeur moldave remettant deux esclaves circassiennes au Grand Turc. Et je pus enfin affronter la fureur placide de l'océan, dûment emmailloté grâce à ma mère et au *moul l'coutchi*.

— Tout est bien qui finit bien.

— Certes. Mais je me demande ce que nous avons gagné avec ce satané portable et la Golf de Martine. À Ostende, j'ai récupéré mon slip de bain en cinq minutes, alors qu'à El Jadida ça m'avait pris une heure. J'ai gagné… *on a* gagné du temps, mais j'ai quand même l'impression que nous avons perdu quelque chose. Mais quoi ? »

Il se tut. Pas loin de nous, des Chinois s'enquéraient du chemin qui mène au *Manneken Pis*. Nous les regardâmes en silence pendant quelques instants. Puis, intrigué par son silence, je me retournai vers mon ami.

Une larme coulait lentement sur sa joue.

[5-12-2018]

« Dyslexique ? Ça ne vous suffisait pas d'être marocain ? »

Pour des raisons qui le regardent, l'artiste de variétés Sammy Davis Junior s'était converti au judaïsme. Un jour qu'il sortait d'une synagogue, un gus qui passait par là ouvrit grand la bouche et lui demanda, stupéfait : « Ça ne vous suffisait pas d'être noir ? »

Il faut dire que c'était dans les années 60, aux États-Unis, et que la discrimination raciale battait son plein…

J'ai repensé à cette anecdote samedi dernier. Je me trouvais au colloque annuel du Dutch-Moroccan Youth Forum, une association qui rassemble des Néerlandais d'origine marocaine qui ont en commun d'avoir fait de bonnes études et d'avoir beaucoup d'ambition pour leur vie professionnelle.

À un certain moment, je me suis retrouvé à bavarder avec un jeune homme – on l'appelle comment ? Rachid ? OK – qui m'a raconté une drôle d'histoire. Rachid est intelligent, bosseur, charmant, mais il se trouve être dyslexique. Il n'y peut rien : il est né comme ça. Quand il voit un mot, disons le mot « bateau », il voit en même temps le mot « tabeau » – qui ne signifie rien. Il doit donc se concentrer pour replacer chaque mot dans son contexte et décider, en l'occurrence, qu'il s'agit bien ici d'un bateau. Et il passe à la suite. Son intelligence ne lui sert pas à grand-chose dans la lecture : là où il a besoin d'une heure pour lire un texte, un autre le fait en dix minutes, les doigts dans le nez.

Le problème se posa avec acuité quand Rachid commença ses études universitaires. Au début, il ne semblait y avoir aucun problème : il suffisait d'apporter un certificat médical attestant de sa condition pour pouvoir disposer de plus de temps que ses condisciples pour passer les examens écrits. Mais voilà le hic : quand il alla voir le médecin du travail pour obtenir son certificat, le toubib se gratta la tête, très embêté : il ne pouvait faire passer le test de dyslexie qu'à des gens de langue maternelle néerlandaise. Or Rachid est né au Maroc : on considère donc que sa langue maternelle est l'arabe.

« J'ai essayé d'obtenir ce certificat au Maroc, pendant les vacances, continue Rachid, mais les quelques médecins qu'on trouve du côté de Nador m'ont dit honnêtement qu'ils n'étaient pas qualifiés pour délivrer un tel certificat. À la fin, j'ai demandé à l'un d'eux de me faire lire un texte en arabe : il n'aurait qu'à attester que c'est un calvaire pour moi. L'homme en blanc éclata de rire. "Si on ne se base que sur les difficultés de lecture, alors la plupart des gens que je connais sont dyslexiques. Moi aussi, d'ailleurs. *Moi tout entier*, tel que tu me vois, tu crois que je peux lire Al-Mutanabbi sans trébucher ?" »

Rachid sirota un peu de son jus d'orange.

« Je suis revenu aux Pays-Bas et j'ai expliqué à l'administration que vu la situation linguistique compliquée que connaît le Maroc, il n'était pas simple de certifier que quelqu'un est dyslexique. L'administration a compati – mais le règlement, c'est le règlement ! (Ils sont un peu allemands sur ce point, nos amis bataves.) Et voilà comment j'ai eu mon diplôme avec tout juste la moyenne alors qu'en cours, à l'oral, j'étais bien meilleur que tous les autres… J'aurais pu être le major de ma promotion ! »

Le jeune homme se remit à siroter son jus d'orange, pensif, pendant que j'imaginais un intrus vaguement raciste entrant dans cette belle salle des fêtes pour asséner à Rachid : « Aussi, c'est de votre faute ! Vous cumulez les handicaps. Dyslexique ? Ça ne vous suffisait pas d'être marocain ? »

[12-12-2018]

Ça s'appelle la Loi de finances…

Rien de plus placide que l'âne domestique, qu'un plus pédant que nous n'hésiterait pas à nommer *Equus asinus* – un titre un peu ronflant pour un bestiau si modeste. Lui, on lui donnerait le droit de vote qu'il s'en servirait à bon escient : il ne réclamerait jamais plus qu'un peu de foin, une carotte de temps à autre, et qu'on le laisse en paix. Mais ce n'est pas le cas d'un autre type d'âne, par métaphore : l'homme. L'homme quand il ne fait rien pour s'instruire, rien pour se cultiver, rien pour comprendre quoi que ce soit à la marche des choses – mais qu'il réclame pourtant de décider du destin de son pays, ou carrément de celui du monde.

C'est quand même paradoxal. Jamais le savoir n'a été aussi facile d'accès – tout est sur Internet – et jamais *Homo sapiens* n'a été aussi nul avec autant d'aplomb. J'ai eu, au cours des derniers mois, la confirmation de ce paradoxe en trois endroits différents. À Paris, il y a deux semaines, j'ai entendu des

« gilets jaunes » scander : « Macron, que fais-tu de notre pognon ? », et une dame à côté de moi approuva : « C'est vrai, quoi, on ne sait pas où passe l'argent. »

À Meknès, en avril dernier, un type genre « perpétuellement énervé » (*m'nirvi*) m'asséna : « Où va l'argent, hein, où va l'argent des impôts ? »

À Amsterdam, pas plus tard qu'hier, le buraliste me tendit mon journal en tapotant la une d'un index indigné : « La TVA augmente. Mais qu'est-ce qu'ils (les fameux "ils", cause de tous nos malheurs…), qu'est-ce qu'ils en font ? »

Soyons clair : les gilets jaunes, le Meknassi et mon buraliste ont parfaitement le droit de protester, de réclamer une meilleure utilisation de l'argent public, d'interpeller leur gouvernement au sujet des choix qu'il fait. En revanche, ils n'ont pas le droit d'exciper de leur ignorance pour en faire une nuisance. En effet, dans les trois cas, et dans trois langues différentes, j'ai répondu benoîtement : « Ben, c'est dans la Loi de finances. Elle est adoptée chaque année par le Parlement. »

Et dans les trois cas, dans trois langues différentes, on m'a répondu : « Comment ? *Ch'nou ? Wat zegt u ?* »

Trois adultes qui n'ont apparemment jamais entendu parler de la Loi de finances. Qu'est-ce qu'ils s'imaginent ? Que l'argent des impôts va dans un grand coffre dans lequel chaque ministre puise à grandes poignées, chaque matin, comme il l'entend ?

Faisons de la politique. Soyons critiques, exigeants, défendons nos droits. Mais d'abord, commençons par nous informer. Un citoyen pas plus instruit qu'un âne, ça ne sert à rien. C'est même dangereux.

[19-12-2018]

La torture ici, sous nos yeux

Pour avoir tenté d'assassiner Louis XV, avec un canif (!), Damiens fut condamné à être « tenaillé aux mamelles, bras, cuisses et gras des jambes, sa main droite brûlée, son corps écartelé à quatre chevaux et réduit en cendres, et ses cendres jetées au vent ». Rien que ça. « La journée sera rude », grommela-t-il à l'énoncé du jugement. Une foule immense assista à son supplice. Ce qui nous étonne aujourd'hui, c'est le manque de cœur du public d'alors. On allait, comme au spectacle, regarder ces malheureux subir les pires tortures. On riait parfois de leurs contorsions grotesques. Autres temps, autres mœurs ? Pas si sûr. Ces gens-là avaient une sorte d'*habitus* qui les rendait insensibles à la vue de ces horreurs. Nous avons un autre *habitus*. Est-il si différent ?

Dans sa prison japonaise, Carlos Ghosn grelotte : il n'y a pas de chauffage dans sa cellule. C'est fait exprès. Homme raffiné et d'une propreté méticuleuse, il n'a droit qu'à deux douches (de quelques minutes) par semaine. C'est fait exprès. On le nourrit d'un bol de riz. C'est fait exprès. On le malmène donc, *exprès*, pour le faire craquer. Si ce n'est pas de la torture, qu'est-ce que c'est ?

Dieu sait si Tarik Ramadan n'est pas ma tasse de thé. En 2008, un débat public nous opposa dans une église de Rotterdam. Il était venu avec ses groupies voilées et était vêtu comme Beau Brummell. Il ne remporta pas la joute parce que je connais le Coran aussi bien que lui mais que je refuse, arguments à l'appui, son instrumentalisation politique. Contrarié, il refusa de dîner avec les organisateurs et moi-même, comme convenu. Non, décidément, il n'est pas mon ami. Et pourtant, le traitement que lui ont fait subir les juges d'instruction parisiens me révulse. Un homme malade retenu en préventive pendant près d'un an, des fuites orchestrées pour ruiner sa réputation, pas d'accès au téléphone, etc. C'est ainsi qu'on « attendrit la viande », disent les juges – horrible expression ! Pour faire craquer le prévenu, on le travaille au corps. Si ce n'est pas de la torture, qu'est-ce que c'est ?

Michel Foucault faisait remarquer qu'au pouvoir visible, éclatant, d'un Louis XIV s'étaient substitués, aujourd'hui, quantité de micropouvoirs – parmi lesquels celui des juges. Invisible, diffus, pernicieux, est-il moins attentatoire à la dignité humaine, lorsqu'il attendrit la viande, que celui des juges qui condamnèrent l'infortuné Damiens ?

Vous me direz que nous avons évolué, que nous n'assistons plus aux exécutions, que nous ne regardons plus le bourreau manier les tenailles rougies au fer. Mouais… Un Ghosn ou un Ramadan en tenue de forçat avalant un brouet infâme, assis sur un châlit, une telle image, nous paierions pour la voir, elle doit quand même remuer en nous quelque bas instinct… Les Allemands ont un mot pour ça, *Schadenfreude*, quelque chose comme « se réjouir du malheur d'autrui ». C'est peut-être pour cela que nous ne voyons pas derrière ces images, réelles ou imaginées, la plus sinistre invention de l'homme : la torture.

J'admire les bénévoles d'Amnesty International qui font un travail utile en dénonçant la torture qui broie les hommes dans nos contrées africaines, arabes ou asiatiques. Dommage qu'ils ne voient pas celle qui se pratique sous leurs yeux, en Occident. À quand une campagne d'Amnesty contre les diplômés de l'École de la magistrature qui prétendent attendrir la viande humaine ?

[24-12-2018]

« Les morts ne prennent pas l'avion »

L'autre jour, à Amsterdam, j'ai pris un verre avec mon ami Ben D., un Maroco-Néerlandais d'élite, cadre supérieur dans une de ces multinationales qui font la gloire des Pays-Bas – pensez à Philips, Unilever, AkzoNobel… Le *golden boy* semblait préoccupé. Il faisait tourner et s'entrechoquer les glaçons dans son verre de lait, le sourcil froncé, l'air d'être dans les nuages, tant et si bien que je finis par m'enquérir de l'objet de ses préoccupations.

« Qu'est-ce qui se passe, camarade ? »

L'homme poussa un long soupir.

« C'est que j'ai beaucoup pensé à la mort, ces jours-ci.

— Allons bon ! Tu as à peine la cinquantaine. Il te reste encore six ou sept Coupes du monde à vivre.

— Dieu t'entende. Mais quand même… »

Les glaçons s'entrechoquaient de plus belle.

« Raconte ! Et commence par le commencement. »

Ben D. prit une profonde inspiration.

« Eh bien, ça s'est passé il y a quelques semaines, un jour que je faisais mon jogging le long de l'Amstel… Tu vois le chemin de halage qui le longe ?

— Oui, c'est une promenade très agréable. Je la fais, à l'occasion.

— Donc je courais à petites foulées le long de l'Amstel, par une matinée froide mais ensoleillée, jouissant du très beau panorama – le fleuve, les péniches qui le remontent, les petits bateaux à voile, le moulin de Rembrandt – quand soudain j'ai vu un corbillard entrer dans le cimetière Zorgvlied, tu vois où c'est ?

— Oui, le cimetière fluvial… Fleuri, très paisible. On n'entend pas le moindre bruit. »

Ben D. me jeta un regard sévère.

« Ce ne sont pas les défunts qui vont faire la bamboula.

— Très juste.

— Je ne sais pourquoi, j'ai interrompu mon jogging et je suis allé faire un tour dans ce cimetière. Tombes impeccables, allées bien ratissées, des arbres, des bosquets, des fleurs partout… Je me suis dit en souriant qu'on aurait envie de trépasser juste pour reposer éternellement dans cet éden de jardin. Et soudain, ma plaisanterie m'a rattrapé. Je me suis arrêté, pris d'une sorte de crise d'angoisse. Je me suis rendu compte que c'était effectivement là que je… enfin, que mon corps finirait, puisque j'habite dans le coin.

— Tu n'as pas pris d'autres dispositions ?

— Aucune ! On voit le monde mourir et on se croit immortel... Appuyé contre un arbre, le cœur battant, je voyais ma dépouille gésir là pour l'éternité... et je serais le seul métèque ! Les pierres tombales, ornées d'une croix, ne portaient que des noms hollandais – que ferait un Ben D. parmi eux ? Vivant, je suis étranger en ce pays – que j'aime, note-le bien – et je l'assume parce qu'il me suffit de prendre l'avion pour me retrouver dans les couleurs et les senteurs du Maroc. Mais une fois allongé six pieds sous terre à Zorgvlied ? Les morts ne prennent pas l'avion.

— Sauf dans la soute, pour un dernier voyage.

— Exactement ! J'ai interrompu mon jogging et je suis rentré chez moi. J'ai googlé... ou dit-on googlisé ?

— Qu'importe.

— J'ai cherché la banque marocaine la plus proche de chez moi. J'ai un rendez-vous la semaine prochaine. C'est décidé : je prends la fameuse assurance. La banque s'occupera de tout. C'est au cimetière d'Al Hoceima, là où reposent mes parents et mes ancêtres, que je poserai pour de bon mes valises. »

Je sirotai une goutte de mon thé Rooibos, puis : « Mon cher Ben D., il fait quand même un peu trop beau pour avoir une telle conversation. Et tu es encore jeune et en bonne santé.

— Il y a quatre cent mille Marocains dans ce pays. Je leur conseille d'aller faire un tour dans ces cimetières néerlandais si propres, si beaux, si bien ordonnés – et de se demander s'ils ne préféreraient pas pour dernier séjour l'anarchie chaleureuse des *maqbarat* du bled…

— Leur dilemme, morts, ressemblera au dilemme de leur vie.

— C'est la condition humaine, ou plutôt celle des Marocains émigrés.

— En attendant, buvons à la vie !

— Mais pensons à l'au-delà ! Et allons faire un tour à la banque. Vive Attijari ! »

Pendant que nous délirions ainsi, l'activité de la capitale des Pays-Bas, en contrebas de notre café, continuait de plus belle. Jamais l'Amstel, à l'horizon, n'avait paru aussi majestueux – ni aussi lointain.

[26-12-2018]

(suite)

Chez d'autres éditeurs

La Meilleure Façon d'attraper les choses,
livre pour enfants, Yomad, 2001, prix Grand Atlas

Verbannen woorden, poésie, Vassallucci,
Amsterdam, 2002, select. C. Buddingh' Prijs

Chroniques des temps déraisonnables,
chroniques, Emina Soleil, 2003

Hollandse woorden, poésie, Vassallucci,
Amsterdam, 2004

L'Eucalyptus de Noël, livre pour enfants, Yomad, 2007

Des Bédouins dans le polder, essais, Zellige, 2010

Le Drame linguistique marocain, essai, Zellige, 2011

Le Jour où j'ai déjeuné avec le diable,
chroniques, Zellige, 2012

Du bon usage des djinns, chroniques, Zellige, 2014

*D'un pays sans frontières – Essais sur la littérature
de l'exil*, Zellige, 2015

Lumières marocaines, livre d'art, Langages du Sud, 2018

Cet ouvrage a été composé et mis en pages
par ÉTIANNE COMPOSITION
à Montrouge.

Imprimé en France par CPI
en septembre 2019

N° d'édition : 59294/01
N° d'impression : 153667